모모와 회색 사나이들의 이야기

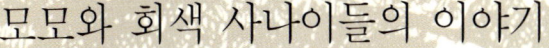

《모모》가 영화로 만들어지기를 많은 사람들이 오랫동안 기다려왔다. 마침내 모모는 1985년 로마 촬영소에서 만들어지고, 1986년 여름 이탈리아에서 개봉된다. 자신의 작품이 영화화되기를 좋아하지 않던 미하엘 엔데인데도 이 영화에서만큼은 적극적으로 각본에 참여했을 뿐 아니라, 영화 속 인물로도 등장한다.

미하엘 엔데(오른쪽)와 이상한 노인 존 휴스턴(왼쪽)

베포와 지지는 곧 모모의 친구가 된다.

글자를 모르는 모모에게 읽고 쓰기를 가르치는 베포.

고대원형극장 관객석에서 잠깐 휴식을 취하고 있는 출연배우들과 스태프.

이발사 니콜라도 모모의 다정한 친구이다. 이발소 의자에 앉아있는 귀여운 모모.

원형극장 터에서는 끊임없이 멋진 일들이 벌어진다. 회색 사나이들의 무서운 음모에 휘말리지 않았더라면 이 행복은 계속 되었을텐데…….

출항! 고대 원형극장 터가 커다란 배가 되었다.

토착민 소녀 모모가 태풍을 잠재우는 자장가를 부른다.

아낌없이 사랑받는 모모, 행복한 날들이 이어진다.

기타줄만 튕기면 곧 멋쟁이 팝 가수로 변신하는 지지.

니콜라와 니노는 하루가 멀다하고 다투기만 한다. 오늘도 역시나…….

모모를 가운데 앉혀놓고 이야기하면 두 사람은 싸움이 아무런 의미가 없다는 것을 알아차린다.

모모가 가는 곳에는 언제나 즐거운 일이 생긴다.

회색 사나이는 얼마나 시간을 낭비했는지 푸시에게 이야기한다.

회색옷을 입고 회색모자를 쓴 무서운 시간도둑들.

모모를 찾아온 회색 사나이들.

하나! 둘! 모모에게 인형을 던지는 회색 사나이.

아이들은 시간도둑들의 음모를 막기 위해 거리로 나섰다.

예쁜 비비 인형에 둘러싸여도 모모는 하나도 즐겁지 않다.

회색 사나이들의 밤 집회를 베포는 몰래 엿듣는다.

모모에게 계획을 고백한 BLW 553/C호는 재판 뒤 사라진다.

차례차례 피어나면서 사라져 가는 아름다운 시간의 꽃!

1년 만에 돌아와 보니 모조리 변해있었다.

몰라보게 변한 지지, 실망하는 모모!

지지는 회색 사나이들에 의해 일약 인기스타가 되었다.

호라 박사의 〈시간의 사이〉.

회색 사나이들의 우두머리와 그 일당.

회색 사나이들을 만나러 간 모모.

시간저장고 앞에 몰린 모모. 손에 든 〈시간의 꽃〉이 문의 열쇠이다.

회색 사나이들의 우두머리는 얼마 남지 않은 꽃으로 살기 위해 무리의 반을 없애라고 명령한다.

MOMO
모모
미하엘 엔데/홍문 옮김 정우희 그림

동서문화사

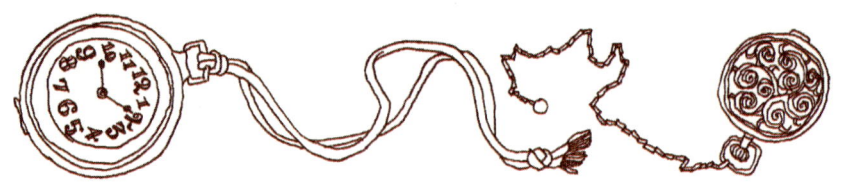

모모
차례

1 모모와 친구들
어느 큰 도시와 어린 소녀/11
뛰어난 재능 평범한 싸움/20
폭풍우 놀이와 진짜 소나기/31
말없는 할아버지 수다꾼 젊은이/46
많은 사람을 위한 이야기 한 사람만을 위한 이야기/57

2 회색 사나이들
속임수로 남을 휘감아버리는 속셈/75
친구의 방문과 적의 방문/96
부풀어 오른 꿈과 조그만 망설임/131
이루어지지 않은 좋은 모임, 이루어져버린 나쁜 모임/147
맹렬한 추적 느긋한 도주/161
나쁜 사람들의 꾀/180

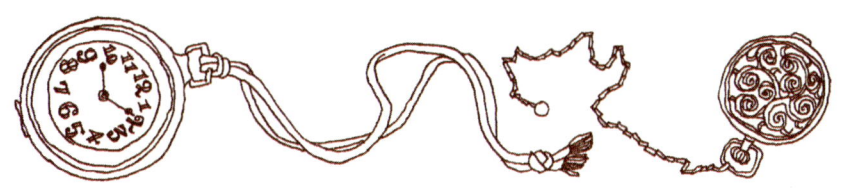

모모, 시간의 나라에 가다/192

3 시간의 꽃
그 곳에서는 하루, 이 곳에서는 한 해/227
많은 음식과 적은 말/257
다시 만남, 그리고 머나먼 헤어짐/269
풍요 속의 괴로움/284
큰 불안 보다 큰 용기/297
앞만 보고 뒤돌아보지 않으면……/310
포위 속에서의 결의/320
뒤쫓던 무리를 뒤쫓기/336
끝, 그리고 새로운 시작/347
지은이의 짧은 뒷이야기/364

모모를 읽는 이들에게―홍문/366

어둠 속에서 비쳐 오는 너의 빛.
어디에서 오는지 나는 몰라라.
바로 곁에 있는 듯, 어느새 아스라히 먼 듯.
언제나 비추이건만
나는 네 이름을 몰라라.
꺼질 듯, 꺼질 듯 안타깝게 반짝이는 작은 별아!

아일랜드 옛 민요에서

1 모모와 친구들

《모모》의 작가자필표지. 시간의 꽃이 모모의 몸에서 피어오른 듯한 모습이다.

어느 큰 도시와 어린 소녀

옛날, 옛날, 사람들이 오늘과는 아주 다른 말을 쓰던 먼 옛날, 어느 따뜻한 나라에 크고 화려한 도시가 있었다. 그곳에는 왕이 사는 궁전이 우뚝 솟았고, 넓은 길, 좁은 길, 꼬불꼬불 골목길, 그리고 황금과 대리석으로 만든 신상(神像)들이 서 있는 웅장하고 아름다운 사원이 있었다. 온 세상 상품들의 거래로 흥청거리는 시장과 사람들이 모여서 떠들고 연설하고 이야기에 귀기울이는 넓고 아름다운 광장이 있었으며 무엇보다 거기에는 커다란 극장이 있었다.

그 극장은 오늘날의 야외 경기장과 비슷했으나 온통 다듬은 돌로 세워진 점이 달랐다. 관객이 앉는 좌석은 커다란 깔때기 모양의 층계를 이루며 둥글게 줄지어 있었다. 위에서 보면 이 극장은 원형이나, 타원형, 또는 커다란 반원처럼 보여 사람들은 원형극장이라 불렀다. 축구

경기장만큼 커다란 극장도 있고, 겨우 몇백 명의 관객이 앉을 수 있는 아담한 극장도 있었다. 또, 기둥과 조각으로 장식된 화려한 극장이 있는가 하면, 아무런 장식이 없는 소박한 것도 있었다. 이 원형극장들에는 지붕이 없어 모든 행사는 확 트인 하늘 아래서 열렸다. 그 대신 화려한 극장에는 좌석 위로 금실로 짠 융단이 높다랗게 쳐져 있어 관객들이 뜨거운 햇볕과 소나비를 피할 수 있었다. 한편 소박한 극장에서는 갈대와 짚으로 짠 차일이 그 구실을 했다.

한마디로 말해, 극장은 사람들에게 즐거움을 주는 장소였다. 모두가 극장을 사랑했고 한결같이 열렬한 관객이요, 청중이었다.

그들은 무대에서 벌어지는 우습거나 감동적인 이야기에 귀를 기울일 때면, 그 곳에서 펼쳐지는 삶이 자신의 하루하루 삶보다 더 현실 같다는 묘한 느낌을 가졌다. 그들은 이러한 또 하나의 현실에 빠져들기를 더할 수 없이 좋아했다.

그 뒤로 수천 년의 세월이 흘렀다. 옛날의 큰 도시들은 몰락했다. 사원과 궁전들도 무너져 버렸다. 비바람과 추위와 태양의 열기가 돌덩이를 침식 구멍으로 만들었다. 커다란 극장들도 세월풍파에 시달려 폐허가 되었다. 갈라진 벽 틈새에서 지금은, 잠든 대지의 숨결처럼 한여름의 여치들만이 단조로운 노래를 부르고 있었다.

하지만 이 거대했던 옛 도시 가운데에는 더러 오늘날까지도 큰 도시로 남아 있는 곳이 있다. 물론 사람들의 삶은 완전히 달라져 버렸다. 자동차와 전차가 달리고, 전화와 전등을 쓰고 있다. 하지만 새 건물 틈바구니에 군데군데 여전히 몇 개의 옛날 기둥들, 하나의 성문, 한 조각의 성벽, 그리고 그 옛날의 원형극장이 남아 있다.

바로 여기에서 우리의 모모 이야기는 시작된다.

큰 도시의 남쪽 끝 시골 마을, 구불구불한 길이 끝나면 논밭이 펼쳐지고 작은 오두막이 띄엄띄엄 보이는 곳에, 소나무 숲에 가려진 작은 원형극장의 폐허가 남아 있었다. 이 곳은 그 옛날에도 호화로운 극장에 비하면 아주 작은 극장이었다. 말하자면, 가난한 사람들을 위한 극장이었다. 우리가 사는 시대에, 모모의 이야기가 시작되는 그즈음 이 폐허는 거의 잊혀져 있었다. 고고학을 전공하는 몇몇 학자들만이 이 극장을 알고 있었지만, 더 밝혀 낼 것이 없어지자 그들도 이 극장에 더 이상 관심을 기울이지 않았다.

게다가 이 극장은 큰 도시에 있는 다른 유명한 장소에 비해 너무 초라했다. 그래도 종종 몇몇 관광객이 찾아와, 잡초로 무성하게 뒤덮인 좌석 위를 오르락내리락하며 떠들썩하게 기념 사진을 찍고 떠나곤 했다. 그리고 나면 돌덩이로 된 원형의 터는 다시 조용해지고, 여치들만이 멈추었던 끝없는 노래를 불렀다.

이 묘한 둥근 건축물을 알고 있는 사람들은 이웃에 살고 있는 마을 사람들뿐이었다. 그들은 이 곳에 양 떼를 몰고 와 풀을 뜯게 하고, 아이들은 가운데 둥근 광장에서 공놀이를 했다. 때때로 밤이면 사랑하는 연인들이 이곳에서 만나기도 했다.

그런데 어느 날 마을 사람들 사이에, 요즘 누군가가 그 극장 폐허에서 살고 있다는 소문이 퍼졌다. 어린아이, 어쩌면 어린 소녀일지도 모른다, 아이가 좀 야릇한 옷차림을 하고 있어 확실히는 알 수가 없다고 했다. 이름이 모모라던가, 아무튼 그와 비슷한 이름이었다.

모모의 겉모습은 분명 기묘했고, 깨끗함과 단정함을 중요하게 생각하는 사람들에게는 좀 어이없게 보일 수도 있었다. 모모는 작고 바싹 마른 말라깽이였다. 그래서 한껏 잘 봐 줘도 겨우 여덟 살쯤 될까. 아무튼 열 두 살이 되었다고 믿기는 어려웠다. 모모는 지금껏 한 번도 빗질이나 가위질을 한 적이 없는 듯한, 헝클어진 까만 고수 머리였다. 깜짝 놀랄만큼 동그랗고 예쁜 눈은 검게 빛났다. 발도 역시 새까만 빛깔이었다. 모모는 늘상 맨발로 돌아다니기 때문이었다. 겨울철에는 어쩌다 신발을 신었지만, 그것도 짝짝이인데다 너무 헐렁했다.

모모는 어디서 주웠거나 누군가에게서 얻은 것말고는 자기 것이라고는 하나도 없기 때문이었다. 알록달록한 누더기로 기운 치마는 복숭아뼈에까지 늘어졌다. 그 위에 낡아빠진 헐렁한 남자 웃옷을 걸쳤는데, 기다란 소매는 손목까지 걷어올렸다. 그래도 그것을 잘라 내려고는 하지 않았다. 앞으로 키가 더 커질 것을 미리 계산하고 있기 때문이었다. 게다가 언제 다시 그렇게 근사하고 실용적이며, 주머니가 많이 달린 웃옷을 갖게 될지도 알 수 없는 노릇이었다.

잡초로 뒤덮인 무대 밑에는 반쯤 허물어진 방이 있었고 바깥벽의 구멍을 통해 그 방으로 드나들 수 있었다. 모모는 그곳을 보금자리로 치고 살고 있었다. 어느 한나절 이웃 마을의 사람들이 모모를 찾아와 이것저것 물었다. 모모는 마주 서서 걱정스런 표정으로 그들을 바라보았다. 사람들이 쫓아 낼까봐 겁이 났기 때문이다. 하지만 모모는 그들이 친절한 사람들이라는 것을 금방 알아차렸다. 그들은 가난했지만 삶이 무엇인지 알고 있는 사람들이었다.

"그래,"

남자들 가운데 한 사람이 입을 열었다.

"여기가 마음에 드니?"

"예."

모모는 대답했다.

"그럼 여기서 계속 있을 거니?"

"예, 그럼요."

"아니, 넌 어디 다른 갈 데는 없니?"
"없어요."
"내 말은, 네가 다시 집으로 돌아가야 한다는 말이다."
"여기가 저의 집인걸요."
모모는 자신 있게 재빨리 대답했다.
"대체 너는 어디서 왔니, 꼬마야?"
모모는 어딘가 아득한 곳을 가리키는 막연한 손짓을 했다.
"너의 부모는 누구니?"
그 남자는 계속 캐물었다.
모모는 어쩔 줄 몰라하며 그 남자와 다른 마을 사람들을 번갈아보더니 보일 듯 말 듯 어깨를 으쓱했다. 사람들은 서로 눈짓을 주고받으며 한숨을 내쉬었다.
"조금도 겁낼 거 없다. 우리는 너를 쫓아 내려는 게 아니라 너를 도와 주려는 거야."
모모는 말없이 고개를 끄덕였다. 하지만 아직도 완전히 믿지 못하겠다는 눈치였다.
"모모라고 했지, 응?"
"예."
"참 예쁜 이름이구나. 하지만 처음 들어 보는 이름이야. 누가 네 이름을 지어 주었니?"
"제가요."
"네가 네 이름을 지었다고?"
"예."
"그럼, 넌 언제 태어났지?"
모모는 한참 생각하더니 이윽고 대답했다.

"제 기억으론, 저는 항상 있었어요."

"그럼 넌 이모, 삼촌, 할머니 같은 가족이 없단 말이냐?"

모모는 그 남자를 쳐다보더니 잠자코 있었다. 그러더니 입속말로 중얼거렸다.

"여기가 저의 집이에요."

"그래, 그렇지만 너는 아직 어리잖니. 대체 몇 살이지?"

"백 살이에요."

모모는 멈칫거리며 말했다. 사람들은 모모가 장난으로 대답한 줄 여기고 웃음보를 터뜨렸다.

"자, 진짜로, 몇 살이지?"

"백 두 살요."

모모는 좀더 자신 없는 목소리로 대답했다.

한참 뒤에야 사람들은 이 꼬마가 주워들은 숫자가 몇 개 안 된다는 것, 배운 적이 없어 숫자가 무언지도 전혀 모른다는 것을 알아챘다.

"자, 들어 봐."

남자는 다른 이웃 사람들과 의논을 한 뒤에 말했다.

"네가 여기 있다는 걸 경찰에 알리면 어떻겠니? 그럼 너는 고아원에 가게 될 테고, 거기서 먹을 것과 잠자리를 얻게 되고, 읽기랑 쓰기, 그리고 또 많은 것을 배울 수 있을 텐데. 그렇게 하는 게 어떻겠니?"

모모는 깜짝 놀란 듯 남자를 바라보았다.

"아뇨,"

모모는 중얼거렸다.

"그런 곳엔 안 갈래요. 한 번 거기 간 적이 있어요. 다른 애들도 함께 있었어요. 창에는 창살이 있구요. 맨날 때려요. 그것도 참 억울하게요. 거기서 저는 밤중에 담을 넘어 도망쳐 나왔어요. 다시는 가고 싶지 않아요."

"그래, 알겠다."

한 노인이 말하며 고개를 끄덕였다. 이어서 다른 마을 사람들도 고개를 끄덕였다.

"자, 그렇긴 해도 너는 너무 어리잖니."

한 부인이 말했다.

"누구인가의 보살핌을 받아야 해."

"제가 보살피지요."

모모는 기분이 가벼워져서 대답했다.

"정말 혼자 할 수 있어?"

부인이 물었다.

모모는 한참 말이 없더니 조그만 소리로 말했다.

"저는 별로 필요한 게 없어요."

사람들은 눈짓을 다시 주고받으며 한숨을 쉬고는 고개를 끄덕였다.

"애, 모모."

맨 처음 말을 걸었던 남자가 말했다.

"우리 생각엔, 네가 우리들 가운데 어느 집에서 같이 살면 어떨까 싶은데. 사실 우리는 모두 가난해. 대부분 먹여야 할 애들이 여럿씩 있거든. 그래도, 우리 생각엔 한 아이쯤 더 있다고 해서 별문제는 없을 것 같아. 그렇게 하면 어떻겠니, 응?"

"고맙습니다."

모모는 그제야 처음으로 웃음을 지으며 말했다.

"정말 고마와요! 하지만 저를 그냥 여기서 살게 해 주실 수 없나요?"

마을 사람들은 한참 동안 서로 얘기를 주고받더니, 결국 그렇게 하기로 뜻을 모았다. 그들은 이 꼬마가 다른 집에 가지 않아도 이 곳에서 잘 지낼 수 있다고 생각했다. 그 대신 모두가 힘을 합해 모모를 보살피기로 했다. 그렇게 하는 것이 어느 한 사람이 보살피는 것보다 한결 쉬울 테니까.

그들은 당장, 모모가 살고 있는 반쯤 허물어진 돌로 된 방을 정리하고 수리하기 시작했다. 마을 사람 가운데 한 미장이가 조그만 돌 부뚜막을 만들고 녹슨 연통까지 달았다. 어느 할아버지 목수는 나무 상자 몇 개로 작은 책상과 의자 두 개를 짜 주었다. 부인들은 낡았지만 꽃무늬로 장식된 철침대와, 약간 해진 매트리스, 두 장의 담요를 가져왔다. 이렇게 해서 폐허의 무대 밑, 바위 구멍 안에 작지만 아늑한 방이 마련되었다. 예술적 재능을 가진 미장이 아저씨는 벽에 예쁜 꽃을 그려 장식하고 액자와 못에도 그림을 그려 주었다.

그러자 이번에는 마을 아이들이 음식을 조금씩 갖고 몰려왔다. 어떤 아이는 치즈 한 조각, 어떤 아이는 작은 빵 하나, 다른 아이는 과일을……. 그렇게 많은 아이들이 모여들었다. 그날 밤엔 그야말로 많은 아이들이 몰려와 모두가 어울려 원형극장에서 모모의 집을 축하하는 잔치를 벌였다. 그것은 오직 가난한 사람들만이 기뻐할 수 있는 즐거운 잔치였다.

이렇게 꼬마 모모와 이웃 마을 사람 사이의 우정이 시작되었다.

뛰어난 재능 평범한 싸움

그 때부터 모모의 생활은 아주 좋아졌다. 어떻든 모모는 그렇게 생각했다. 마을 사람들 도움에 따라 어느 날엔 많고 어느 날엔 모자라기도 했지만, 이젠 늘 무엇이고 먹을 것이 있었다. 비와 서리를 피할 지붕이 있고, 침대가 있고, 추우면 불을 지필 수도 있었다. 그리고 가장 좋은 것은, 모모에게 좋은 벗들이 많이 생겼다는 사실이었다. 그토록 친절한 사람들 틈에 있게 된 것이 모모에게는 더없이 큰 행운이었다. 모모 자신은 진심으로 그렇게 생각했다. 하지만 마을 사람들 역시 커다란 행운을 얻은 것을 곧 깨닫게 되었다. 그들은 모모를 필요로 했다. 전에는 모모 없이 어떻게 살았는지 이상할 정도였다. 이 꼬마 소녀가 그들 곁에서 지내는 시간이 많아질수록, 그들은 점점 더 모모가 없어서는 안 될 존재로 느껴졌다. 그리하여, 어느 날 갑자기 꼬마가 다시 사라져 버리지나 않을까 하는 걱정을 하기에 이르렀다.

이렇게 하여 모모의 집에는 손님이 끊이지 않게 되었다. 언제나 모모 곁에는 누군가가 앉아 얘기를 나누고 있었다. 모모가 필요하지만 올 수 없는 사람은 모모를 부르러 사람을 보냈다. 모모가 필요하다는 것을 아직 느끼지 못하는 사람이 있으면, 마을 사람들은 이렇게 말했다.

"아무튼 모모에게 가 보게나!"

이 말은 점점 마을 사람들 사이에 으레 하는 말이 되어 버렸다. 마치 "만사 형통하시기를!" "천천히 많이 드십시오!" 또는 "하느님이 알고 계시지!"라고 말하 듯, 사람들은 어떤 경우에든 "어쨌든 모모에게 가 보게!"라고 말하는 것이었다.

이유가 무엇일까? 모든 사람에게 하나하나 훌륭한 충고를 해줄 수 있을 만큼 모모가 뛰어나게 현명한 걸까? 위로를 필요로 하는 사람에게 언제나 적절한 말을 해 주는 걸까? 아니면 현명하고 공정한 판단을 내리는 걸까?

아니, 모모는 다른 보통 꼬마나 마찬가지로 그 어느 것도 할 수 없었다.

그렇다면 혹시 모모에겐 사람들의 기분을 좋게 북돋아 주는 어떤 재주가 있는 걸까? 이를테면 유난히 노래를 잘 부른다던가? 아니면 악기를 다룰 줄 안다던가? 아니면—하기야 지금 일종의 곡예장 안에 살고 있으니까—춤을 잘 추거나 곡예를 부릴 줄 알았던 걸까?

아니, 그것 역시 아니었다.

그렇다면 모모는 마술을 부릴 수 있었던 게 아닐까? 무슨 신비스러운 주문을 알고 있어서 온갖 근심과 어려움을 쫓아 낼 수 있었던 건 아닐까? 손금을 읽는다던가, 그런 비슷한 걸로 앞날을 점칠 수 있었던 건 아닐까?

그러나 그 어느 것도 아니었다.

꼬마 모모가 가진 재주, 다른 누구나가 할 수 없는 능력은, 바로 귀를 기울여 들어 주는 일이었다.

그게 뭐 특별한 재주냐고 사람들은 말할지도 모른다. 귀기울여 듣는 거야 누구나 할 수 있다고.

하지만 그것은 잘못된 생각이다. 진정으로 귀기울여 듣는 일을 할 수 있는 사람은 아주 드물다. 더욱이 모모가 도달하고 있는 귀기울임의 경지는 세상에 두 번 다시 찾기 어려운 것이었다.

모모는, 어리석은 사람이 문득 지혜로운 눈을 뜰 수 있도록 귀기울여 들어 줄 줄 알았다. 그렇다고 모모가 사람들에게 그런 생각을 깨우칠 만한 말을 하거나 질문을 해서도 아니었다. 모모는 그냥 옆에 앉아 오로지 귀기울여 듣기만 했다. 온 정신을 집중하고, 온 마음을 쏟으며, 그러면서 그 크고 검은 눈으로 상대방을 똑바로 바라보았다. 그때 상대방은, 자기 마음속에 감추어져 있었다고는 도저히 느낄 수 없었던 지혜로운 생각이 불현듯 솟아오르는 것을 느끼는 것이었다.

모모는 갈피를 못 잡거나 결심을 못한 사람들에게 문득 자신이 무엇을 원하는지 정확히 알 수 있게끔 귀기울여 들어 주었다. 수줍음이 많은 사람은 어느 새 용기있는 대담한 사람이 되었다. 불행한 사람, 억눌린 사람은 희망을 갖게 되고 웃음을 찾게 되었다.

그리고 가령 누군가가 자신의 인생이 완전히 어긋나서 무의미하다고 여기며 자기 자신은 전혀 중요하지 않은 존재, 찌그러진 남비처럼 언제라도 다른 사람으로 바뀔 수 있는 수백만 사람 가운데 하나에 불과하다고 느낄 때, 모모에게 가서 그 모든 것을 털어 놓으면 그는 이야기하는 가운데 어느 새 신기하게도, 자기의 생각이 근본적으로 틀렸다는 것을 알게 되었다. 현재의 자신은 수많은 사람들 틈에서 오로지 하나밖에 없는 존재라는 것, 따라서 이 세상에서 가장 소중한 존재라는 것을 알게 되는 것이었다.

이렇게 모모는 다른 사람의 말에 귀기울여 들을 줄 알았다!

어느 날, 두 남자가 원형극장으로 모모를 찾아왔다. 이 두 사람은 이웃사촌인데도 죽자사자 한바탕 싸우고는 서로 말도 하지 않았다. 다른 사람들이 이웃끼리 서로 원수로 지내는 것은 옳지 않으니 모모에게 한번 가 보라고 권했던 것이다. 두 남자는 처음엔 막무가내로 고집을 피우다가 결국 마지못해 수그러진 것이었다.

이렇게 해서 그들은 지금 원형극장의 돌계단 맞은 자리에 떨어져 앉아, 침울하게 앞을 멍하니 바라보고 있었다.

한 사람은 모모의 '거실'에 난로와 예쁜 그림을 마련해 준 미장이 아저씨였다. 그의 이름은 니콜라였는데, 끝을 꼬아올린 새까만 수염을 기르고 있었다. 다른 사람의 이름은 니노였다. 그는 바싹 마르고 언제나 약간 피곤한 모습을 하고 있었다. 니노는 도시 변두리에 조그만 술집을 세내어 운영하고 있었다. 하긴 술집이랬자, 대체로 하루 저녁 내내 술 한 잔을 시켜 놓고 지난 날의 회고담이나 늘어놓는 몇몇 노인 손님이 고작이었다. 니노와 그의 뚱뚱한 아내 역시 모모의 친구들이었고, 벌써 수차례 모모에게 맛있는 음식을 가져다 준 적이 있었다.

두 사람이 서로에게 잔뜩 화가 나 있는 것을 눈치챈 모모는 우선 누구에게 먼저 가야 할지를 망설였다. 결국 모모는 누구의 마음도 상하게 하고 싶지 않아서 두 사람으로부터 똑같은 거리에 있는 지점, 돌무대의 가장자리에 걸터앉아 두 사람을 번갈아보았다. 그리고는 그저 무슨 일이 벌어질지 기다리고만 있었다. 어떤 일이건 해결하려면 시간이 필요하다. 그런데 시간이야말로 모모가 유일하게 풍족히 지니고 있는 재산이었다.

두 남자는 꽤 오래 그렇게 앉아 있었다. 그러다가 니콜라가 별안간 벌떡 일어서며 말했다.

"나는 가겠어. 도대체 여기까지 온 것만으로도 나는 내 성의를 보여 준 거야. 그런데, 모모. 너도 보다시피 저 사람은 조금도 잘못했다는 표정이 없구나. 내가 더 이상 기다릴 이유가 하나도 없지 않니?"

그리고 그는 정말 가려고 몸을 돌렸다.

"그래, 내빼려면 무슨 말은 못해!"

니노는 니콜라의 등 뒤에 대고 외쳤다.

"사실 너는 여기 올 필요도 없었어, 어쨌거나 난 사기꾼과 화해는 안 해!"

니콜라가 몸을 홱 돌렸다. 그의 얼굴은 화가 나서 시뻘겋게 달아 있었다.

"대체 누가 사기꾼인데?"

그는 으르렁거리면서 되돌아왔다.

"다시 한 번 지껄여 봐!"

"헐뜯기를 네 맘대로 될 줄 알구!"

니노가 소리쳤다.

"억세고 주먹깨나 쓴다고 네 앞에서 다 쩔쩔매는 줄 아냐? 하지만 나는 네 앞에서건, 누구 앞에서건 들으려는 사람에겐 바른 말을 한다구. 자, 아까처럼 어서 나를 죽이려고 덤벼 보지 그래!"

"죽이려면 아까 죽일 수도 있었어!"

니콜라는 고함을 치면서 주먹을 불끈 쥐었다.

"그렇지만 좀 봐라, 모모. 저 작자가 거짓말에다가 헐뜯기를 얼마나 잘 하는지! 나는 그저 목덜미를 잡아 끌어, 집 뒤 시궁창에 처박았을 뿐이란다. 그 안에선 쥐새끼라도 빠져 죽을 수가 없어."

그러고는 다시 니노에게 몸을 돌려 소리를 질렀다.

"유감스럽게도, 너는 그렇게 멀쩡하게 살아 있잖니!"

한동안 거친 욕지거리가 오갔다. 그래도 모모는 대체 무엇 때문에 두 사람이 그토록 화를 내는지 이유를 알 수 없었다. 그러나 점차, 니콜라가 그런 야비한 폭력을 행사한 것은 니노가 손님 앞에서 그의 따귀를 때렸기 때문임이 밝혀졌다. 물론 그보다 앞선 이유로는 니콜라가 니노의 그릇을 몽땅 부숴 버리려고 했기 때문이었다.

"그건 도대체 얼토당토 않은 거짓말이야!"

니콜라는 몹시 화가 난 말투로 발뺌했다.

"항아리 한 개를 벽에다 던졌을 뿐이야. 그것도 이미 금이 가 있던 걸 말이야!"

"하지만 그건 내 것이야, 알겠니?"

니노는 대답했다.

"네가 그런 짓을 할 권리는 없다구!"

니콜라는 자기의 행동이 전적으로 옳다고 주장했다. 왜냐하면 니노가 미장이로서의 자기의 능력을 모욕했기 때문이라는 것이었다.

"저놈이 나에게 뭐라고 했는지 아니?"

그는 모모를 향해 소리쳤다.

"날더러 밤낮 취해 있기 때문에 도저히 담을 똑바로 쌓을 수 없을 거라는구나. 게다가 내 증조 할아버지부터 그랬을 거라나. 어쩌면 증조 할아버지가 피사의 사탑을 쌓는 데 한몫 했을지도 모른다는 거야. 그러니……."

"그렇지만, 니콜라."

니노가 대답했다.

"그건 농담이었잖아!"

"참 멋진 농담이구나!"

니콜라는 비꼬듯이 말했다.

"난 그런 농담을 듣곤 웃을 수가 없어."

하지만 니노가 그런 농담을 했던 이유는 니콜라가 기분 나쁜 농담을 먼저 했기 때문이라는 것이 곧 밝혀졌다. 어느 날 아침 니노의 집 대문 위에 새빨간 글자로 이렇게 쓰여 있었다는 것이다.

'아무 것도 되지 못한 자가 술집 주인이 된다.'

그것 역시 니노는 도저히 농담으로 여길 수가 없었던 것이다.

두 남자는 한동안, 두 가지 농담 중에 어느 것이 더 나은가를 놓고 열이 나서 떠들더니 다시금 화가 나서 싸우기 시작했다. 그러다가 마침내 둘 다 갑자기 웃음보를 터뜨렸다.

모모는 눈이 휘둥그래져서 그들을 바라보았다. 하지만 두 사람은 모모의 표정을 정확하게 읽을 수 없었다. 속으로 우리를 우습다고 생각하는 걸까? 아니면 슬퍼하는 걸까? 모모의 얼굴에는 아무런 표정도 나타나지 않았다. 하지만 두 남자는 불현듯 자신의 모습을 거울에 비춰 본 듯한 느낌이 들었고, 점차 부끄러워졌다.

"좋아,"

니콜라가 말했다.

"아무래도 그런 말을 자네 집 대문 앞에 쓰지 말 걸 그랬나보군, 니노. 자네가 포도주를 딱 한 잔만 달라는 걸 거절하지만 않았어도, 그러지는 않았을 걸세. 그것은 옳지 않은 일이야. 안 그래? 나는 꼬박꼬박 술값을 지불했어. 자네가 나를 그렇게 대접할 이유가 전혀 없잖나."

"있을 수도 있지!"

니노가 대답했다.

"성 안토니우스 건은 이제 잊어버렸나? 아아, 이제야 자네 얼굴이 핼쑥해지는군? 그 때 자네는 고의로 나를 속였었지. 그런 일은 용서할 수 없었어."

"내가 자네를?"

니콜라는 소리치며 어이없다는 듯 철썩 자기 이마를 쳤다.

"방귀 뀐 놈이 성낸다고! 오히려 자네가 나를 슬쩍 속이려 들다가 뜻대로 안 된 거지!"

사실은 이러했다. 니노의 작은 술집 벽에는 성 안토니우스를 그린 그림이 걸려 있었다. 그것은 언젠가 니노가 책에서 오려 액자에 끼워 넣은 천연색 인쇄물이었다.

니콜라는 그 그림이 마음에 들었고 어느 날 니노에게 그림을 사겠다고 했다. 니노는 재치 있게 흥정을 해서 니콜라가 그림값으로 라디오를 내놓게 했다. 니노는 속으로 만세를 외쳤다. 사실 이 흥정에서는 니콜라가 상당한 손해를 보는 셈이기 때문이었다. 거래는 이루어졌다. 그런데 문제는 마분지로 된 액자 뒷면과 그림 사이에, 니노가 전혀 모르고 있던 지폐가 한 장 꽂혀 있었다는 사실이 알려진 데 있었다. 그러니 이번에는 니노가 니콜라의 속임수에 당한 꼴이 되었다. 그는 화가 났다. 니콜라에게 돈을 되돌려 줄 것을 강력하게 요구했다. 그림 흥정에 돈은 들어 있지 않았다는 이유에서였다. 니콜라는 이를 거절했다. 그리고 나서부터 니노는 니콜라에게 술을 팔지 않았다. 싸움은 그렇게 시작된 것이었다.

두 남자는 사건의 발단까지 거슬러 올라가고 나서, 한동안 말이 없었다.

조금 있다가 니노가 물었다.

"정말 솔직히 말해 보게, 니콜라. 자넨 흥정하기 전부터 이미 돈이 들어 있다는 걸 알고 있었지, 안 그래?"

"그럼, 알고 있었지. 그렇지 않고야 그런 흥정을 했겠나?"

"그렇다면 자네가 나를 속였다는 점을 시인해야 하네!"

"뭣 때문에? 그럼 자네는 돈이 있었다는 걸 정말 몰랐단 말인가?"

"몰랐네, 맹세코!"

"자, 좋아! 어쨌거나 자네도 나를 살짝 속이려 했었어. 아니라면 그 따위 값어치 없는 신문지 조각 하나로 어떻게 내 라디오를 차지할 생각을 할 수 있었나, 응?"

"그럼 어떻게 자네는 돈이 있다는 걸 알았나?"

"이틀 전 밤에 한 손님이 성 안토니우스에 바치는 헌금으로 거기에 돈을 꽂는 것을 보았지."

니노는 입술을 깨물었다.

"액수가 컸나?"

"내 라디오의 값보다 많지도 적지도 않은 금액이었어."

니콜라가 대답했다.

"그렇다면 우리의 싸움은 처음부터 신문에서 오려 낸 성 안토니우스 때문일세그려."

니노는 생각에 잠겨 말했다.

니콜라는 머리를 긁적이며 투덜거리듯 말했다.

"그래. 자네가 갖겠다면 돌려 주겠네, 니노."

"아닐세, 천만에!"

니노는 당당하게 말했다.

"흥정은 끝난 걸세! 사내 대장부 사이의 약속 아닌가!"

이렇게 두 사람은 동시에 웃음보를 터뜨린 것이다. 그들은 돌계단을 내려와 풀이 잔뜩 돋은 둥근 광장 가운데서 서로 얼싸안고 상대방의 등을 두들겼다. 그리고 둘 다 모모를 팔에 안고 말했다.

"고맙다!"

잠시 뒤 그들이 떠나갈 때, 모모는 그들의 뒷모습을 향해 오랫동안 손을 흔들었다. 모모는 두 친구가 다시 가까워진 것이 매우 기뻤다.

어느 날이다. 한 번은 어린 소년이 노래 하지 않는 카나리아를 가져왔다. 그것은 모모에게 꽤나 어려운 과제였다. 마침내 카나리아가 즐겁게 지저귀며 노래하기까지, 모모는 꼬박 일 주일 내내 귀를 기울여야 했다.

모모는 모든 것을 향해 귀를 기울였다. 개와 고양이, 귀뚜라미와 거북이, 심지어는 빗소리와 나뭇가지 사이를 스쳐가는 바람 소리에도 귀를 기울였다. 그러면 그 모든 것은 나름대로의 방식으로 모모에게 말을 걸어 왔다.

숱한 밤, 친구들이 집으로 가 버리고 나면, 모모는 반짝이는 별이 총총한 밤하늘을 아치 지붕으로 얹은 옛 극장터의 커다란 둥근 돌좌석 한가운데 앉아서 거대한 정적에 귀를 기울였다.

그러면, 모모는 마치 자기가 별세계를 향해 귀기울이고 있는 거대한 귓바퀴의 한가운데 앉아 있는 느낌에 사로잡혔다. 그리고 야릇하게도 깊숙이 심장을 파고드는, 나지막하고도 힘찬 음악이 들리는 것 같았다.

그러한 밤이면 모모는 유난히 아름다운 꿈을 꾸곤 했다.

지금도 남의 말을 귀기울여 듣는 일이 그다지 대수로운 일이 아니라고 생각하는 사람이 있는가? 그러한 사람은 모모처럼 할 수 있는지 없는지 한번 시험해 보라.

폭풍우 놀이와 진짜 소나기

 새삼 말할 것도 없지만, 모모는 상대가 어른이든 아이든 가리지 않고 모두의 말에 똑같이 귀를 기울였다. 그런데 아이들이 원형극장 터에 오고 싶어하는 데에는 또다른 이유가 있었다. 모모가 여기 살게 된 뒤로 아이들은 그 어느 날보다 재미있게 놀 수 있기 때문이었다. 한 마디로 전혀 지루하지가 않았다. 그렇다고 모모가 무슨 유별난 놀이를 알고 있어서도 아니었다. 아니, 모모는 그저 함께 어울려 놀았을 뿐이다. 그러다 보면 왠지는 도저히 알 수 없지만 어린아이들에게는 신통한 생각들이 떠올랐다. 날마다 아이들은 보다 재미있는 놀이를 생각해 냈다.

 어느 무덥고 찌무룩한 날이다. 10명인가, 11명의 어린아이들이 돌계단에 앉아 모모가 돌아오기를 기다리고 있었다. 모모는 곧잘 그러듯 마을 주변을 돌아다니러 나가고 없었다. 머리 위엔 먹구름이 두텁게 덮여 있었다. 아무래도 곧 소나기가 쏟아질 기세였다.

"집으로 갈까봐."

어린 꼬마 동생을 데리고 온 소녀가 말했다.

"나는 천둥 벼락이 무서워."

"그럼 집에서는?"

안경을 쓴 소년이 물었다.

"그럼 집에서는 천둥 벼락이 안 무섭단 말이니?"

"무섭기야 하지."

소녀가 대답했다.

"그렇다면 여기 있어도 마찬가지잖아?"

소년은 말했다.

소녀는 어깨를 으쓱하고는 고개를 끄덕였다. 잠시 뒤 소녀는 말했다.

"하지만 모모가 영 나타나지 않을 것 같아."

"그렇다면,"

그 때 개구장이 소년 하나가 이야기에 끼어 들었다.

"우리끼리라도 무슨 놀이를 할 수 있잖아. 모모가 없더라도."

"좋아, 그럼 무슨 놀이를 할까?"

"나도 몰라. 아무 거나."

"아무 거나라니, 그게 무슨 말이야. 누구, 무슨 좋은 생각 없니?"

"내 생각에는,"

여자의 소프라노 같은 목소리를 가진 뚱보 소년이 입을 열었다.

"이런 놀이를 하면 어떨까. 이 극장이 커다란 배가 되는 거야. 우리는 미지의 바다로 나가 모험을 하는 거지. 내가 선장이 되고 너는 일등 기관사, 그리고 너는 자연과학자, 말하자면 교수가 되는 거야. 이를테면 우리의 여행은 탐험여행이거든. 알겠니? 그리고 나머지는 선원이 되는 거야."

"그럼 우리 여자들은? 우린 뭐가 되는 거니?"

"여자 선원. 이 배는 미래의 배거든."

그것은 참으로 근사한 생각이었다. 그래서 꼬마들은 곧 놀이를 시작하려 했으나, 서로 의견이 엇갈려 흐지부지되고 말았다. 얼마 안 있어 또 다시 아이들은 돌계단에 주저앉아 마냥 모모를 기다렸다.

그때 모모가 돌아왔다.

뱃머리에 파도가 요란하게 부딪쳐 흩어졌다. 탐험선 '아르고' 호—그리스 신화에서 영웅 이아손이 황금 양털을 찾아 콜키스에 건너갈 때 타고 간 배의 이름—는 폭풍이 가라앉은 뒤의 파도에 실려 조용히 흔들거리고 있었다. 이 배는 이제 순풍을 타고 남쪽 산호의 바다를 향해 전 속력으로 질주하고 있었다. 옛날부터 지금까지 이 위험한 바다를 항해하려고 엄두를 낸 배는 한 척도 없었다. 왜냐하면 이 바다에는 깊이를 알 수 없는 여울과 산호초, 그리고 무시무시한 바다 괴물이 우글거리기 때문이었다. 무엇보다 이 바다에는 '영원한 태풍'이라는 사나운 회오리 바람이 일기 때문이었다. 폭풍은 끊임없이 이 바다 위를 회오리치면서 마치 살아 있는 괴물처럼, 더할 나위 없이 교활한 귀신처럼 덤벼들어 먹이를 빼앗으려 했다. 폭풍이 나아가는 방향은 도저히 예측할 수 없었다. 그리고 일단 이 폭풍의 거대한 갈퀴에 걸려 든 뒤로는 세상의 어떤 것도 도저히 빠져 나올 수 없었다. 그리하여 끝내는 속절없이 톱밥처럼 가루로 으깨져 버리고 마는 것이다. 물론, 탐험선 '아르고'는 '떠도는 태풍'에 맞설 특수 장비를 갖추었다. 이 배는 전체가 다 펜싱칼처럼 휘어지기는 해도 결코 부러지지 않는 푸른색 강철로 만들어졌다. 게다가 특수한 비법으로 큰 강철을 하나로 붙여 이음새가 없는 튼튼한 배였다.

아무리 그렇다 해도 다른 선장, 다른 선원들이라면 이제까지 한 번도 시도해 보지 못한 이 모험길에 나설 용기를 내기 어려웠으리라. 하지만 우리의 선장 고르돈은 그럴 용기를 갖고 있었다. 선장은 의기양양하게 사령교에 서서 선원들을 내려다 보았다. 하나같이 자신의 분야에서 인정받고 있는 전문가들이었다.

선장 옆에는 그의 일등 항해사, 돈 멜루가 서 있었다. 그는 이미 127번이나 폭풍우를 이겨 낸 노련한 뱃사람이었다.

저편 뒤 갑판의 햇볕을 가리는 천막 위로는, 이 탐험의 학술부 책임자인 아인슈타인 교수와 비범한 기억력으로 교수의 도서관 역할을 하는 두 사람의 여자 조수 마우린과 사라가 보였다. 세 사람 모두 정밀 기계 위로 몸을 구부리고 서서, 자기들만이 아는 어려운 말로 소곤거리며 의논을 하고 있었다.

세 학자들과 약간 떨어진 곳에 아름다운 토착민 아가씨 모모잔이 책상다리를 하고 앉아 있었다. 학자는 이따금 이 바다의 특수한 사항들에 대해 소녀에게 자세히 물어 보았다. 그러면 소녀는, 교수만이 알아듣는 아름다운 울림의 훌라 사투리로 대답했다.

이 탐험 여행의 목적은 '떠도는 태풍'의 원인을 밝혀, 가능하면 그것을 제거하여 다른 배들도 이 바다 위를 항해할 수 있도록 하는 데 있었다. 하지만 아직 언저리는 고요했고 폭풍의 신호를 전혀 느낄 수 없었다.

조망대에 있는 선원의 갑작스런 외침에 선장은 생각에서 번뜩 깨어났다.

"선장님!"

그는 손나팔을 하고 아래를 향해 소리쳤다.

"제가 본 것이 틀림없다면, 저 앞에 유리로 된 섬이 하나 보입니다!"

선장과 돈 멜루는 즉시 망원경을 눈으로 가져갔다. 아인슈타인 교수와 그의 여조수들도 흥미를 느끼고 다가왔다. 아름다운 토착민 소녀만이 침착하게 그대로 앉아 있었다. 소녀가 사는 토착민 마을의 관습은 호기심을 겉으로 드러내는 것을 금하기 때문이었다. 그들은 곧 유리섬에 닿았다. 교수는 배의 바깥벽 줄사다리를 타고 내려가 섬의 투명한 바닥에 발을 디뎠다. 바닥은 무척이나 미끄러웠다. 그래서 아인슈타인 교수는 두 다리로 버티고 서기 위해 안간힘을 써야 했다.

섬은 원모양으로 어림 잡아 지름이 20미터 정도 되었다. 섬의 바닥은 한가운데를 향해 반원처럼 가파르게 언덕지어 있었다. 제일 높은 곳에 이르자, 교수는 이 섬의 안쪽 깊은 곳에서 일렁이는 불빛을 보았다.

교수는 잔뜩 긴장해서 난간에 붙어 서 있는 다른 선원들에게 자기가 본 것을 이야기했다.

"그렇다면,"

여조수 마우린이 의견을 말했다.

"그건 아마도 오겔뭄프 비스트로치날리스와 관계 있는 것일 거야."

"그럴는지도 모르지."

여조수 사라가 대답했다.

"하지만 그건 슈루쿨라 타페토치페라일 수도 있어."

아인슈타인 교수는 일어나 안경을 고쳐 쓰고 위를 향해 소리쳤다.

"내 생각으로는 지금 우리가 있는 곳은 일반적인 슈트룸푸스 쿠비에 치넨주스의 변종과 관련이 있는 것 같군요. 하지만 밑에서부터 차근차근 알아본 뒤에야 확실한 답을 얻을 수 있겠습니다."

그러자 곧 세계적으로 유명한 잠수 선수인 여자 선원 세 명이 재빨리 잠수복으로 갈아입고 물 속으로 뛰어들었다. 한동안 바다 위에는 물거품만이 뽀글뽀글 올라왔다. 그러나 잠시 뒤 이름이 산드라인 선원이 불쑥 물 속에서 솟아올라 헐떡이며 소리쳤다.

"어마어마하게 큰 해파리예요! 다른 두 동료가 해파리의 촉수에 걸려 꼼짝달싹 못하고 있어요. 큰일나기 전에 어서 구해 줘야 해요!"

그리고 나서 소녀는 다시 물 속으로 들어갔다.

즉시 백 명의 잠수부가 '돌고래'라고 불리는 노련한 대장 프랑코의 지휘 아래 물 속으로 뛰어들어갔다. 물 밑에서 무시무시한 싸움이 벌어졌다. 물 위는 거품으로 뒤덮였다. 그렇지만 그들은 거대한 힘으로 휘감긴 두 소녀를 풀어 낼 수가 없었다. 이 커다란 해파리의 힘은 그토록 엄청났다.

"뭔가……,"

교수는 이마에 주름을 지으며 조수들에게 말을 건넸다.

"이 바닷속에 뭔가 거대한 성장의 원인이 있는 것 같애. 꽤 흥미있는걸!"

그 사이에 선장 고르돈과 일등 기관사 돈 멜루는 이 문제를 의논한 결과 결정을 내렸다.

"퇴각!"

돈 멜루가 외쳤다.

"모든 잠수부들은 갑판으로 돌아오시오. 이 괴물을 두 조각 내기로 합시다. 그러지 않고는 두 소녀를 구해 낼 수가 없을 것 같소."

'돌고래' 대장과 잠수부들은 물 위로 나와 갑판으로 올라왔다. '아르고' 호는 일단 약간 물러섰다가 전 속력으로 거대한 해파리를 향해 돌진했다. 이 철덩어리로 된 뱃머리는 면도날처럼 날카로웠다. 소리없이, 거의 흔들림도 느낄 수 없이, 배는 거대한 해파리를 두 조각으로 갈랐다. 사실 그것은 촉수에 얽매인 두 소녀에게도 상당히 위험한 일이었다. 하지만 일등 항해사 돈 멜루는 그 상황을 한 치의 오차도 없이 측정해서 두 소녀 사이로 돌진했다. 두 동강 난 해파리의 촉수는 힘을 잃고 축 늘어져 버렸고, 사로잡혔던 두 소녀는 빠져 나올 수 있었다.

두 소녀는 배 위에서 성대한 환영을 받았다. 아인슈타인 교수가 두 소녀에게 다가가 말했다.

"내 잘못이었어. 너희들을 내려 보내지 않았어야 했는데. 미안하구나, 그런 위험에 빠지게 하다니!"

"미안해하실 것 없어요, 교수님."

한 소녀가 유쾌하게 웃으며 말했다.

"그런 일을 하려고 우리도 이 배를 탄 걸요."

또 한 소녀가 덧붙였다.

"위험을 무릅쓰는 일이 우리 직업이에요."

하지만 더 긴 얘기를 주고받을 시간이 없었다. 구조 작업에 골몰하느라 선장을 비롯한 승무원은 바다를 살피는 일에서 완전히 손을 떼고 있었다. 그 때야 비로소 그들은 '떠도는 태풍'이 어느 새 수평선에 나타나 맹렬한 속력으로 '아르고' 호를 향해 전진해 오고 있다는 사실을 알아차렸다. 위기일발의 순간이었다.

첫번째의 돌풍이 몰아쳐 와 철덩어리 뱃전을 때리자 배는 공중으로 붕 떴다가 옆으로 기울어지며 50미터는 될 것 같은 파도 속으로 나동그라졌다. '아르고' 호의 승무원처럼 노련하고 담대한 선원들이 아니었다면 이 첫번째 충격으로 절반은 갑판 위로 휩쓸려 나가떨어지고, 나머지는 기절했을 것이 틀림없었다. 하지만 선장 고르돈은 아무 일도 없었던 듯이 두 다리를 떡 버티고 사령교 위에 서 있었고, 승무원들 역시 침착하게 제자리를 지키고 있었다. 다만 아름다운 토착민 소녀, 이런 거친 항해에 익숙하지 않은 모모잔만이 구명 보트 속으로 기어들었다.

하늘은 순식간에 온통 먹빛으로 변했다. 태풍은 으르렁거리며 배를 덮쳐 하늘 높이 던져 올렸다가는 바다 깊숙이 메다꽂았다. 게다가 태풍은 철선 '아르고' 호를 손아귀에 넣지 못하자 화가 치밀었는지 점점 더 격해져 갔다. 침착한 음성으로 선장은 명령했고, 이어서 일등 항해사가 큰 소리로 전달했다. 모두들 각자의 자리를 지키고 서 있었다. 아인슈타인 교수와 두 여조수도 그들의 학술 기구 옆에 붙어 서 있었다. 그들은 이 태풍의 중심이 어디인가를 측정하고 있었다. 그 핵심을 파고드는 항로를 따라 배가 움직여야 했기 때문이었다. 선장 고르돈은 마음속으로 이 과학자들의 냉철함에 감탄했다. 그들은 사실 선장 자신과 승무원들처럼 바다에 익숙한 처지가 아니었던 것이다.

첫번째 번개가 일더니 철선에 와서 부딪쳤다. 그러자 배는 금세 온통 전기로 충전되어 버렸다. 당연한 일이었다. 무엇이든 닿기만 하면 무섭게 전기 불꽃이 일어났다. 하지만 '아르고' 호의 모든 승무원들은 이미 몇 달 동안의 연습을 통해 숙달되어 있었다. 이 정도는 그들 누구에게나 아무런 문제가 되지 않았다.

단지, 철 밧줄과 철 막대같이 비교적 가느다란 부분이 전구 속 필라멘트처럼 달아올라, 모든 승무원이 석면 장갑을 끼어야 했으므로 일을 수행하는 데 어려움이 있었다. 하지만 다행히도 이 열기는 장대 같은 비가 쏟아져 곧 식어 버렸다. 돈 멜루를 제외하고는 누구도 겪은 적이 없는, 숨쉴 공기마저 순식간에 몰아 내는, 엄청나게 굵은 빗발이었다. 그래서 승무원들은 모두 잠수 마스크와 산소 호흡기를 착용해야만 했다.

끊임없이 이어지는 번개와 천둥! 으르렁거리는 폭풍! 집채만 한 파도와 끓어오르는 거품! '아르고' 호는 모든 기관을 증기압으로 가동시키고, 이 태풍의 어마어마한 힘에 맞서 싸우면서 조금씩 조금씩 앞으로 나아갔다. 기관실 안쪽에서 일하는 기관사와 화부들은 초인적인 힘을 발휘했다. 사정없이 아래 위로 흔들리는 배의 진동으로 인해 입을 쩍 벌리고 있는 기관실 화덕으로 휩쓸려 떨어지지 않도록 그들은 두꺼운 밧줄에 묶여져 있었다.

이윽고 태풍의 핵심에 이르렀다. 그 곳의 엄청난 광경이란!

폭풍의 힘에 물결이 일단 평평하게 짓눌려져 거울처럼 매끈해진 바다의 수면 위에서 엄청난 괴물이 춤을 추고 있었다. 한쪽 다리로 선 그 괴물은 위로 갈수록 점점 부피가 커져 마치 산만한 팽이 같았다. 게다가 빠른 속력으로 돌고 있었기 때문에 자세한 부분은 살펴볼 수도 없었다.

"슘—슘 굼미라스티쿰의 일종이군!"

교수는 흥분해서 외치며, 쏟아지는 빗줄기 때문에 자꾸 코에서 흘러내리는 안경을 끌어올렸다.

"좀 자세히 설명해 주실 수 없으세요?"

돈 멜루가 투덜거렸다.

"우리야 그저 단순한 뱃놈들이 돼 놔서······."

"지금은 교수님께서 연구에 전념하시도록 해주세요."

여조수 사라가 그에게 말했다.

"두 번 다시 없는 기회예요. 이 팽이 모양의 물체는 아마도 지구가 만들어진 옛날부터 있어 온 것인지도 모릅니다. 억만 년은 넘었음에 틀림없어요. 오늘날에는 다만 현미경으로나 잡을 수 있는 지극히 작은 변종밖에 없어요. 간혹 토마토 소스에서, 그리고 아주 드물게는 초록색 잉크에서나 발견되지요. 이렇게 커다란 표본은 예상컨대 이런 종류로는 유일하게 살아 있는 것일 겁니다."

"그렇지만 우리는……,"

선장은 으르렁거리는 폭풍을 뚫고 소리쳤다.

"영원한 태풍의 원인을 제거하려고 여기 온 것입니다. 교수님께서 어떻게 해야 저 태풍을 잠들게 할 수 있는지 말씀해 주셔야지요!"

"그건,"

교수가 말했다.

"나 역시 모릅니다. 아직까지 학문적으로 연구할 기회가 없었으니까요."

"좋습니다."

선장은 말했다.

"우선 대포를 한 방 쏘겠습니다. 그리고 어떤 일이 벌어지나 보지요."

"아니 이런!"

교수가 불평했다.

"슘—슘 굼미라스 티쿰의 둘도 없는 본보기를 쏘다니!"

하지만 어느 새 상상으로만 있을 법한 대포가 거대한 팽이를 겨누어 조준되었다.

"발사!"

선장은 명령을 내렸다. 1킬로미터 거리에서 쌍포문으로부터 푸른 불꽃이 발사되었다. 물론 소리는 전혀 나지 않았다. 이미 알려진 바와 같이 그 대포는 단백질로 발사하기 때문이었다.

탄알은 번쩍이며 슘—슘을 향해 날아갔다. 하지만 탄알은 거대한 팽이에 사로잡혀 방향이 어긋나 괴물 언저리를 점점 더 빨리 몇 바퀴 돌다가는 결국 공중으로 튕겨져 올라 먹구름 속으로 사라져 버렸다.

"헛일이군!"

선장 고르돈이 외쳤다.

"아무래도 저 놈 있는 데로 더 가까이 가야겠어!"

"더 가까이는 갈 수가 없습니다!"

돈 멜루가 외쳤다.

"기관은 지금 전속력으로 돌고 있지만, 그것은 단지 폭풍에 맞서 뒤로 날려가는 것을 막는 게 고작입니다."

"무슨 방법이 없을까요, 교수님?"

선장이 물었다.

하지만 아인슈타인 교수는 그저 어깨를 추켜 올릴 뿐이었고, 그의 여조수들도 묘안을 찾지 못하고 있었다. 아무래도 이 탐험 여행은 아무런 성과 없이 물러서야 할 것 같은 상황이었다.

그 때 누군가 교수의 소매를 끌었다. 아름다운 토착민 소녀였다.

"말룸바!"

소녀는 사랑스러운 몸짓으로 말했다.

"말룸바 오이 지투 소노! 엘바이니 삼바 인살투 롤로빈드라. 크라무나 호이 베니 베니 사도가우."

"바발루?"

교수는 놀라운 표정을 띠고 물었다.

"디디 마하 파이노시인투 게도이넨 말룸바?"

아름다운 토착민 소녀는 열심히 고개를 끄덕이며 대답했다.
"도도움 아우푸 슐라마트 바바다."
"오이—오이."
교수는 대답하고, 생각에 잠겨 턱을 문질렀다.
"뭐라고 해요?"
일등 항해사가 물었다.
"이 아이가 사는 종족에게는 옛날부터 내려오는 노래가 있는데, 누구인가 용기 있는 사람이 폭풍 앞에서 노래를 한다면, 떠도는 태풍을 잠들게 할 수 있다는 겁니다."
"웃기지 마세요! 태풍을 잠재우는 자장가라니요!"
"어떻게 생각하세요, 교수님?"
조수 사라가 물었다.
"그런 일이 가능할까요?"
"선입견을 가져선 안 돼."
아인슈타인 교수가 말했다.
"토착민들 사이에 전해져 오는 관습 속에 진리가 숨겨져 있는 경우가 종종 있어. 어쩌면 슙—슙 굼미라스티쿰에게 무슨 영향을 주는 특정한 음색의 파동이 있는지도 모르지. 우린 사실상 저 태풍의 생성 조건에 대해 그다지 아는 게 없으니까."
"해봐서 해로울 거야 없겠지."
선장은 결단을 내렸다.
"한번 그렇게 해봅시다. 노래를 해달라고 이야기해 주세요."
교수는 아름다운 토착민 소녀를 향해 말했다.
"말룸바 디디오 이사팔 후나—후나, 바바두?"
모모잔은 고개를 끄덕이고 아주 독특한 노래를 부르기 시작했다. 거의 억양이 없고 끊임없이 반복되는 노래였다.

　　에니 메니 알루베니
　　바나 타이 수수라 테니!

　소녀는 노래를 하며 손뼉을 치고 박자에 맞추어 발을 움직였다.
　멜로디와 가사가 단순해 외우기 쉬웠다. 다른 사람들도 하나둘 씩 어울려 노래를 했고, 얼마 안 가 배 안의 모든 승무원이 입을 모아 노래를 하며 손뼉을 치고 박자를 맞추어 발을 움직였다. 마침내 노련한 뱃사람 돈 멜루와 교수까지 놀이터의 어린애처럼 노래를 하며 손뼉을 쳤다. 그 광경은 정말로 기이한 일이었다.
　그러자 과연, 그들 가운데 어느 누구도 믿지 않았던 일이 일어났다! 거대한 팽이는 점차 속도를 줄여 돌더니 마침내 우뚝 서서 기울기 시작해, 천둥을 치면서 팽이 위로 엄청난 물더미가 가라앉았다. 눈 깜짝할 새에 폭풍은 잦아 들고 빗줄기도 그쳤다. 그러자 맑고 푸른 하늘이 드러나고, 물결은 잔잔해졌다. '아르고' 호는 이제 반짝이는 물 위에 고요히 떠 있었다. 마치 이 곳에는 고요와 평화 이외에 다른 어떤 일도 벌어진 적이 없었던 것처럼.
　"여러분!"
　고르돈 선장은 입을 열어 한 사람 한 사람의 얼굴을 그윽한 시선으로 바라보았다.
　"우리는 뜻을 이루었습니다!"
　그는 결코 말이 많은 사람이 아니었다. 모두가 그걸 알고 있었다. 그래서 그가 이번에 덧붙인 한 마디는 더욱 의미가 있었다.
　"나는 여러분들을 자랑스럽게 생각합니다!"

"내 생각으로는……."

꼬마 동생을 데리고 온 소녀가 말했다.

"정말 비가 내린 것 같아. 옷이 흠뻑 젖었는걸."

실제로 그 사이에 소나기가 내렸었다. 누구보다도 꼬마 동생을 데리고 온 소녀는 강철을 타고 있는 동안 천둥 번개를 무서워하는 걸 까맣게 잊었던 게 신기했다.

아이들은 한참 동안 모험에 대한 이야기를 했다. 그리고 나서야 젖은 몸을 말리기 위해 집으로 흩어져 갔다.

다만 안경을 쓴 소년만이 놀이의 끝을 못내 아쉬워했다. 헤어질 때 소년은 모모에게 말했다.

"아무튼 슈—슈 굼미라스티쿰을 그냥 가라앉게 만들다니! 그 종류로는 마지막 살아 남은 단 한 마리인데! 난 좀더 자세히 연구하고 싶었거든."

하지만 한 가지 사실에 대해서는 모두의 생각이 똑같았다. 어떠한 놀이도 모모와 함께 노는 것보다 즐거울 수는 없다는 것이다.

말없는 할아버지 수다꾼 젊은이

아무리 많은 벗이 있다 해도, 그 가운데 유난히 좋은 벗이 한둘은 있는 법이다. 모모의 경우도 그러했다.

모모와 특별히 친한 친구는 둘이었다. 그 둘은 날마다 모모를 찾아와 자신의 물건을 모모에게 나눠 주었다. 한 친구는 젊었고, 한 친구는 할아버지였다. 그들 가운데 누구를 더 좋아하는지를 말하라면 모모는 누구를 꼬집어 말할 수 없었으리라.

할아버지 친구는 '도로청소부 베포'였다. 물론 그에게는 원래 성이 있었다. 하지만 직업 때문에 모두가 그를 그렇게 불렀고 자기도 스스로를 도로청소부 베포라고 불렀다.

도로청소부 베포는, 기와와 골진 함석, 지붕 판지로 직접 만든 원형극장 언저리의 오두막에 살고 있었다. 그는 키가 유난히 작은데다가 걷는 자세도 약간 구부정해서 모모의 키를 겨우 넘어설까말까했다. 짧은 흰 머리칼이 뻣뻣하게 난 커다란 머리는 항상 갸우뚱하게 기울어져 있었고, 코에는 작은 안경이 걸려 있었다.

많은 사람들은 도로청소부 베포가 정신이 제대로 박혀 있지 않다고 생각했다. 그 이유는, 무슨 질문을 받으면 마음씨 좋게 빙그레 웃기만 하고 대답을 하지 않기 때문이었다. 그는 깊이 생각했다. 그래서 대답이 필요 없다고 여겨지면 침묵을 지켰다. 하지만 대답이 필요하다고 여겨지면, 그 대답에 대해 골똘히 생각을 했다. 그래서 대답을 하기까지 어떨 땐 두 시간이 걸렸고, 심지어는 하루 종일 걸릴 때도 있었다. 물론 그 사이에 상대방은 자기가 무슨 질문을 했는지조차 잊어버리기 일쑤였고, 따라서 베포의 뒤늦은 대답에 어리둥절해했다.

다만 모모만이 그 긴 시간을 기다릴 수 있었고 그의 말을 이해했다. 모모는, 베포가 진실이 아닌 것을 말하지 않으려고 그토록 긴 시간을 필요로 한다는 것을 알아차렸다. 세상의 모든 불행은 일부러 하는 거짓말이나, 맘에 없는 불확실한 말을 성급하게 하는 잡다한 거짓말에서 비롯된다는 것이 베포의 생각이었다.

베포는 매일같이 해가 뜨기 훨씬 전 꼭두새벽에 삑삑거리는 낡아빠진 자전거를 타고 시내에 있는 커다란 빌딩으로 나갔다. 거기서 그는 자기의 동료들과 함께 기다리다가 빗자루와 수레를 받아들고 정해진 거리를 청소했다.

베포는 도시가 아직도 잠들어 있는 이 동트기 전의 시간을 사랑하였다. 그는 맡은 일을 기꺼이, 그리고 철저하게 해냈다. 그는 그 일이 꼭 필요한 일임을 알고 있었다.

그는 천천히, 그러면서도 쉬지 않고 거리를 쓸었다. 한 걸음 내디딜 때마다 숨을 한번 쉬고, 숨을 한 번 쉴 때마다 비질을 했다. 한 걸음—숨 한 번—비질 한 번, 한 걸음—숨 한 번—비질 한 번. 그러다 그는 이따금 일손을 잠시 멈추고 서서, 깊은 생각에 잠겨 앞을 바라보았다. 그러고는 다시 앞으로 나아갔다. 한 걸음—숨 한 번—비질 한 번.

깨끗해진 거리를 뒤로 두고 더러운 거리를 쓸며 가는 동안, 종종 그에게는 위대한 생각이 스쳐 갔다. 하지만 그 생각들은 말로 표현할 수 없는 것이었다. 오로지 기억 속에만 살아 있는 어떤 향기처럼, 꿈속에서 본 빛깔처럼, 전달하기 어려운 생각들이었다. 그는 일이 끝난 뒤 모모 앞에 앉아 자기의 위대한 생각들을 모모에게 이야기 했다. 그럴 때면 모모는 그 독특한 방식으로 귀를 기울여 주기 때문에 베포의 굳은 혀도 어느 새 부드럽게 풀려, 적절한 말을 찾아 내는 것이었다.

"이봐, 모모,"

이를테면 그는 이런 말을 했다.

"이렇다구. 우리 앞에는 끝없이 아득한 거리가 뻗쳐 있을 때가 많아. 너무나 아득해서, 도저히 해낼 수 없을 것 같은 생각이 들지."

그는 한동안 말없이 생각에 잠겨 앞을 보다가 말을 계속했다.

"그럼 우리는 서두르기 시작하지. 그리고는 점점 더 성급해지는 거야. 눈을 들어 앞을 볼 때마다, 자기 앞의 길이 조금도 줄어 들지 않은 것처럼 여겨지지. 그래서 점점 더 기를 쓰게 되고, 불안에 사로잡혀 애를 쓰다가 마침내는 숨이 차서 더 이상 나아갈 수 없게 돼. 그러나 길은 여전히 우리 앞에 버티고 있다구. 이런 식으로 일을 해서는 안 돼."

그는 잠시 생각에 잠겼다. 그리고 다시 말을 이었다.

"길 전체를 한꺼번에 생각하면 안 돼, 알겠니? 오로지 한 걸음, 다음 숨 한 번, 다음엔 비질 한 번만 생각해야 돼. 이렇게 끊임없이 다음 번의 동작만 생각해야 하는 거야."

또 다시 그는 말을 멈추고 생각에 잠겼다가 덧붙였다.

"그러면 기쁨을 얻을 수가 있어. 그게 중요한 거야. 그러면 자기 일을 잘 해 나갈 수가 있어. 그래야만 하는 거라구."

그리고 나서 다시금 한참 말을 끊었다가 입을 떼었다.

"문득 우리는, 한 걸음 한 걸음이 모여서 그 아득한 길이 닦여졌다는 것을 깨닫게 돼. 그 전엔 길이 어떻게 이루어졌는지 도저히 깨달을 수 없었거든. 그걸 알고 나면 숨이 차지 않게 돼."

그는 혼자 고개를 끄덕이고는 확신에 차서 말했다.

"그것이 중요한 거라구."

또 한 번은, 그저 모모 옆에 묵묵히 앉아 있기만 했다. 그가 깊은 생각에 잠겨 있는 것을 보고 모모는 뭔가 아주 중요한 얘깃거리가 있음을 알았다. 문득 그는 모모의 눈을 들여다보며 입을 열었다.

"나는 우리가 어떤 존재인가를 다시금 깨달았어."

그가 나직한 음성으로 말을 잇기까지 꽤 시간이 걸렸다.

"이럴 때가 종종 있어. ……한낮에…… 모든 것이 뜨거운 열기 속에 잠들어 있을 때…… 그 때가 되면 세상이 투명해져…… 강물처럼, 알겠니? …… 밑바닥까지 꿰뚫어볼 수가 있어."

그는 고개를 끄덕이고 잠시 잠자코 있었다. 그러고는 더욱 나직한 음성으로 말했다.

"거기엔 다른 시간이 놓여 있어, 저 밑바닥에는……."

또 다시 그는 한참 생각에 잠겨 적절한 말을 찾았으나 여전히 찾지 못한 모양이었다. 그 대신 그는 갑자기, 아주 대수롭지 않은 투로 설명을 했다.

"오늘 나는 옛 성벽 옆의 길을 쓸러 갔었어. 성벽을 이루는 돌 속에 다른 빛깔의 돌이 다섯 개나 끼여 있었어. 알겠니?"

그는 손가락으로 먼지 위에다 대문자 T를 썼다.

그런 뒤 고개를 갸우뚱하고 한동안 글자를 들여다보더니, 불쑥 속삭이듯 말했다.

"나는 그걸 다시금 보았어. 그 돌들을 말이야."

그리고 한참 동안 침묵하더니 다시금 더듬거리면서 말을 이었다.

"그 시대는 전혀 다른 시대였어. 성벽이 세워진 그 때는……. 퍽 많은 사람들이 성을 쌓는 일에 참가했지. ……그런데 그들 가운데 다른 빛깔의 이 돌을 끼워 넣어 쌓은 사람이 둘 있었어. ……그것은 표시야, 알겠니? 나는 그걸 다시 알아보았어."

그는 손으로 눈을 비볐다. 하고자 하는 말을 찾아 내기가 무척 힘든 모양이었다. 그래서인지 뒤이어 하는 말은 가까스로 울려 나왔다.

"그들은 다르게 보았던 거야. 그 때의 두 사람은 아주 다르게 보았지."

그리고 그는 굳은 어조로, 마치 화가 난 듯이 불쑥 말을 던졌다.

"하지만 나는 우리를 다시금 알아보았어. 너랑 나를. 나는 우리가 누구인가를 알아보았어!"

베포의 이런 얘기를 듣고 사람들이 웃어 넘기는 걸 탓할 수 없을 것이다. 많은 사람들은 베포의 등뒤에서 딱하다는 듯이 고개를 저으며 혀를 차기도 했다. 하지만 모모는 그를 좋아했고, 그의 모든 말을 가슴 깊숙이 간직했다.

모모의 또 다른 아주 가까운 친구는 젊고, 도로청소부 베포와는 모든 면에서 정반대의 인물이었다. 그는 꿈을 꾸는 듯한 눈을 가진 미소년으로 기막히게 놀라운 말재주를 가졌다. 넘치는 재치와 익살로 끊임없이 농담을 하고, 너무나 쉽게 웃음보를 터뜨리기 때문에 다른 사람들까지도 모르는 사이에 따라 웃게 되었다. 그의 이름은 지로라모였지만 그냥 간단히 지지라고 불렀다.

우리가 이미 베포를 그의 직업을 따서 도로청소부 베포라고 불렀으니 지지 역시—사실 지지의 경우엔 처음부터 정식 직업이 없긴 하지만—그런 식으로 불러 보자. '여행안내원 지지.' 하지만 이미 말했듯이, 여행안내원이란 그가 때에 따라 갖는 여러 직업 가운데 하나에 불과했다. 더구나 정식으로 일하는 것도 아니었다.

이 직업을 위해 그가 챙기는 유일한 준비물은 챙이 달린 모자 하나뿐이었다. 언제고 여행자가 근처에 나타나 헤매기만 하면, 그는 즉각 모자를 썼다. 그러고는 그럴듯한 표정으로 다가가 안내와 설명을 해주겠다고 나섰다. 낯선 관광객들이 조금이라도 관심을 보이면, 그는 말문을 열고 터무니없는 거짓말을 늘어놓았다. 그리고 지어 낸 사건들, 이름들, 연도를 정신없이 늘어놓아서 가엾은 청중들의 머리를 뒤죽박죽으로 만들어 놓았다. 어떤 이들은 사실을 눈치채고 화가 나서 가 버리기도 했다. 하지만 대부분의 사람들은 모든 이야기를 그대로 믿었다. 그래서 지지가 끝으로 챙모자를 내리면, 진짜 동전을 내놓는 것이었다.

이웃 마을 사람들은 지지의 기발한 상상력에 웃음보를 터뜨렸다. 하지만 그들도 때로는 정색을 하고, 완전히 꾸며 낸 얘기를 해주고 진짜 돈을 받는 것은 부당하다고 말했다.

"하지만 모든 시인들이 그렇게 합니다."

그럴 때면 지지는 이렇게 말했다.

"그렇다면 사람들은 아무 소득 없이 헛돈만 쓴 걸까요? 그들도 원하는 것만큼 받았다는 걸 아셔야 합니다! 교과서에 쓰여 있다는 것과 쓰여 있지 않다는 것의 차이가 뭔가요? 교과서에 쓰여진 이야기들은 완전히 꾸며진 것이 아니라고 누가 그러던가요? 아마 아무도 그것은 모를 거예요."

또 언젠가는 이렇게도 말했다.

"아, 참과 거짓이 대체 무엇을 뜻하나요? 천 년 전, 이천 년 전에 여기서 벌어진 일을 누가 알겠습니까? 여러분 가운데 혹시 아시는 분이라도 있나요?"

"모릅니다."

다른 사람들도 그 말을 인정했다.

"자, 그러니!"

여행안내원 지지는 외쳤다.

"어떻게 여러분께서 내 이야기가 참되지 않다고 쉽게 주장하실 수 있습니까? 아무튼 우연히 똑같은 일이 벌어졌을 가능성도 있잖습니까. 그렇다면 나는 진실만 말한 셈이지요!"

이 얘기에 대해서는 누구도 다른 의견을 말할 수 없었다. 아닌 게 아니라 말재주에 있어서만은 누구도 지지를 따라갈 수 없었다.

하지만, 유감스럽게도 이 원형극장을 구경하러 오는 관광객은 매우 드물었다. 그래서 지지는 자주 다른 일을 해야 했다. 그는 기회가 닿는 대로 공원지기, 결혼식과 장례식 증인, 개 산책 담당, 사랑의 편지 배달부, 기념품 행상, 고양이먹이 판매 등 이것저것 많은 직업을 가졌다.

하지만 지지는 언젠가는 유명해지고 부자가 되리라고 꿈꾸었다. 정원에 둘러싸인, 동화에나 나오는 예쁜 집에서 살고 싶어했다. 금박을 입힌 접시에 음식을 담아 먹고 비단 이부자리에서 자고 싶어했다. 그는 명성의 광채 속에 태양처럼 자리잡고 있는 미래의 자기 모습을 그렸다. 그 태양 빛은 지금의 가난한 자신을 아득한 먼 거리에서 따스하게 비추어 주고 있었다.

"나는 부자가 될 겁니다!"

다른 사람들이 그의 꿈에 대해 웃을 때면 그는 외쳤다.

"여러분들 모두가 언젠가는 저의 말을 다시 생각하게 될 겁니다!"

그가 어떻게 그 모든 꿈을 이루려는지는 그 자신도 알 수 없었으리라. 왜냐하면 그는 근면한 노력과 힘든 일을 그다지 중요하게 생각하지 않기 때문이다.

"그런 건 재주가 아니야."

그는 모모에게 말했다.

"재주가 있어야 부자가 될 수 있어. 그런 사람들을 좀 봐, 어떤 모습인지. 약간의 편안함 때문에 삶과 영혼을 팔아 버린 사람들 말이야! 아니, 나는 거기에 끼지 않겠어, 끼지 않구말구. 아무리 지금의 내가 커피 한 잔 사 마실 돈이 없더라도……. 지지는 어디까지나 지지야!"

이렇듯 서로 전혀 딴판의 두 사람, 세상과 인생에 대해 전혀 다른 생각을 가진 여행안내원 지지와 도로청소원 베포 같은 사람들이 서로 친구가 된다는 것은 아예 불가능하리라는 생각이 들지도 모른다. 그런데 사실은 그렇지 않았다. 신기하게도 지지에게 무분별하다고 한 번도 탓하지 않은 유일한 사람은 다름아닌 베포 할아버지였다. 그리고 그와 마찬가지로 괴상스런 할아버지 베포를 한 번도 비웃지 않은 유일한 사람이 바로 말 재주꾼 지지였다.

어쩌면 그것 역시, 꼬마 모모가 그들 두 사람의 얘기를 귀기울여 듣는 방식 때문이었는지도 모른다.

그들 셋 가운데 누구도 그들의 우정 위에 한 조각 그늘이 드리워지리라는 것을 예측하지 못했다. 아니, 그들의 우정뿐 아니라 이 마을 전체에, 그리고 끊임없이 자라나서 어느 새 전 도시 위로 어둡고 차갑게 번져 버린 그늘을.

그것은 마치 눈에 띄지 않는 소리 없는 침략 같았다. 날이면 날마다 앞으로 진격해 오지만, 어느 누구도 맞설 수 없는 침략. 실은 아무도 그것을 깨닫지 못했다. 그렇다면 그 침략자는 누구인가?

베포 할아버지는 다른 사람들이 보지 못하는 많은 것을 볼 수 있었다. 하지만 베포 할아버지까지도, 점점 불어나 큰 도시를 어슬렁거리며 끊임없이 활동하는 이 회색 일당들을 알아채지 못했다. 결코 그들은 눈에 보이지 않는 존재는 아니었다. 그렇지만 그들은 놀라운 방법으로 스스로를 눈에 띄지 않게 할 줄 알았다. 사람들은 그들을 스쳐 지나치거나 직접 보고도 금세 잊어버렸다. 그래서 그들은 굳이 숨지 않고서도 비밀리에 활동을 할 수 있었다.

그들은 멋진 회색 승용차를 타고 거리를 달리고, 모든 건물을 드나들고 곳곳의 음식점에 앉아 있었다. 그리고 뭔가를 작은 수첩에 자주 적어 넣었다. 그들은 거미줄 같은 회색 옷으로 온통 감싸여진 일당이었다. 심지어 얼굴까지도 잿빛으로 보였다. 그들은 둥근 중절모자를 쓰고, 조그만 잿빛 담배를 피웠다. 그리고 하나같이 납회색의 서류 가방을 늘 가지고 다녔다.

여행안내원 지지 역시, 이미 몇 번이나 회색 일당의 한 떼거리가 원형극장 언저리를 정찰하고 수첩에다 온갖 것을 적어 갔음을 깨닫지 못했다. 오로지 모모만이, 어느 날 저녁 폐허의 맨 꼭대기에 떠오른 어두운 그림자를 유심히 바라보았다. 그들은 서로 신호를 주고받더니 나중에는 무슨 의논을 하는 듯 서로 머리를 숙여 맞대었다. 전혀 들을 수는 없었지만 모모는 갑자기 지금껏 느껴 보지 못한, 얼어붙는 듯한 전율을 느꼈다. 모모는 그의 커다란 웃옷을 꼭꼭 둘러 여몄으나 소용없었다. 그것은 이제까지 느껴 보지 못한 추위였다.

　회색 일당은 사라졌고 다시는 나타나지 않았다. 이날 밤엔 모모도 여느 때의 나직하면서도 힘찬 음악을 들을 수 없었다. 하지만 다음 날엔, 전과 다름없는 생활이 계속되었고 모모도 이 이상한 방문객을 더 이상 떠올리지 않았다. 모모 또한 그들을 까맣게 잊어버렸다.

많은 사람을 위한 이야기 한 사람만을 위한 이야기

 모모는 차츰 여행안내원 지지에겐 없어서는 안 될 존재가 되었다. 그는 변덕이 심하고 꾸며 말하기를 좋아해서, 사실 이렇게 말할 수 있는지 의문이지만, 어쨌든 지지는 이 더벅머리 꼬마 소녀에게 사랑을 느끼고 있었다. 어딜 가든지 모모와 함께 다니고 싶어했다.
 이미 우리가 잘 알고 있듯이, 지지는 이야기하기를 아주 좋아한다. 그런데 이 점에서 자신도 분명히 느낄 수 있을 만큼 뚜렷한 변화가 생겼다. 전에는 이야기를 하면서 곧잘 곤란에 부딪혔다. 적절한 표현이 쉽게 떠오르지 않았고 한 말을 또 하거나, 언젠가 본 영화, 또는 언젠가 읽은 신문의 얘깃 거리를 되풀이할 때가 종종 있었다. 말하자면 모모를 알기 전 그의 이야기가 발로 걷는 격이었다면, 모모를 알고 난 뒤부터 그의 이야기는 멋진 날개를 달게 된 것이다.

특히 모모가 곁에서 이야기에 귀를 기울여 줄 때면, 그의 환상은 봄의 정원처럼 활짝 꽃을 피웠다. 아이, 어른 할 것 없이 그의 곁으로 모여들었다. 그는 이제 며칠씩 몇 주일씩 이어지는 이야기를 할 수 있었고, 상상의 샘이 마르지 않았다. 그의 상상이 어느 쪽으로 달려갈지 자신도 전혀 예측할 수 없었다. 그래서 스스로의 이야기에 신경을 곤두세우고 귀를 기울일 정도였다. 어느날 여행자들이 원형극장에 왔을 때, 그는 다음과 같은 이야기를 시작하였다. 그때 모모는 조금 떨어진 돌계단 위에 앉아 있었다.

"신사 숙녀 여러분! 여러분 모두가 아실지 모르지만, 슈트 라파치아 아우구스티나 여왕은, 비겁한 민족의 공격을 물리치고 나라를 보호하기 위해 여러 차례 전쟁을 했습니다.
언젠가 이 민족을 다시 정복했을 때, 여왕은 끊임없이 성가시게 구는 침략자들의 공격에 화가 났습니다. 그래서 그들의 왕 삭소 트락솔루스가 그의 금붕어를 바치지 않으면 모조리 멸족시키겠다고 엄포를 놓았습니다.
신사 숙녀 여러분, 그 시대만 해도 이 나라에서는 금붕어가 별로 알려져 있지 않았습니다. 하지만 여왕 슈트라파치아는 어느 여행자를 통해, 삭소트락솔루스 왕이 순금으로 변하는 작은 금붕어를 가지고 있다는 이야기를 들었습니다. 그래서 여왕은 이 진귀한 것을 어떻게든 차지해야겠다고 생각했습니다.
삭소트락솔루스 왕은 속으로 쾌재를 외치며 진짜 금붕어를 침대 밑에다 감추었습니다. 그리고 여왕에게는 진짜 대신 어린 고래를 보석으로 장식된 수프 그릇에 담아 전달했습니다.
여왕은 금붕어가 작으리라고 상상했기 때문에, 그 크기를 보고 무척 놀랐습니다. 하지만 마음속으로는 크면 클수록 좋다고 생각했습니다. 그러면 결국 더 큰 황금을 가져다 줄 테니까 말이지요. 물론 이 금붕어는 전혀 황금빛의 흔적조차 비치지 않아 여왕은 못 미더웠습니다. 하지만 삭소트락솔루스 왕의 사절은 물고기가 완전히 자란 뒤에야 황금으로 변하게 될 것이며 그 전에는 황금빛을 내지 않는다고 설명했습니다. 그리고 물고기의 성장을 방해하지 않도록 돌보아야 한다고 덧붙였습니다. 그 말에 여왕 슈트라파치아는 안심했습니다.

어린 물고기는 엄청난 먹이를 먹어 치우며 하루하루 몰라보게 자랐습니다. 여왕 슈트라파치아는 가난하지 않았기 때문에 물고기는 먹을 수 있는 한 실컷 먹고는 살이 잔뜩 쪘습니다. 어느 새 수프 그릇은 물고기가 있기에 너무 비좁아졌습니다.

'크면 클수록, 더욱 좋아.'

여왕 슈트라파치아는 그렇게 말하며 물고기의 집을 자신의 욕조로 옮겼습니다. 하지만 얼마 안 있어 욕조도 비좁게 되었습니다. 물고기는 부쩍부쩍 자랐으니까요. 이번엔 여왕의 수영장으로 옮겨졌습니다. 이젠 그것을 옮기는 일만 해도 굉장히 번거로운 일이 되었습니다. 물고기는 그 사이 황소 무게만큼 무거워졌답니다. 물고기를 끌어 나르던 노예 가운데 한 사람이 미끄러지자, 여왕은 이 불행한 노예를 당장 사자밥으로 던져 주라고 명령했습니다. 물고기야말로 여왕에겐 가장 귀중한 것이었으니까요.

매일처럼 여왕은 몇 시간씩 수영장 가장자리에 앉아서 물고기가 커 가는 것을 지켜 보았습니다. 여왕은 엄청난 금덩어리만 생각했습니다. 아시는 바와 같이 여왕은 그야말로 화려한 생활을 하느라 황금이 아무리 많아도 부족했습니다.

'크면 클수록, 더욱 좋아.'

여왕은 끊임없이 혼잣말을 중얼거렸습니다. 이 말은 일반적인 규범으로 정해졌고 청동글자로 새겨 모든 공공 건물에 내걸리게 되었습니다. 드디어 여왕의 수영장 역시 물고기에게는 너무 비좁게 되어 버렸습니다. 그러자 슈트라파치아 여왕은 여러분들이 지금 보고 계시는, 바로 이 건물을 지으라고 명하셨습니다. 신사 숙녀 여러분, 이곳은 꼭대기까지 물이 꽉 차 있던 엄청나게 큰 둥근 수족관이었습니다. 그리고 그 안에서 물고기는 자랄 수 있는 한 마음껏 자랄 수 있게 되었습니다.

이제 여왕은 친히 나와서 밤낮으로, 저쪽 저 자리에 앉아 이 거대한 물고기가 언제 황금으로 변할까, 지켜 보았습니다. 여왕은 이제 아무도 믿지 않게 되었습니다. 노예도, 귀족도 믿지 않았습니다. 그리고 물고기가 도둑 맞지나 않을까, 하는 공포심에만 사로잡혔습니다. 그래서 저기에 앉아 불안과 걱정으로 점점 여위어 가며 잠시도 눈을 붙이지 못한 채, 황금으로 변할 것은 꿈도 꾸지 않고 신이 나서 첨벙거리기만 하는 물고기를 지켜 보았습니다. 여기에만 정신이 빠져 슈트라파치아 여왕은 나라 다스리는 일을 게을리하게 되었습니다.

비겁한 민족은 바로 이렇게 될 날을 기다렸던 것입니다. 삭소트락솔루스 왕의 지휘 아래 그들은 최후의 원정을 감행하여 어렵지 않게 이 왕국을 정복해 버렸습니다. 아예 그들에게 대항해서 싸우는 병정도 없었습니다. 백성들이야 그 누가 통치하든 마찬가지였습니다.

마침내 슈트라파치아 여왕은 사실을 깨닫게 되었을 때, 이 유명한 말을 외쳤습니다.

'슬프도다! 오, 내 어쨌든……'

다음 말은 유감스럽게도 전해 오지 않습니다. 다만 분명한 것은 여왕께서 이 수족관에 뛰어들어, 여왕의 모든 희망이며 무덤인 그 물고기의 밥이 되었다는 사실입니다. 삭소트락솔루스 왕은 승리의 축제로 그 고래를 잡으라고 명하였고, 일주일 내내 온 국민은 그 고래 고기로 잔치를 벌였습니다.

신사 숙녀 여러분, 가볍게 남의 말을 믿는 사람들의 종말이 어떠한가를 여러분들은 아셨을 겁니다!"

이렇게 지지는 안내원으로서의 긴 얘기를 맺었고 청중들은 과연 감동을 받은 것 같았다. 그들은 폐허가 된 극장 터를 존경과 두려움에 찬 시선으로 바라보았다. 다만 한 사람만이 미심쩍어하며 물었다.

"그럼, 그 모든 일은 언제 일어났나요?"

하지만 지지는 조금도 당황하지 않고 대답했다.

"여왕 슈트라파치아는 아시다시피, 저명한 옛 철학자 노이오시우스와 같은 시대에 살았습니다."

이 의심 많은 청중은 자기가 저명한 옛 철학자 노이오시우스가 언제 살았던가에 대해 모른다는 무식함을 인정하고 싶지 않았으므로 다만 이렇게 말했다.

"아, 그래요. 고맙습니다."

모든 청중들은 몹시도 흡족해져서 이 관광이야말로 정말 뜻깊었으며, 이토록 옛 시절에 대해 환하고도 재미있는 설명을 들은 적이 한 번도 없다고 저마다 말했다. 그러고 나면 지지는 그의 챙모자를 겸손하게 내밀었고 관광객들은 그들이 감동한 만큼씩 아끼지 않고 돈을 던져 주었다. 심지어 그 의심 많은 사람까지도 동전 몇 개를 던졌다.

지지는 모모와 함께 있은 뒤로 같은 얘기를 두 번 한 적이 없었다. 반복하는 일이야말로 그에겐 지루한 일이었을 것이다. 모모가 청중들 틈에 앉아 있으면 마치 지지에겐 마음속 댐의 문이 열려 깊이 생각할 필요도 없이 새로운 이야기가 끊임없이 솟구쳐 쏟아지는 것 같은 느낌이 들었다.

오히려 그는, 언젠가 두 미국 귀부인을 안내했을 때처럼, 정도를 넘어서는 실수를 저지르지 않기 위해서 스스로 이따금씩 제동을 걸어야 했다. 사실인즉, 그가 다음과 같은 이야기를 했을 때 그 미국 부인들은 혼비백산했다.

"마님들의 나라, 넓고 아름다운 아메리카 대륙에야 너무나 잘 알려진 사실이겠지만, 마님들, 아메리카 인디안이라고 불리우는 잔인무도한 폭군 마르크센티우스 콤무누스는 온 세계를 자기 손아귀에 넣어 주무르려고 했습니다. 하지만 그가 무슨 일을 해도 결국 사람들은 변하지 않고 원래의 모습으로 머물러 있었습니다. 그래서 마르크센티우스 콤무누스는 늙어서 미치광이가 되고 말았지요. 마님들께서야 다 아시겠지만, 그 때만 해도 그런 병을 치료할 정신과 의사가 없었지요. 그래서 마르크센티우스 콤무누스가 광기를 부려도 그냥 내버려 두는 수밖에 없었습니다. 이 광기 상태의 마르크센티우스 콤무누스는 차라리 현존하는 세상은 그냥 그대로 두고 새로운 세상을 만들어야겠다는 생각을 했습니다.

그래서 그는, 강물과 바다, 산과 나무, 모든 집들이 완벽하게 자연 그대로의 모습인 지금의 땅 덩어리와 똑같은 크기의 또 다른 지구를 만들도록 명령을 내렸습니다. 그 당시의 모든 인류는 명령을 거부했다가는 사형을 받을 것이 두려워 이 엄청난 작업에 참여할 수밖에 없었습니다. 맨 먼저 사람들은 이 거대한 지구를 받쳐 줄 받침대를 만들었습니다. 바로 그 받침대의 폐허를 여기서 보고 계시는 겁니다, 마님들. 그 뒤 사람들은 지구와 똑같은 크기의 엄청난 지구본을 짓기 시작했습니다. 마침내 둥근 모형이 완성되자 지상에 있는 모든 것이 면밀하게 그대로 본떠져 만들어졌습니다. 물론 이 지구본을 만드는 데는 무지무지하게 많은 재료를 필요로 했고, 이 재료들은 실상 지구 자체에서밖에는 구할 수가 없었지요. 그래서 지구본은 점점 커다랗게 불어나는 반면 지구 자체는 서서히 줄어들게 되었습니다.

이렇게 해서 새 세계가 완성되었을 때는 낡은 지구에 남아 있던 마지막 돌덩어리 하나까지 남김없이 옮겨간 상태였습니다. 따라서 사람들도 역시 새 지구본으로 옮겨가지 않을 수 없었지요. 낡은 지구는 다 소모되어 버렸으니까요. 하지만 마르크센티우스 콤무누스는 제 아무리 수를 써도 근본적으로 모든 것은 그대로 머물러 있다는 사실을 다시 깨닫고는, 길다란 옷자락으로 얼굴을 감추고는 사라져 버렸습니다. 어디로 갔는지는 도저히 알 수가 없었지요.

자, 마님들. 오늘날 이렇게 폐허로 남긴 했지만, 깔때기 모양의 움푹 들어간 이 곳은 옛 지구의 표면이 놓여 있던 받침입니다. 그러니까 마님들께서도 전체를 거꾸로 상상하셔야 합니다."

아메리카에서 온 두 귀부인은 얼굴이 해쓱해졌다. 그러자 문득 한 부인이 물었다.

"그럼 지구본은 어디로 갔나요?"

"마님께서 바로 그 위에 서 계시지 않습니까!"

지지는 대답했다.

"오늘날의 세계는 바로 새 지구본인 겁니다."

그러자 두 노부인은 기겁해서 비명을 지르며 달아나버렸다. 지지는 속절없이 허공에다 챙모자를 내밀었다.

하지만 지지는 다른 청중이 하나도 없을 때, 꼬마 모모만을 향해 이야기하는 것을 가장 좋아했다. 대체로 그것은 동화였다. 동화는 모모가 제일 즐겨 듣는 것이었기 때문이다. 그것도 늘 거의가 지지와 모모 자신이 관련되는 이야기였다. 그리고 그 동화들은 역시 두 사람만을 위한 것으로서, 다른 때 지지가 이야기하는 것과는 전혀 다르게 들렸다.

어느 따스하고 아름다운 저녁, 두 사람은 돌계단 꼭대기에 나란히 앉아 있었다. 하늘에는 어느 새 첫 별이 반짝이고 소나무 숲의 검은 그림자 위로는 커다란 은빛 달이 솟아 있었다.

"이야기 하나 해 줄래?"

모모가 나직하게 졸랐다.

"그래."

지지가 말했다.

"누구의 이야기를 할까?"

"모모와 지로라모의 이야기가 제일 좋아."

모모가 대답했다.

지지는 잠시 생각하더니 물었다.

"무슨 제목의 이야기를 할까?"

"요술거울 이야기는 어때?"

지지는 생각에 잠겨 들며 고개를 끄덕였다.

"그럴 듯하기는 한데, 얘기가 어떻게 되어 가는지 보자."

그는 모모의 어깨에 팔을 얹고 이야기를 시작했다.

"옛날 옛적에 모모라는 이름의 예쁜 공주가 살고 있었어. 공주는 비로드와 비단으로 만든 옷을 입고, 세상의 저 위쪽 눈 덮인 산 꼭대기에 세워진 찬란한 유리성에 살고 있었어."

공주는 원하는 모든 것을 갖고 있었지. 고급 음식에다가 달콤한 포도주만을 마셨어. 비단 이불에서 잠을 잤고 상아 의자에 앉아 있었어. 공주는 모든 것을 갖고 있었지만, 언제나 혼자였어.

공주의 언저리에 있는 모든 것, 하인들, 시녀들, 개와 고양이와 새와 심지어 꽃들까지도, 모두가 거울 속에 비치는 모습이었거든.

그 모모 공주는 요술거울을 갖고 있었지. 크고 둥근, 고급 은거울이었어. 밤낮으로 공주는 이 거울을 세상에다 비추었어. 이 큰 거울이 육지와 바다, 거리와 논밭 위에 둥실 떠서 말이지. 그것을 본 사람들은 조금도 신기해하지 않고 그냥 '달이구나'라고 말했지.

요술거울은 공주에게 되돌아와서는, 그 때마다 세상에서 수집한 온갖 거울의 모습을 공주 앞에 쏟아 놓았어. 그것은 있는 그대로, 아름답거나 흉칙한, 혹은 재미있거나 지루한 영상들이었어. 공주는 마음에 드는 것만을 고른 뒤 나머지는 그냥 시냇물에 던져 버렸지. 그러면 던져진 거울의 모습들은 네가 생각하는 것보다 훨씬 빨리, 지상의 물을 타고 원래 주인에게로 순식간에 되돌아갔어. 우리가 샘물 위나 웅덩이 위를 들여다볼 때 자기의 모습이 비치는 게 바로 이런 이유 때문이야.

모모 공주는 본래 죽지 않는 존재라고 얘기하는 것을 잊어버렸구나. 공주는 지금까지 요술거울에 자기 모습을 비춰 본 적이 없었어. 이 거울에 비친 자기의 모습을 본 사람은 죽음을 피하지 못하거든. 공주는 그 사실을 깊이 새기고 있었기 때문에 결코 거울을 쳐다보지 않았지. 그래서 공주는 온갖 모습들과 함께 살면서 같이 노는 것만으로 만족했어.

그러던 어느 날, 요술거울이 지금까지의 모습들보다 훨씬 소중한 모습을 하나 가져왔어. 그것은 어느 젊은 왕자의 모습이었어. 그 모습을 보는 순간, 공주는 왕자가 너무나 애타게 그리워져서 어떻게든 왕자에게 가고 싶어졌어. 그렇지만 방법을 몰랐지. 사실 공주는 왕자가 누구인지, 어디 사는지 몰랐으니까. 이름도 몰랐거든. 공주는 달리 좋은 생각이 떠오르지 않자 요술거울을 들여다보기로 결심했지. 왜냐하면

공주는—이 거울이 내 얼굴의 모습을 왕자님에게 비쳐 줄지 몰라, 거울이 하늘에 떠 있는 순간 우연히 왕자님께서 하늘을 쳐다볼지도 모르지, 그러면 내 얼굴을 보게 될 테지, 왕자님께서는 거울을 쫓아와서 여기 있는 나를 발견할는지도 몰라—이렇게 생각했거든.

공주는 요술거울을 한참 들여다보고는, 자기의 모습이 비친 거울을 세상으로 보냈어. 물론 이렇게 해서 공주도 죽음을 피하지 못하게 되어 버렸지.

공주가 어떻게 되었는지는 조금 뒤에 얘기해 줄게. 우선은 왕자 이야기를 해야겠군.

이 왕자의 이름은 지로라모였는데, 큰 왕국을 다스리고 있었어. 그럼 이 왕국은 어디 있었을까? 그 왕국은 어제에 있지도 않고 오늘에 있지도 않고, 항상 내일에 하룻동안 자리잡고 있었지. 그래서 이 왕국은 미래의 나라라고 불렸어. 이 왕국에 사는 모든 백성들은 왕자를 사랑하고 칭찬했어. 어느 날 재상들이 미래의 나라 왕자에게 말했어.

'폐하, 왕비를 맞으셔야 합니다. 마땅히 그러셔야 할 줄 압니다.'

왕자 지로라모는 반대할 이유가 없었지. 그래서 신부감을 고르려고 미래의 나라 미녀들을 궁중에 불러들였어. 미녀들은 솜씨껏 단장을 했어. 누구나 왕자의 신부가 되고 싶어했으니까. 그런데 이 미녀들 틈에 섞여 나쁜 마녀 하나가 궁중에 살짝 들어왔어. 혈관에 붉고 따스한 피 대신 초록빛의 차가운 피가 흐르는 마녀였어. 물론 이 마녀가 사람들 눈에 뜨일 리가 없었지. 마녀는 기막힌 재주를 부려 화장을 했거든.

드디어 왕자가 신부감을 고르려고 황금으로 된 큰 방으로 들어섰을 때 마녀는 재빨리 주문을 외었어. 그러자 가여운 지로라모의 눈에는 마녀말고는 아무도 보이지 않게 되었어. 마녀가 어찌나 아름답게 보이던지 왕자는 당장에 마녀에게 왕비가 되어 주지 않겠느냐고 물었어.

'영광입니다.'

마녀는 소곤거렸어.

'하지만 부탁이 하나 있습니다.'

'들어 주마.'

지로라모 왕자는 선뜻 대답했지.

'고맙습니다.'

이렇게 말하면서 마녀는 이 가련한 왕자가 현기증이 날 정도로 달콤하게 미소를 지었어.

'왕자님께서는 일 년 동안, 하늘에 떠 있는 은빛 거울을 올려다보아서는 안 됩니다. 만일 그렇게 하시면, 당장에 왕자님께서는 자신이 누구인지를 잊어버리실 것입니다. 그리고 아무도 왕자님을 알아 주지 않는 오늘의 나라로 가서 혼자 몸으로 떠돌아다니셔야 합니다. 제 말에 따르시겠어요?'

'그것뿐이라면!'

왕자는 말했어.

'간단하구나!'

그럼, 그 사이에 모모 공주는 어떻게 되었을까?

공주는 기다리고 또 기다렸어. 그래도 왕자는 나타나지 않았지. 그래서 공주는 직접 세상에 내려가서 왕자를 찾기로 결심했어.

공주는 곁에 있던 모든 모습들에게 자유를 되돌려 주었어. 그리고는 혼자서 포근하고 조그만 슬리퍼를 신고, 찬란한 유리성을 빠져 나와 눈 덮인 산을 헤치고 세상으로 내려 왔어. 공주는 모든 왕자들의 나라를 헤매다 오늘의 나라에까지 오게 되었어. 어느 새 공주의 신은 다 해져 맨발로 걸을 수밖에 없었지. 하지만 공주의 모습이 있는 요술거울은 여전히 세상을 내려다보며 떠 있었어.

어느 날 저녁 지로라모 왕자는 그의 황금성 옥상에 앉아서 차가운 초록빛 피를 가진 마녀와 장기를 두고 있었어.

그 때 문득 왕자의 손등에 작은 물방울이 하나 떨어졌어.

'비가 오려나 봐요.'

초록색 피를 가진 마녀가 말했어.

'아니 그럴 리 없소. 하늘엔 구름 한 점도 없잖소.'

왕자는 고개를 쳐들었고 하늘에 떠 있는 커다란 은빛 요술거울 한가운데를 보았어. 그 때 왕자는 모모 공주의 모습을 보게 되었고 공주가 울고 있으며 그 눈물이 자기 손등에 떨어졌음을 깨달았어. 그리고 그 순간 자기가 마녀에게 속았다는 것, 마녀는 실제로 아름답지도 않고 몸속에 초록빛의 찬 피가 흐르고 있다는 것을 알아챘지. 왕자가 정말 사랑한 사람은 모모 공주였어.

'당신은 약속을 어겼어요.'

마녀는 이렇게 말하고, 뱀처럼 얼굴을 일그러뜨렸어.

'마땅히 벌을 받아야지요!'

마녀는 길다란 초록빛 손가락으로, 온몸이 마비된 듯 그냥 앉아 있는 왕자의 가슴을 움켜쥐고는 심장에다 매듭을 묶었어. 순간, 왕자는 자기가 내일의 나라 왕자라는 걸 잊어버렸지. 왕자는 도둑고양이처럼 한밤중에 자기의 왕국을 빠져 나왔어. 그리고는 멀리멀리 세상을 두루 헤매다가 마침내 오늘의 나라에 이르렀지. 거기서 그는 아무도 알아주지 않는 빈털터리 떠돌이로 살아가면서 자기를 그냥 지지라고 불렀어. 왕자가 단 하나 몸에 지니고 온 것은 요술거울 속에서 꺼낸 모습이었어. 그 때부터 요술거울은 텅 비게 되었지.

그 동안 모모 공주의 비로도와 비단으로 된 옷도 완전히 너덜너덜해져 버렸어. 이제 공주는 낡고 너무나 큰 남자 웃옷에 알록달록하게 누

빈 치마를 걸치고 있었어. 그리고 폐허의 옛터에 살고 있었지.

어느 화창한 날, 두 사람은 이 폐허에서 만났어. 하지만 모모 공주는 내일의 나라 왕자를 알아보지 못했어. 사실 이제 왕자는 불쌍한 떠돌이가 되어 버렸으니까. 지지도 공주를 알아보지 못했어. 공주는 이제 조금도 공주처럼 보이지 않았으니까. 하지만 서로 불행한 처지에서 그 둘은 친해졌고 서로 위안이 되었어.

어느 날 저녁, 이젠 비어 버린 은빛 요술거울이 다시 하늘에 둥실 떠올랐을 때, 지지는 거울의 모습을 끄집어 내어서 모모에게 보여 주었어. 그 모습은 벌써 꽤나 구겨지고 빛이 바랬지만 공주는 그것이 그 옛날 자기가 보낸 자신의 모습임을 한 눈에 알아봤어. 그리고 그제야 가련한 떠돌이 지지의 얼굴에 가려진 왕자의 정체를 알아았어. 자기가 그토록 찾아 헤맸던 왕자 지로라모임을. 공주는 모든 것을 왕자에게 이야기했어.

하지만 지지는 슬프게 고개를 가로저으며 말했어.

'그렇지만 나는 너의 말을 하나도 못 알아듣겠어. 내 심장에는 매듭이 묶여져 있어서 아무 것도 기억할 수가 없거든.'

그러자 모모 공주는 왕자의 가슴을 파고들어 간단하게 심장의 매듭을 풀어 주었어. 이렇게 해서 지로라모 왕자는 드디어 자기가 누구이며 어느 나라의 왕자였던가를 알게 되었지. 왕자는 공주의 손을 잡고 함께 떠났어. 아득한 곳으로, 내일이 있는 곳으로."

지지가 이야기를 끝내고 나서도, 두 사람은 한동안 말이 없었다. 얼마 뒤 모모가 물었다.

"그럼 그들은 나중에 남편과 아내가 되었을까?"

"그랬을 거야."

지지가 말했다.

"……먼 훗날에."

"그 사이에 죽지는 않았을까?"

"아니."

지지는 잘라 말했다.

"우연히도 그것만은 내가 확실히 알아. 이 요술거울은 혼자서 들여다볼 때만, 들여다본 사람을 죽음의 존재로 만들어. 그렇지만 둘이 같이 들여다보면 다시 죽음을 면하게 되는 거야. 그런데 그 두 사람은 그렇게 했거든."

달이 크고 둥글게 검은 소나무 위에 떠서 은빛으로 빛나며 폐허의 옛 계단을 신비스럽게 비추었다. 모모와 지지는 말없이 나란히 앉아서 오랫동안 달을 쳐다보았다. 두 사람은 이렇게 달을 보는 한 영원히 죽지 않는 존재임을 또렷이 느낄 수 있었다.

2 회색 사나이들

어린이들이 그린 《모모》의 등장인물들. 지지, 베포, 비비걸은 누구일까?

전세계의 어린이들이 엔데에게 보낸 팬레터들.

속임수로 남을 휘감아버리는 속셈

　매우매우 이상한, 그러면서도 아주 일상적인 비밀이 하나 있다. 모든 사람들은 그것에 관계되어 있고, 그것을 잘 알고 있지만 그것에 대해 생각해 보는 사람은 거의 없다. 사람들은 자기 몫을 받을 만큼 받으면서도 그것을 전혀 이상하게 여기지 않는다. 그 비밀이란—바로 시간이다.

　시간을 재기 위해 달력과 시계가 있지만, 재 보았자 그다지 의미는 없다. 누구나 알고 있는 대로, 그 시간에 어떤 일이 벌어졌는가에 따라, 겨우 1시간인데도 영원과 같을 수도 있고, 반대로 눈 깜짝할 사이로 여겨질 때도 있기 때문이다.

　왜냐하면 시간은 바로 생활이기 때문이다. 그리고 생활은 그 사람의 마음속에 있기 때문이다.

이런 사실을 잘 알고 있는 것이 회색 사나이들이다. 한 시간, 일 분, 심지어 일 초의 삶의 가치라도 그들만큼 알고 있는 사람은 아무도 없었다. 물론 그들은 마치 흡혈귀가 피를 대하듯이 시간을 이해하고 있고, 나름의 방식으로 시간을 추구했다. 그들은 사람들의 시간을 놓고 계획을 세우고 있었다. 그것은 아무도 몰래 면밀하게 세워진 계획이었다. 그들에게 가장 중요한 것은 자기네들의 활동을 아무에게도 눈치채지 않게 하는 일이었다. 전혀 눈에 띄지 않게, 그들은 큰 도시와 그 안의 주민들 삶 속에 파고들었다. 한 발짝 한 발짝씩 사람들이 모르는 사이에 날마다 조금씩 쳐들어와 사람들을 포로로 만들었다.

상대방은 전혀 아무 것도 깨닫지 못하는 사이에 그들은 목적 달성에 필요한 사람들의 정보를 파악해 놓고 있었다. 그리고 그들을 움켜쥘 수 있는 적절한 순간을 기다리다 때가 오면 행동을 시작했다.

이를테면, 이발사 푸시 씨의 경우가 그랬다. 그는 유명한 이발사는 아니었지만, 그가 사는 거리에서는 꽤 알아주었다. 가난하지도 부자도 아닌 그는, 도시 한복판에 있는 조그마한 이발소에서 조수를 한 사람 쓰고 있었다.

어느 날 푸시 씨는 이발소 문 앞에 서서 손님이 오기를 기다리고 있었다. 조수는 휴가를 가고 푸시 씨 혼자였다. 그는 빗 줄기가 억수같이 퍼붓는 거리를 바라보았다. 잿빛 날씨였고, 푸시 씨의 마음에도 구름이 잔뜩 끼여 있었다.

"내 한평생도 이렇게 철컥거리는 가위 소리와 쓸데없는 잡담과 비누 거품에 묻혀 흘러가는구나. 내 인생에서 이루어 놓은 것이 무엇이란 말인가? 내가 죽어 버리고 나면, 나란 존재는 아예 없었던 것이나 마찬가지일 테지."

그렇다고 푸시 씨가 잡담을 싫어하는 것은 아니었다. 오히려 손님들에게 자기의 의견을 장황하게 늘어놓고, 그에 대한 상대방의 의견을 듣기 좋아했다. 또한 가위의 철컥거리는 소리와 비누 거품을 싫어하지도 않았다. 그는 분명히 일을 즐거워했고, 자기 솜씨에 자부심도 가지고 있었다. 특히 턱 밑을 면도하는 솜씨는 그를 따를 이발사가 없다 해도 지나친 말은 아니었다. 그렇지만 그 모든 것이 전혀 무의미해지는 순간들이 종종 있는 법이다. 그것은 누구에게나 마찬가지일 것이다.

'나는 이제까지 잘못 살아왔어. 나란 존재는 대체 뭐란 말인가? 기껏 별 볼일 없는 이발사로 주저앉고 말았으니. 다시 한 번 제대로 살 수 있다면 나는 전혀 다른 사람이 될 텐데.'

이 제대로 산다는 것이 무엇인가는, 물론 푸시 씨도 잘 몰랐다. 그는 다만 어떤 중요한 것, 어떤 화려한 것, 사진 잡지에 항상 실리는 것 같은, 그런 것을 상상했을 뿐이었다. 그는 우울한 마음으로 생각했다.

'그렇지만, 그런 걸 누리고 싶어도 일을 하다보면 시간이 없어. 제대로 살려면 시간을 가져야 하는 데. 자유로워야 해. 그런데 나는 한 평생 가위 소리, 잡담과 비누 거품의 노예로 주저앉아 있으니.'

그 때, 회색 고급 승용차가 미끄러져 와 바로 푸시 씨 이발소 앞에 멈추었다. 회색 차림의 사나이 하나가 차에서 내리더니 이발소로 들어섰다. 그는 납회색의 서류 가방을 거울 앞 탁자 위에 놓고는 둥근 중절모자를 옷걸이 못에 걸고 이발 의자에 앉았다. 그리고는 주머니에서 수첩을 꺼내 들고 작은 회색 담배를 뿜어 대면서 수첩을 뒤적였다.

푸시 씨는 열려 있던 문을 닫았다. 갑자기 이 작은 가게 안이 몹시 춥게 느껴졌다.

"무엇을 원하십니까?"

그는 당황해서 물었다.

"면도를 하시겠습니까, 이발을 하시겠습니까?"

그리고 다음 순간, 그는 눈치 없는 질문을 던진 스스로를 마음속으로 꾸짖었다. 이 사나이는 번쩍거리는 대머리였던 것이다.

"어느 것도 안 합니다."

회색 사나이는 웃음기 없이, 이상하게도 억양 없는, 무뚝뚝한 음성으로 말했다.

"나는 시간 저축은행에서 왔습니다. 영업사원 XYQ/384/b호라고 합니다. 당신이 우리 은행과 거래를 하길 원한다는 걸 알고 있습니다."

"처음 듣는 얘기인데요."

푸시 씨는 점점 어쩔 줄 몰라하며 대꾸했다.

"솔직히 말씀드리면, 도대체 그런 기관이 존재한다는 것조차 처음 듣습니다."

"자, 이제 아시게 될 겁니다."

영업사원은 딱 잘라 말했다. 그는 수첩을 뒤적이며 말을 이었다.

"이발사, 푸시 씨가 틀림없지요?"

"맞습니다, 전데요."

푸시 씨는 대답했다.

"그럼 제대로 찾아왔군요."

회색 사나이는 이렇게 말하고 수첩을 접었다.

"당신은 우리의 다음 고객입니다."

"뭐라구요?"

푸시 씨는 점점 어리둥절해져서 물었다.

"당신은 당신의 한평생을 철컥거리는 가위 소리와 쓸데없는 잡담과 비누 거품으로 낭비하고 있습니다. 당신이 죽고 나면 당신의 존재는 아예 없었던 것과 마찬가지가 될 것입니다. 제대로 살아갈 시간을 갖고 있다면 당신은 전혀 다른 사람이 될 수 있을 테지요. 그러니까 당신이 가장 절실히 필요로 하는 것은 시간입니다. 제 말이 맞습니까?"

"지금 막 그런 생각을 했었지요."

푸시 씨는 중얼거리며 후들후들 떨었다. 문이 닫혀 있는데도 불구하고 점점 더 춥게 느껴졌기 때문이다.

"자, 보십시오!"

회색 사나이는 대꾸하며 만족한 표정으로 작은 시가를 빨아들였다.

"그렇다면 어떻게 시간을 갖지요? 우리는 시간을 아껴야 합니다! 푸시 씨, 당신은 당신의 시간을 아주 헛되게 쓰고 있습니다. 간단한 계산으로 그걸 증명해 드리지요. 1분은 60초입니다. 그리고 한 시간은 60분이지요, 아십니까?"

"알구말구요."

푸시 씨는 말했다.

영업사원 XYQ/384/b호는 회색 연필로 거울 위에 숫자를 쓰기 시작했다.

"60 곱하기 60은 3,600이지요. 그러니까 1시간은 3,600초입니다. 하루는 24시간이지요. 그러니까 3,600 곱하기 24 하면, 하루는 8만 6,400초입니다. 아시다시피 1년은 365일입니다. 따라서 1년은 3,153만 6,000초입니다. 10년이 지나면 3억 1,536만 초가 되지요. 푸시 씨, 당신의 한평생은 얼마나 될 것 같습니까?"

"저……,"

푸시 씨는 당황해서 더듬거렸다.

"하나님의 뜻대로지만, 일흔 살, 여든 살쯤 살게 될까요?"

"좋습니다."

회색 사나이는 말을 이었다.

"신중을 기하는 의미에서 일단 일흔 살이라고 가정해 봅시다. 그러니까 그건 3억 1,536만의 일곱 배가 되겠지요. 그러면 22억 752만 초가 되는군요."

그는 그 숫자를 큼지막하게 거울에 썼다.

2, 207, 520, 000초.

그리고 그 밑에다 몇 겹으로 줄을 긋고는 설명을 했다.

"그러니까, 푸시 씨. 이것은 당신이 마음껏 쓸 수 있는 재산입니다."

푸시 씨는 침을 꿀꺽 삼키고는 이마를 쓸었다. 이 숫자는 그에게 현기증을 일으켰다. 그는 자기가 그토록 부자임을 전혀 생각 해 본 일이 없었던 것이다.

"자,"

영업사원은 고개를 끄덕이며 자기의 조그만 담배를 다시금 빨아들였다.

"굉장한 숫자죠? 하지만 좀더 깊이 생각해 봅시다. 지금 연세가 어떻게 되시지요, 푸시 씨?"

"42살입니다."

그는 더듬거리면서 갑자기 자신이 무슨 도둑질이라도 한 것 같은 죄의식을 느꼈다.

"당신은 하루에 평균 몇 시간이나 주무시죠?"

회색 사나이는 계속 캐물었다.

"아마 여덟 시간쯤……."

푸시 씨는 솔직하게 말했다.

영업사원은 번개처럼 재빨리 계산을 했다. 연필이 거울 위를 빙글빙글 스쳤다. 푸시 씨는 소름이 끼쳤다.

"42년……. 매일 여덟 시간……. 그러니까 그것이 벌써 4억 4,150만 4,000초가 되는군요. 이 숫자는 이미 잃어버린 것이지요. 하루 몇 시간 일하십니까, 푸시 씨?"

"역시 여덟 시간, 대충입니다만."

푸시 씨는 기어들어가는 음성으로 말했다.

"그럼, 다시 똑같은 숫자를 마이너스로 기록해야겠군요."

영업사원은 거침없이 말을 이었다.

"그럼, 이번엔 영양을 섭취하는 일로 시간이 없어지겠군요. 식사 시간으로 하루에 얼마나 쓰십니까?"

"잘 모르겠군요."

푸시 씨는 걱정스럽게 말했다.

"아마 두 시간 쯤?"

"너무 적게 잡은 것 같군요."

영업사원은 말했다.

"그렇지만 그렇다고 칩시다. 그럼, 42년 동안 1억 1,037만 6,000초라는 숫자가 나옵니다. 더 계산을 해봅시다! 당신은 나이드신 어머니와 함께 살고 있습니다. ……우리가 알기로는 당신은 어머니에게 매일 완전히 한 시간을 바치고 있지요. 어머니는 귀가 어두워 알아 듣지 못하는데도, 그 옆에 앉아 얘기를 하지요. 그러니까 그건 버려진 시간입니다. 5,518만 8,000초군요. 게다가 당신은 쓸데없이 앵무새를 한 마리 갖고 있지요. 그걸 보살피는 데 매일 15분을 쓰고 있습니다. 그걸 계산하면 1,379만 7,000초가 되는 군요."

"그렇지만……."

푸시 씨는 애원하듯이 항의했다.

"제 말을 끊지 마십시오!"

영업사원은 뻣뻣하게 명령하듯이 말하면서 점점 더 빨리 걷잡을 수 없이 계산을 해댔다.

"당신은 나이드신 어머니 대신 집안 일의 일부를 떠맡아야 합니다. 장을 봐야 하고 청소를 해야 하고……, 그런 따위의 귀찮은 일이 수없이 많습니다. 그 일에다 매일 얼마나 쓰십니까?"

"아마 한 시간쯤, 하지만……."

"당신이 잃어버린 시간이 또 다시 5,518만 8,000초가 되는군요, 푸시 씨. 우리는 또 당신이 한 주일에 한 번 극장에 가고, 매주일 한 번 합창단 활동을 하고, 일주일에 두 번 단골 술집을 가며, 나머지 날에는 밤마다 친구를 만나거나, 이따금 책을 읽는다는 것까지 알고 있습니다. 요컨대 당신은 당신의 시간을 쓸데없는 일로 낭비하고 있습니다. 하루에 대충 세 시간쯤, 그것이 또 1억 6,556만 4,000초가 되는군요. 기분이 언짢으십니까, 푸시 씨?"

"그렇군요."

푸시 씨는 대답했다.

"용서하십시오……. 이제 곧 끝납니다."

회색 사나이는 말했다.

"그렇지만 이제 당신 삶의 특별한 부분에 대해 말해야겠습니다. 당신은 사실 작은 비밀을 갖고 있습니다, 그렇지요?"

푸시 씨는 이를 딱딱 부딪치며 덜덜 떨었다. 이젠 더 이상 견딜 수 없이 춥게 느껴졌다.

"그것까지 아십니까?"

그는 맥이 빠져 중얼거렸다.

"나와 다리아 이외에는 아무도……."

"우리가 사는 현대에서는……,"

영업사원 XYQ/384/b호가 푸시 씨의 말을 중단시켰다.

"어떤 비밀도 숨길 수가 없습니다. 이 문제를 한 번 현실적으로 냉정하게 생각해 보시고 질문에 대답하십시오. 당신은 다리아 양과 결혼하시겠습니까?"

"아뇨."

푸시 씨는 말했다.

"그건 안 될 말입니다……."

"지당한 말씀입니다."

회색 사나이는 말을 이었다.

"다리아 양은 다리가 온전치 못해 한평생 바퀴의자에 의지해야 합니다. 그런데도 당신은 꽃을 들고, 매일 30분씩 그 여자를 방문하지요. 왜 그런 일을 합니까?"

"그 여자는…… 아무튼 몹시 기뻐하거든요."

푸시 씨는 울상이 되어 대답했다.

"그렇지만 냉정하게 따져 보면……,"

영업사원은 말했다.

"그것은 당신을 위해서는 잃어버린 시간입니다, 푸시 씨. 그것을 합치면 어느 새 2,759만 4,000초가 됩니다. 그리고 매일처럼 잠들기 전에 15분 동안 창가에 앉아 지나간 낮의 일을 되돌아 보는 당신의 습관까지 따져 보면, 다시 1,379만 7,000초라는 숫자가 나옵니다. 그럼, 도대체 당신에게 남은 시간이 얼마나 되나 한 번 봅시다, 푸시 씨."

거울 위에는 다음과 같은 계산이 적혀 있었다.

속임수로 남을 휘감아버리는 속셈 83

잠	441,504,000초
일	441,504,000 〃
식사	11,037,600 〃
어머니	55,188,000 〃
앵무새	13,797,000 〃
장보기 등	55,188,000 〃
친구, 합창 연습 등	165,564,000 〃
비밀	27,594,000 〃
창가	13,797,000 〃
합계:	1,324,512,000 〃

"이 합계는……,"

회색 사나이는 말하며 권총을 쏘는 듯한 소리가 날 정도로 세차게 연필로 여러 차례 거울을 두들겼다.

"이 합계는, 그러니까 당신이 지금까지 이미 잃어버린 시간입니다. 하실 말씀이라도 있습니까, 푸시 씨?"

푸시 씨는 아무 말도 못했다. 그는 구석에 있는 의자에 주저앉아 손수건으로 이마를 닦았다. 얼음처럼 차가워져 오는데도 불구하고 진땀이 배어 나왔다.

회색 사나이는 심각하게 고개를 끄덕였다.

"예, 당신이 보는 바와 같습니다. 이건 벌써 당신이 애당초 갖고 있던 총재산의 절반이 넘습니다, 푸시 씨. 그럼 이제 당신의 42년 가운데 대체 얼마나 남아 있나 봅시다. 1년은 아시다시피 3,153만 6,000초입니다. 그리고 그걸 42배 하면 13억 2,451만 2,000초지요."

그는 잃어버린 시간의 밑에다 그 숫자를 썼다.

```
  1,324,512,000초
 -1,324,512,000초
 ─────────────
  0,000,000,000초
```

그는 연필을 손에 쥐고는 길게 늘어선 숫자 0을 푸시 씨가 실감하도록 한참 동안 잠자코 있었다.

과연 그것은 효력이 있었다.

"저것이……,"

푸시 씨는 만신창이가 되어 버린 느낌이었다.

"내가 지금껏 살아온 삶의 결산표인 셈이군."

이렇게 한 치도 남김없이 더하기 빼기로 딱 맞아 떨어진 계산에 어찌나 충격이 컸던지, 그는 모든 것을 꼼짝없이 인정했다. 하기는 계산 자체는 틀림이 없었다. 이것은 회색 무리들이 어느 경우에든 사람들을 속여 넘기는 수법인 것이다.

"이런 식으로 계속 시간을 보낼 수는 없다고 생각하십니까?"

영업사원 XYQ/384/b호는 은근한 말투로 다시 입을 열었다.

"푸시 씨, 이제부터 저축을 하지 않으시겠습니까?"

푸시 씨는 말없이, 파랗게 질린 입술로 고개를 끄덕였다.

"이를테면 당신이……,"

영업사원의 잿빛 음성이 푸시 씨의 귀에 울렸다.

"20년 전에 매일처럼 단 한 시간씩 저축을 하기 시작했더라면, 지금 당신은 2,628만 초의 재산을 갖고 계실 겁니다. 매일처럼 두 시간씩 저축을 했다면, 당연히 그 갑절, 그러니까 5,256만 초가 되겠지요. 푸시 씨, 말씀해 보세요. 이런 어마어마한 숫자에 비하면 두 시간쯤이야 얼마 안 되는 하찮은 시간이 아닌가요?"

속임수로 남을 휘감아버리는 속셈

"아무 것도 아니지요!"

푸시 씨는 외쳤다.

"너무나 보잘것 없는 부스러기 시간이지요!"

"그걸 터득하셨다니 기쁩니다."

영업사원은 변함없는 태도로 말을 계속했다.

"당신이 똑같은 조건에서 앞으로 20년 동안 저축을 해서 갖게 될 재산을 따져 보면, 1억 512만 초라는 엄청난 숫자가 됩니다. 이 자본은 당신이 62세 되는 해에 당신 마음대로 쓰실 수 있게 됩니다."

"굉장하군요!"

푸시 씨는 눈을 휘둥그렇게 뜨고 더듬더듬 말했다.

"잠깐만,"

회색 사나이는 말을 이었다.

"실제로는 더 큰 숫자가 되는군요. 우리 시간 저축은행은, 이를테면 당신이 저축한 시간을 그대로 가지고 있는 게 아니라, 거기에 대한 이자까지 지불하지요. 그러니까 실제로는 더 많은 숫자에 이르게 되는 겁니다."

"얼마나 더 많은가요?"

푸시 씨는 헐떡이며 물었다.

"그건 전적으로 당신에게 달려 있습니다."

영업사원은 설명했다.

"당신이 얼마나 저축을 하는가, 얼마나 오래 저축한 시간을 우리 은행에 예치해 놓는가, 하는 데 달려 있지요."

"예치해 놓다니요?"

푸시 씨는 물었다.

"그게 무슨 뜻이죠?"

"아주 간단합니다."

회색 사나이는 말했다.

"당신이 그 동안 저축한 시간을 5년 안에 되찾아가지 않는다면, 우리는 그와 똑같은 시간을 더하여 지불합니다. 당신의 재산은 5년마다 두 배로 불어나는 거지요, 아시겠어요? 10년 뒤에는 처음 저축한 시간의 네 배가 될 테고, 15년 뒤에는 여덟 배, 이렇게 점점 불어나는 겁니다. 당신이 하루에 단 두 시간씩 20년 전에 저축하기 시작했더라면, 당신이 62세가 되는 해에는, 그러니까 40년 뒤에는, 저축한 시간의 256배가 되는 시간이 당신을 기다리게 되었을 겁니다. 그건 269억 1,072만 초가 되겠군요."

그는 다시 회색 연필을 꺼내 거울 위에 그 숫자를 적었다.

26,910,720,000초

"보시다시피, 푸시 씨."

그는 처음으로 엷은 웃음을 떠올리고 말했다.

"이것은 당신 삶 전체의 열 배가 되는 숫자입니다. 그것도 매일 단 두 시간만을 절약해서 말입니다. 유리한 제안인지 아닌지 한 번 생각해 보시죠."

"유리하고말고요!"

푸시 씨는 거의 기운이 다 빠진 상태에서 말했다.

"의심할 여지없이 유리합니다! 저축을 일찌감치 시작하지 못한 것이 후회스럽군요. 이제야 겨우 제대로 눈을 떴습니다. 솔직이 고백하자면 나는 될 대로 되라는 기분이 듭니다."

"전혀 그러실 이유가 없습니다."

회색 사나이는 은근하게 말했다.

"언제 시작해도 늦는 법이란 없습니다. 원하신다면 오늘부터라도 시작하실 수 있지요. 아시게 되겠지만, 그럴 만한 가치가 있습니다."

"저축을 하자면,"

푸시 씨는 큰 소리로 말했다.

"무슨 절차를 밟아야 합니까?"

"그거야 선생님,"

영업사원은 눈살을 찌푸리며 말했다.

"시간을 어떻게 아끼는지는 당신 스스로 알게 될 겁니다. 이를테면 우선 일을 좀더 신속히 처리하고 모든 쓸데없는 일을 없애 버려야 합니다. 이발소 고객에게 30분 대신 15분만 바치는 겁니다. 시간이 걸리는 오락은 피해야 합니다. 나이 드신 어머니 곁에 앉아 있는 시간을 30분으로 줄이세요. 제일 좋은 것은, 아예 값싸고 좋은 양로원에 어머니를 맡기는 겁니다. 그럼 벌써 당신은 매일, 꽉 찬 한 시간을 벌게 되지요. 쓸데없는 앵무새를 없애 버리세요! 꼭 방문해야겠으면, 다리아 양도 두 주일에 한 번만 찾아가세요. 15분 동안 하루의 반성을 하는 것도 집어치우세요. 그리고 무엇보다도, 당신의 소중한 시간을 그토록 자주, 노래와 책읽기, 또는 당신의 친구들과 더불어 있는 시간으로 낭비하지 마세요. 얘기하는 김에 하나 더 충고를 하지요. 당신 조수의 노동 시간을 정확히 감시할 수 있도록, 크고 성능 좋은 시계를 이발소에 걸어 놓으세요."

"좋습니다."

푸시 씨는 말했다.

"그 모든 것을 할 수 있습니다. 그렇지만 이런 식으로 해서 내게 남게 된 시간을 어떻게 해야 합니까? 그걸 어디로 보내야 하나요? 제가 그냥 보관해야 하나요? 전체 과정이 어떻게 진행됩니까?"

"그 점에 대해서는……,"

회색 사나이는 두 번째로 엷은 미소를 지었다.

"조금도 걱정하지 마세요. 그 점은 마음 놓고 우리에게 맡기셔도 됩니다. 당신이 절약한 시간은 털끝만큼도 새어나가지 않고 우리에게 온다는 것을 이제 확신하게 됩니다. 당신은 곧 시간이 남지 않다는 걸 알게 될 겁니다."

"좋습니다."

푸시 씨는 당황하여 대답했다.

"그 점을 믿겠습니다."

"맘 푹 놓고 믿으세요, 선생님."

영업사원은 일어서며 말했다.

"그러니까 이걸로 당신이 우리 시간 저축은행의 고객이 되셨음을 환영해도 되겠지요. 이제 당신도 남들처럼 현대인이 되신 겁니다. 푸시 씨, 축하합니다!"

그러고 나서 그는 모자와 가방을 집어들었다.

"잠깐만!"

푸시 씨가 소리쳤다.

"무슨 계약 같은 걸 맺어야 하는 게 아닙니까? 서명은 안 해도 되나요? 무슨 서류 같은 것도 없고요?"

영업사원 XYQ/384/b호는 문 언저리에서 몸을 돌리더니 약간 불쾌한 표정으로 푸시 씨를 훑어보았다.

"그런 건 뭣 때문에 합니까?"

그는 되물었다.

"시간 저축은 다른 종류의 저축과 다릅니다. 이것은 서로의 굳은 믿

음에서 이뤄지는 일입니다! 당신의 수락으로 충분합니다. 일단 수락한 것은 취소할 수가 없지요. 우리는 이제 당신의 저축에만 관여할 것입니다. 물론, 당신이 얼마나 저축하느냐 하는 건 순전히 당신 자신에게 달린 겁니다. 우리는 당신에게 아무런 강요도 하지 않습니다. 안녕히 계십시오, 푸시 씨!"

그리고 나서 영업사원은 타고 온 멋진 회색 승용차에 오르더니 붕 하고 떠났다.

푸시 씨는 떠나는 차를 바라보며 이마를 문질렀다. 서서히 다시 온기가 돌아왔지만, 그는 비참하게 병들어 버린 느낌이었다. 영업사원의 작은 담배에서 뿜어 나온 푸른 연기가 여전히 진하게 방 안에 서려 한참 동안 사라지지 않았다.

연기가 사라지고 나서야 비로소 푸시 씨는 다시 기분이 나아졌다. 연기가 사라지는 것과 때를 같이해서 거울 위에 적힌 숫자도 점점 흐릿하게 바래져 갔다. 그리고 마침내 연기와 숫자가 완전히 사라져 버리자 잿빛 방문객에 대한 기억도 푸시 씨의 머릿속에서 지워져 버렸다. 방문객에 대한 기억은 지워졌지만 그 결론에 대한 기억은 여전히 남아 있었다! 그는 이제 그 결론을 자신이 내린 것으로 여기게 되었다. 뒷날 언젠가는 다른 삶을 시작할 수 있도록 이제부터 시간을 절약하겠다는 결심이 갈퀴 달린 바늘처럼 그의 가슴속에 꽉 박혀 있었다.

그런 뒤 이 날의 첫 손님이 찾아왔다. 푸시 씨는 무뚝뚝하게 일만 했다. 필요 이상의 봉사는 모두 그만두고 침묵을 지켰다. 그러니까 과연 30분 걸리던 일이 20분 만에 끝났다.

그는 그런 식으로 모든 손님을 대했다. 그렇게 하다 보니 일에서 아무런 재미도 느낄 수 없었다. 하지만 재미를 느낀다는 것도 이제 별 의미가 없었다. 그는 제자 이외에도 두 사람의 조수를 더 고용하고는

1초도 낭비하지 못하도록 철저하게 지켰다. 하나하나의 손놀림이 엄밀한 시간표에 의해 정해져 있었던 것이다.

푸시 씨의 이발소 안에는 이제 다음과 같은 표어가 적힌 팻말이 걸려 있었다. ―시간을 아끼면 갑절의 시간을 벌 수 있다!

다리아 양에게는 앞으로 시간이 없어서 유감스럽게도 방문을 못 하겠노라는 짧고 맹숭맹숭한 편지를 썼다. 앵무새는 동물 매매소에 팔아 넘겼다. 그의 어머니는 값이 싼 괜찮은 양로원에 떠 맡기고 한 달에 한 번 찾아갔다. 그리고 그 밖에도 회색 사나이의 모든 충고를 따랐다. 이제 그는 그 충고를 자신이 내린 결론으로 여기고 있었다.

그는 날이 갈수록 신경이 날카로워지고 안정을 잃었다. 그리고 한 가지 알 수 없는 일은, 그가 저축한 모든 시간이 이상하게 조금도 남아 있지 않다는 것이었다. 그 시간은 수수께끼처럼 그냥 사라져 버려 흔적조차 없었다. 그의 하루하루는 처음엔 느낄 수 없었으나, 나중엔 뚜렷하게 점점 짧아져 갔다. 눈 깜짝할 사이에 어느 새 일주일이 지나고 한 달, 한 해가 지나고, 다시 또 한 해, 또 한 해가 흘러갔다.

이제 그는 회색 사나이가 방문한 사실을 까맣게 잊어버렸기 때문에 자기의 모든 시간이 대체 어디로 가고 없는가에 대해 근본적으로 심각하게 생각할 수도 있을 것이다. 하지만 시간을 아끼는 다른 사람들처럼 그 역시 이 점에 대해 이상하게 생각하지 않았다. 이 상태는 마치 귀신에게라도 홀린 듯이 그를 사로잡았다. 그리고 어쩌다가 자기의 시간이 점점 빨리 흘러간다는 사실을 문득 깨닫게 되면 그는 더욱 이를 악물고 시간을 절약했다.

큰 도시의 수많은 사람들도 어느 새 푸시 씨와 마찬가지로 시간을 보내게 되었다. 그리고 날마다, 이른바 '시간 절약'을 시작하는 사람의 수가 불어났다. 이렇게 시간 절약가의 수가 많아질수록 뒤따르는 사람의 수도 늘어났다. 애당초 시간 절약을 원치 않던 사람들까지도 덩달아 어울리는 수밖에 다른 도리가 없었다.

매일처럼 라디오와 텔레비전, 신문에서는 각종 새로운 시간 절약 제도의 좋은 점이 광고되었다. 이러한 제도가 언젠가는 '제대로 된' 삶을 위한 시간을 갖게 할 거라는 것이었다. 건물의 벽과 광고판마다 행복의 온갖 가능성이 그려진 그림이 걸렸고 번쩍이는 글자로 이런 글귀가 쓰여 있었다.

> 날로 개선되는 시간 절약!
> 시간 절약은 미래의 재산!
> 더 잘사는 길―시간을 아낍시다!

하지만 실제의 상황은 전혀 다른 모습이었다. 물론 시간 절약가들은 옛 원형극장 언저리에 사는 마을 사람들보다 훨씬 좋은 옷을 입고 있었다. 그들은 돈을 많이 벌고, 따라서 돈을 많이 쓸 수 있었다. 하지만 그들은 한결같이 찡그리고 피곤한, 또는 불평투성이의 얼굴에다 불친절한 눈초리를 하고 있었다.

그들은 물론 "아무튼 모모에게 가 보게!" 하는 말투를 알 리 없었다. 그들은 단지 이야기에 열심히 귀기울여 줌으로써 말하는 이에게 신통한 해결 방법과, 화해의 마음, 심지어 기쁨을 안겨다 주는, 모모 같은 사람을 알지 못했다. 설사 그런 사람을 안다 해도 그들이 찾아갔을지도 지극히 의심스러운 일이다. 용건이 단 1~2분 안에 처리될 수 있는 경우가 아니라면 말이다. 그렇지 못하면 그들은 시간을 잃었다고 여길 것이다. 심지어 그들 스스로 여가라고 하는 시간까지도, 10분 활

용되고, 최대한의 빠르기로, 가능한 많은 즐거움과 휴식을 줄 수 있어야 했다.

이런 식으로 그들은 제대로 된 축제를 즐길 수 없게 되었다.

유쾌한 축제도, 엄숙한 축제도. 몽상이란 그들에게는 언제나 범죄시되었다. 그리고 그들은 고요함을 가장 견디지 못했다. 사방이 고요해지면 불안이 덮쳐 오기 때문이었다. 스스로의 삶이 어떻게 진행되는가를 예감하기 때문이었다. 그래서 그들은 사방이 고요해지면 곧바로 소음을 냈다. 이것은 물론 어린이 놀이터에서와 같은 유쾌한 소리가 아니고, 날이 갈수록 큰 도시를 떠들썩하게 메우는 불쾌하고 시끄러운 소리였다.

맡은 일을 기꺼이 즐거운 마음으로 임하느냐의 문제는 중요한 것이 아니었다. 오히려 그런 마음은 억제되었다. 중요한 것은 오로지 단 한 가지, 최소한 짧은 시간에 최대한 많은 일을 해내는 것이었다.

따라서 모든 큰 공장과 사무실의 현장에는 다음과 같은 글귀를 볼 수 있었다.

> 시간은 값비싼 것—시간을 낭비하지 말자!
> 시간은 돈이다. —시간을 아끼자!

비슷한 팻말들이 사원들의 작은 책상 위에도, 지배인의 안락의자 위에도, 의사의 진찰실 안에도, 상점, 음식점, 백화점, 심지어는 학교와 유치원에도 걸려 있었다. 이러한 흐름에서 벗어난 사람은 아무도 없었다.

그리고 마침내 큰 도시의 겉모습도 점차 달라졌다. 낡은 구역은 철거되었고, 쓸모없다고 생각되는 부분을 새 건물들이 세워졌다. 그 집에 살 사람들에게 각기 어울리는 집을 짓는 수고는 하지 않았다. 그러자면 각각 다른 형태의 집을 지어야 하니까. 모든 집을 똑같이 지으면, 돈이 훨씬 적게 들고 무엇보다 시간이 절약된다.

큰 도시의 북쪽으로는 벌써 엄청나게 큰 새 주택 지역이 퍼져 나갔다. 거기에는 너무나 똑같아서 구별조차 할 수 없는 고층 아파트들이 끝없이 줄지어 세워졌다. 이렇듯 똑같은 집들 사이에 난 도로들은 당연히 똑같은 형태일 수밖에 없었다. 이런 식의 단조로운 도로들이 부쩍부쩍 늘어나 어느덧 일직선으로 지평선에까지 뻗게 되었다. 그것은 질서의 황무지였다! 그리고 이 안에 사는 사람들의 삶도 이와 똑같이 흘러갔다. 일직선으로 지평선까지! 여기서는 모든 것이 단 한 순간, 단 1센티미터까지 엄밀하게 계산되고 계획되기 때문이었다.

시간을 아끼는 사이에 실제로는 전혀 엉뚱한 것을 아끼고 있다는 사실을 깨닫는 사람은 아무도 없는 것 같았다. 어느 누구도 자기의 삶이 점점 빈약해지고, 단조로워지며, 메말라 가고 있음을 인정하지 않았다.

하지만 이런 상황을 분명히 몸으로 느끼는 것은 아이들이었다. 모두들 아이를 위한 시간을 갖지 않기 때문이었다.

하지만 시간은 삶이다. 그리고 삶은 마음속에 자리잡고 있다. 따라서 사람들이 시간을 절약할수록, 점점 시간은 메말라 없어졌다.

속임수로 남을 휘감아버리는 속셈

친구의 방문과 적의 방문

"잘 모르겠어."
어느 날 모모가 말했다.
"웬일까? 정든 친구들이 이제 나를 찾아오는 것이 점점 뜸해지는 것 같아. 참 많은 친구를 벌써 오랫동안 못 봤어."
여행안내원 지지와 도로청소부 베포는 풀덮인 폐허의 돌계단 위 모모 곁에 앉아서 지는 해를 바라보고 있었다.
"그래,"
지지가 생각에 잠겨 말했다.
"나도 마찬가지 느낌이야. 내 이야기를 들으러 오는 사람들도 점점 뜸해져, 옛날 같지가 않아. 무슨 일이 생긴 게 틀림없어."
"무슨 일일까?"

모모가 물었다.

지지는 어깨를 으쓱하고는 골똘히 생각하는 표정으로 낡은 석판 위에 자기가 끄적여 놓았던 글자를 침으로 지웠다. 이 석판은 베포 할아버지가 몇 주일 전에 쓰레기통에서 주워 모모에게 준 것이었다. 물론 새 것이 아니고 한가운데 굵은 금이 가 있었지만, 그래도 글을 쓰기에는 아주 훌륭했다. 그 뒤로 지지는 매일 여러 가지 글자를 모모에게 가르쳐 주었다. 모모는 기억력이 뛰어나 그 사이에 꽤 많은 것을 읽을 수 있게 되었다. 다만 쓰기는 아직 서툴렀다.

모모의 질문에 골몰해 있던 베포 할아버지가 천천히 고개를 끄덕이며 말했다.

"그래, 맞아. 점점 가까이 다가오고 있어. 도시 안에는 벌써 완전히 번져 있어. 나에게는 오래 전에 눈에 뜨인 일이야."

"대체 뭔데요?"

모모가 물었다.

"좋은 게 아니야."

베포는 곰곰이 생각하더니 대답했다.

그리고 다시금 한참 뒤에 덧붙였다.

"추워지고 있어."

"또 무슨 얘기라구!"

지지는 걱정 말라는 듯이 모모의 어깨를 감싸안으며 말했다.

"그래서 지금 점점 많은 아이들이 이리로 오잖아요."

"그래, 그래서 말이야."

베포가 말했다.

"그것 때문에 말이야."

"무슨 뜻이에요?"

모모가 말했다.

베포는 한동안 깊이 생각하더니 이윽고 대답했다.

"아이들은 우리를 만나러 오는 게 아니야. 그 애들은 보금자리를 찾고 있을 뿐이야."

세 사람은 아이들이 모여 오늘 오후에 새로 생각해 낸 공놀이를 하던, 원형극장 한가운데의 둥그런 풀밭을 내려다보았다.

그 가운데 모모의 옛 친구도 몇 명 있었다. 안경 쓴 소년 파올로, 꼬마 계집아이 동생 데데를 데리고 오는 소녀 마리아, 소프라노 목소리를 가진 뚱보 소년 마시모, 개구쟁이 소년 프랑코. 하지만 그들 이외에도 며칠 전부터 어울리기 시작한 다른 아이들이 여럿 있었고, 오늘 오후에 처음 온 꼬마 소년이 하나 있었다. 겉으로 보이는 현상은 지지가 말한 대로였다. 하루하루 아이들은 늘어났다.

사실 이런 현상은 모모가 기뻐할 일이다. 하지만 아이들의 대부분은 잘 놀 줄을 몰랐다. 아이들은 지루한 표정으로 주저앉아 모모와 친구들이 노는 모습을 구경하고 있었다. 때로는 일부러 그들을 방해하며 죄다 엉망으로 해 놓았다. 말다툼을 하고 때리고 싸우는 일이 얼마 전부터는 적지않게 벌어졌다. 물론 싸움이 오래 가진 않았다. 모모의 존재가 이 아이들에게도 영향을 주었던 것이다. 그래서 아이들은 어느새 마음이 풀려 신이 나서 어울려 놀기 시작했다. 하지만 정말로 거의 매일, 새로운 아이들이 오는 것이 문제였다. 심지어 먼 곳의 다른 동네 아이들도 왔다. 그래서 날마다 똑같은 상황이 반복될 수밖에 없었다. 다들 알다시피, 한 사람의 방해꾼이 나머지 아이들의 놀이를 온통 망쳐 놓을 수 있기 때문이었다.

게다가 모모가 잘 이해할 수 없는 점이 또 있었다. 그것 역시 최근에 시작된 현상으로, 어린이들이 이런저런 장난감을 들고 오는 일이

부쩍 늘은 것이다. 그것도 실제로 잘 갖고 놀 수 없는 것들이었다. 이를테면 이리저리 돌아다니게 할 수 있는 원격 조종 탱크 같은 것……. 하지만 그것 말고는 아무 쓸모 없는 물건이었다. 또는 막대기에 붙어 윙윙거리며 회전하는 우주선 같은 것……. 하지만 그뿐, 다른 데는 쓸모가 없었다. 또는 번뜩이며 이리저리 굴리는 눈알과 회전식 머리가 달린 미니 로보트. 하지만 그것 역시 다른 데는 아무 소용 없는 물건이었다.

물론 모모와 친구들은 도저히 가질 수 없는 값비싼 장난감들도 있었다. 특히 그런 장난감은 아주 작은 부분까지 완벽하게 만들어져서 아이들이 상상력을 드러낼 필요가 없었다. 그래서 아이들은 몇 시간이고 우두커니 앉아서 투덜거리거나, 이리저리 굴러다니는 장난감을 지루하게 바라보았다. 거기에서 무슨 신기한 생각은 떠오르지 않았다. 결국 아이들은 두세 개의 상자, 찢어진 행주조각 하나, 두꺼비집, 또는 한 줌의 모래만 있으면 충분한, 옛날에 하던 놀이로 되돌아갔다. 이 놀이에서는 많은 것을 상상해 낼 수 있었다.

오늘 저녁에도 무언가가 놀이를 제대로 할 수 없도록 방해한 듯했다. 어린이들은 하나씩 둘씩 뿔뿔이 빠져 나오더니 마침내 모두가 지지, 베포, 모모를 둘러싸고 앉았다. 그들은 지지가 이야기를 시작했으면, 하고 원했던 것이다. 하지만 그럴 수 없었다. 왜냐하면 오늘 처음 나타난 어린 소년이 트랜지스터 라디오를 갖고 있었던 것이다. 꼬마는 무리에서 좀 떨어진 곳에 앉아서 라디오를 크게 틀어 놓고 있었다. 광고 방송이 흘러나왔다.

"그 떠버리 상자를 좀 작게 틀 수 없겠니?"

개구장이 프랑코가 을러대는 투로 말했다.

"웃기는 애구나."

낯선 소년은 심술궂게 웃으며 말했다.
"내 라디오는 이렇게 큰 소리가 나."
"당장 소리를 낮춰!"
프랑코는 소리치며 벌떡 일어섰다.
낯선 소년은 약간 창백해졌다. 그러면서도 뻣뻣하게 대꾸했다.
"너는 나에게 명령할 권리가 없어, 어느 누구도. 난 내 마음대로 내 라디오를 크게 틀 수 있다구."
"그래, 그 애 말이 맞다."
베포 노인이 말했다.
"우린 그 애에게 그러지 말라고는 할 수 없어. 우리가 할 수 있는 건 기껏 양해를 구하는 일이야."
프랑코는 다시 주저앉았다.
"저 녀석이 꺼져야 해요."
프랑코는 씩씩거리며 말했다.
"오늘 오후 내내 우리가 노는 걸 온통 망쳐 놨어요."
"그 애가 그러는 데는 까닭이 있을 거다."
베포 노인은 조그마한 안경 너머로 소년을 다정하고 주의깊게 바라보며 말했다.
"분명 뭔가 이유가 있을 거야."
낯선 소년은 잠자코 있었다. 잠시 뒤 소년은 라디오의 소리를 낮추고 다른 방향으로 얼굴을 돌렸다.
모모가 소년에게 다가가서 그 옆에 말없이 앉았다. 소년은 라디오를 껐다.
한동안 침묵이 계속되었다.
"얘기 해주세요, 지지."

새로 온 아이들 가운데 한 아이가 말했다.

"아, 그래요, 얘기해 주세요."

다른 아이들도 소리쳤다.

"재미있는 걸로요! …… 아니, 흥미진진한 걸로요! …… 아니, 동화 해주세요! …… 모험 이야기요!"

하지만 지지는 이야기 하지 않았다. 처음 있는 일이었다.

"나는 오히려 너희들 이야기를 듣고 싶다."

그는 이윽고 입을 열었다.

"너희들에 관해서, 너희들 집에 관해서, 너희들이 무엇을 하고 왜 여기에 와 있는지를."

아이들은 하나같이 말이 없었다. 아이들의 얼굴이 갑자기 슬프고 울먹울먹해졌다.

"우리 집에는 아주 근사한 자동차가 있어요."

마침내 한 아이가 입을 열었다.

"토요일 날, 엄마랑 아빠가 시간이 나면 차를 닦아요. 우리가 착하게 굴면, 그 일을 도울 수 있어요. 나중에 나도 그런 자동차를 갖고 싶어요."

"나는요,"

조그만 소녀가 말했다.

"가고 싶으면 매일 극장에 갈 수 있어요. 엄마 아빠는 시간이 없기 때문에 극장 보내는 걸로 나를 돌보려는 거예요."

그리고 잠시 뒤 소녀는 말을 이었다.

"나는 그런 식으로 보호받고 싶진 않아요. 그래서 극장에 가지 않고 몰래 여기에 와서 돈을 모아요. 돈이 많이 생기면 차표를 사서 일곱 난장이가 있는 데로 갈 수 있을 테니까요."

"넌 참 바보구나!"
한 아이가 말했다.
"일곱 난장이란 없어."
"있어!"
조그만 소녀는 맞서서 대꾸했다.
"여행 안내 광고에서도 봤어."
"나는요, 벌써 동화 레코드판을 열 한 장이나 갖고 있어요."
한 어린 소년이 말했다.
"듣고 싶을 때는 언제든 들을 수 있어요. 전에는 아버지가 일이 끝나고 돌아오면 저녁마다 직접 얘기를 해 주셨어요. 그 얘기는 참 재미있었어요. 그렇지만 이젠 저녁때 아버지가 집에 거의 안 계세요. 계셔도 피곤하다든지, 얘기 할 기분이 아니래요."
"그럼 너희 엄마는?"
마리아라는 소녀가 물었다.
"엄마도 이젠 하루 종일 집에 없어."
"그렇구나."
마리아가 말했다.
"우리 집도 마찬가지예요. 그렇지만 다행스럽게도 나에겐 데데가 있어요."
소녀는 무릎에 앉아 있는 꼬마 동생에게 뽀뽀를 하고는 말을 이었다.
"학교에서 돌아 오면 나는 차려진 음식을 데워 먹어요. 그리고 숙제를 해요. 그리고 나선…… 소녀는 어깨를 으쓱했다.
"여기서 이렇게 뛰어 놀아요. 밤이 될 때까지. 거의 이리로 오지요."

모든 어린이들이 고개를 끄덕였다. 사실 조금씩 차이는 있지만 모두가 같은 형편이었다.

"나는 아주 만족해요."

프랑코가 말했다. 하지만 결코 만족스러운 얼굴은 아니었다.

"우리 엄마 아빠가 나에게 쓸 시간이 없는 게 말이에요. 안 그러면 엄마 아빠는 싸우기나 할 테고, 그럼 나를 때려요."

그때, 트랜지스터 라디오를 가진 소년이 불쑥 이쪽으로 다가와서는 말했다.

"하지만 나는, 나는 전보다 훨씬 많은 용돈을 받아요!"

"맞았어!"

프랑코가 대답했다.

"어른들은 그래. 그걸로 우리를 떼어 놓으려고 해! 어른들은 이제 우리를 좋아하지 않아요. 그렇다고 어른들끼리 좋아하는 것도 아니예요. 도대체 아무 것도 좋아하는 게 없어요. 제 생각엔 그래요."

"그렇지 않아!"

낯선 소년이 화를 내며 소리쳤다.

"우리 엄마 아빠는 나를 굉장히 좋아해. 다만 시간이 없어서 그런 거야. 그런 거예요. 그래서 엄마 아빠는 이렇게 나에게 트랜지스터 라디오까지 사 주셨어요. 이건 굉장히 비싸요. 아무튼 이건 하나의 증거예요. 안 그래요?"

모두가 잠자코 있었다.

그때 오후 내내 방해꾼이었던 그 소년이 느닷없이 울음을 터뜨렸다. 소년은 울음을 참으려고 애쓰며 더러운 두 주먹으로 눈물을 훔쳤다. 하지만 소년의 눈물이 더러운 얼룩이 진 뺨에 투명한 줄기를 그리며 줄줄 흘러내렸다.

아이들은 동정어린 시선으로 소년을 바라보거나 땅바닥으로 시선을 떨구었다. 아이들은 이제 소년을 이해하고 있었다.

처음부터 모두가 소년과 같은 기분이었던 것이다. 그들은 모두 부모로부터 버림받은 느낌이었다.

"그래."

베포 할아버지는 잠시 뒤 다시 한 번 말했다.

"추워지고 있어."

"앞으로 나는 여기 못올지도 몰라."

안경을 쓴 소년 파올로가 말했다.

"왜?"

모모가 놀라 물었다.

"우리 엄마 아빠가……,"

파올로가 설명했다.

"아저씨들은 게으름뱅이고 건달이래요. 빈둥빈둥 세월을 보낸다고 했어요. 그래서 그 모양 그 꼴이 됐다고요. 그런 사람이 세상에 너무 많아서 다른 사람들의 시간이 점점 없어지는 거래요. 그리고 날더러 이제는 여기에 가지 말래요. 안 그러면 나도 아저씨들처럼 된대요."

그러자, 그와 비슷한 소리를 들은 적이 있는지 아이들 몇이 고개를 끄덕였다.

지지는 아이들을 하나씩 차례로 바라보았다.

"너희들도 우리가 그렇다고 생각하니? 그렇다면 왜 우리에게 오니?"

잠시 침묵이 흐른 뒤 프랑코가 말했다.

"나도 그런걸요. 나도 크면 별수없이 도로청소부밖에 안 될 거라고 아빠는 늘 말하는 걸요. 나는 아저씨들 편이에요."

"아, 그래?"

지지는 눈을 치켜올리며 말했다.

"너희들도, 그러니까 우리를 건달로 여기는구나?"

어린이들은 당황해서 시선을 떨구었다. 마침내 파올로가 뭘 캐내려는 듯이 베포 할아버지를 똑바로 쳐다보았다.

"우리 엄마 아빠는 거짓말을 안 해요."

소년은 조그만 소리로 말했다. 그리고는 더욱 기어들어가는 소리로 물었다.

"그럼 아저씨들은 건달이 아닌가요?"

그러자 청소부는 그다지 크지도 않은 몸을 벌떡 일으켜 세우고는 세 손가락을 하늘을 향해 올리고 말했다.

"나는 이제껏 결코, 내 삶에서 단 한 번도, 사랑하는 하나님과 다른 사람의 시간을 방해한 적이 없어. 하나님께 맹세코!"

"나도 그래!"

모모가 덧붙였다.

"나도!"

지지도 진지하게 말했다.

어린이들은 깊은 감동을 받은 표정으로 잠자코 있었다. 어느 누구도 세 친구의 맹세를 의심치 않았다.

"아무튼, 내가 너희들에게 말하고 싶은 것은,"

지지가 말을 계속했다.

"이전에는 사람들이 언제나 모모를 찾아와서 이야기를 들려 주었어. 내가 말하는 걸 너희들이 이해할는지 모르겠다만, 그들은 그렇게 함으로써 자기 자신을 발견했던 거야. 하지만 이제 사람들은 그러고 싶어 하지 않아. 또 전에는 사람들이 늘 내 이야기를 들으러 기꺼이 왔었

친구의 방문과 적의 방문 105

어. 그렇게 해서 그들은 자기 자신을 잊어버렸지. 이제는 이것도 하고 싶어하지 않아. 그런 일을 할 시간이 없다고 그들은 말하고 있어. 뿐만 아니라 너희들을 위해서도 그들은 시간이 없어졌어. 알아듣겠니? 참 이상스러운 일이야. 무엇 때문에 그들이 시간이 없는지!"

그는 눈을 가늘게 뜨고 고개를 끄덕였다. 그리고 말을 이었다.

"얼마 전에 시내에서 오래 전부터 아는 사람을 만났지. 푸시라는 이발사야. 한동안 못 만나긴 했지만, 정말 바로 알아볼 수가 없었어. 사람이 그렇게 달라져 버리다니! 신경질에다가 무뚝뚝하고, 웃음을 잃은 모습이었어. 전에는 참 좋은 사람이었는데. 노래도 잘 부르고 무슨 일에든 자기 나름의 독특한 생각을 갖고 있었는데. 그런데 갑자기 그 사람에게 그런 모든 것이 없어졌어. 그 사람은 다만 자기의 껍질일 뿐, 이미 원래의 푸시 씨는 전혀 아니었어. 알겠니? 그런 사람이 그 사람 하나라면 나는 그저 약간 돌았거니 생각하겠어, 그렇지만 어딜 가도 그런 사람 천지가 되어 버렸어. 점점 숫자가 늘고 있어. 이젠 심지어 우리의 친구들까지 그렇게 되기 시작했어! 나는 전염성 있는 정신병이 돌고 있는 게 아닌가 하는 생각이 들어."

베포 노인은 고개를 끄덕이며 말했다.

"맞았어. 분명코 그건 하나의 전염병이야."

"그렇다면,"

모모가 깜짝 놀라며 말했다.

"우리 친구들을 어떻게든 도와야겠네요!"

그날 밤 그들은 함께 오랫동안 자기네들이 할 수 있는 것이 무언가를 의논했다. 하지만 회색 무리와 그들의 쉴새없는 활동에 대해서는 까맣게 모르고 있었다.

그 뒤 며칠 동안 모모는 도대체 무슨 일이 일어나서 옛 친구들이 자기에게 오지 않는지를 알아보기 위해서 그들을 찾아 나섰다.

맨 먼저 미장이 니콜라를 찾아갔다. 모모는 니콜라가 살고 있는, 지붕 밑에 조그만 방이 있는 집을 잘 알고 있었다. 하지만 니콜라는 집에 없었다. 다만 그 집에 살고 있는 다른 사람들이 니콜라는 도시 반대편의 대규모 신축 공사장에서 일하며, 돈을 잔뜩 벌고 있다고 얘기해 주었다. 그는 이따금 아주 늦게 집에 들어온다고 했다. 게다가 취하지 않은 때가 드물기 때문에 도대체 그를 수월히 대하기가 어려워졌다는 얘기였다.

모모는 그를 기다리기로 작정하고 그의 방문 앞 계단에 앉았다. 날은 점점 어두워졌고, 모모는 깜빡 잠이 들었다.

모모가 쿵쾅거리는 발걸음과 거친 노랫소리에 잠이 깨었을 때는 벌써 밤이 깊었음에 틀림없었다. 니콜라가 계단을 비틀거리며 올라왔다. 그는 꼬마 모모를 보자 당황한 듯 우뚝 섰다.

"어이, 모모!"

그가 크게 외쳤다. 그를 바라보는 모모의 시선이 그를 당황하게 했다.

"아직 살아 있었군! 여기서 대체 뭘 하고 있지?"

"아저씨를 기다리고 있었어요."

모모는 멋적게 대답했다.

"지금까지?"

니콜라는 미소를 띠고 고개를 절레절레 흔들며 말했다.

"옛 친구 니콜라를 보러 이렇게 밤늦게 찾아오다니. 정말 너를 꽤 오래 못 찾아간 것 같구나. 그렇지만 사실 시간이 없었어. 그런…… 개인적인 일에 신경 쓸……."

그는 수선스럽게 손짓을 해대며 모모 옆의 계단에 털썩 주저앉았다.

"나에게 지금 무슨 일이 생겼느냐는 거지, 꼬마야! 전 같지가 않아. 시대가 변하고 있어. 내가 지금 일하는 저편은 전혀 다른 속도로 움직여 가고 있어. 정신 차릴 수 없는 빠르기야. 매일 우리는 한 층의 집을 쌓아올려. 한 층씩, 한 층씩……. 정말 전 같으면 꿈도 못 꿀 일이지! 모든 일이 조직화되었어. 손놀림 하나하나에서 마지막까지…… 알겠니?"

그는 계속 떠들었고 모모는 침착하게 그의 이야기에 귀를 기울였다. 그렇게 시간이 지나갈수록 그의 얘기의 열기도 점점 식어 갔다. 갑자기 그는 말을 멈추고 굳은 살이 박힌 손으로 얼굴을 문질렀다.

"온통 부질없는 소리야."

그는 갑자기 슬픈 어조로 말했다.

"너도 보다시피, 모모. 또 이렇듯 진창 술을 마셨어. 나도 알아. 나는 요즘 너무 자주 마셔. 그렇지 않고는 거기서 하는 일을 견딜 수 없어. 정직한 미장이에게는 양심에 어긋나는 일이야. 몰타르에 모래를 너무 많이 섞어, 알겠니? 그렇게 하면 4, 5년이나 지탱할까, 그 다음엔 기침만 해도 무너질 거야. 온통 속임수야. 치사스러운 속임수야! 거기까지만 해도 참을 수 있어. 가장 기막히게 한심한 건 우리가 짓고 있는 건물들이야. 그건 도대체 집이 아니야. 그건, 그건 말이지, 사람들을 쑤셔 넣는 높다란 창고야! 거기선 오장육부가 뒤집혀! 하지만 그 모든 게 나와 무슨 상관이 있겠니? 돈만 벌면 그만이지. 아무튼 시대는 달라지고 있어. 전에는 일이 이렇지 않았는데, 남이 봐 줄 수 있는 뭔가를 지으면서, 그런 나의 일에 대해 긍지를 가질 수 있었지. 그런데 지금은……, 언제고 돈만 충분히 벌면 이 직업을 때려 치우고 딴 일을 하겠어."

그는 풀이 죽어서 침울하게 앞을 바라보았다. 모모는 아무 말 없이 오로지 그의 말에 귀를 기울이고만 있었다.

"아무래도……,"

니콜라는 한참 뒤 말을 이었다.

"정말 너에게 한 번 가서 모든 걸 털어놨어야 했나봐. 그래, 정말 그랬어야 했어. 우리 내일 얘기하자, 응? 아니면 모레가 더 좋을까? 자, 언제 시간이 날지 사정을 봐야겠어. 그렇지만 가긴 꼭 갈 거야. 자, 약속한거다?"

"약속했어요.!"

모모는 기뻐했다. 그리고 그들은 헤어졌다. 두 사람 다 몹시 피곤했기 때문이다.

그렇지만 니콜라는 다음 날도, 그 다음 날도 오지 않았다. 아예 나타나지를 않았다. 아마도 정말 시간이 없었던 모양이었다.

그 다음 모모는 술집 주인 니노와 그의 뚱뚱한 아내를 찾아갔다. 그들은 도시 변두리에 있고 낡고 작은 집에 살았는데, 비바람으로 얼룩진 담이 있고 문 앞에는 포도넝쿨로 뒤덮인 정자가 있었다. 전에도 늘 그랬듯이 모모는 마당 뒤로 돌아 부엌문으로 갔다. 문은 열려 있었고, 니노와 그의 아내 릴리아나가 거칠게 말을 주고받는 소리가 멀리서도 들렸다. 릴리아나는 부뚜막에서 프라이팬과 냄비에 요리를 하고 있었다. 그녀의 뚱뚱한 얼굴이 땀으로 번들거렸다. 니노는 아내에게 뭐라고 열심히 몸짓을 하면서 말을 건네고 있었다. 구석에서는 갓난아이 둘이 바구니 속에 앉아 자지러지게 울어댔다. 모모는 살그머니 아기 옆에 앉았다. 그리고 아기를 무릎에 앉히고 살랑살랑 흔들며 얼렀다. 두 사람은 말싸움을 멈추고 이쪽을 바라보았다.

"아, 모모, 너였구나."

니노는 말하며 언뜻 미소를 지어 보였다.

"반갑다, 너를 다시 보게 되어서."

"뭐 좀 먹겠니?"

릴리아나가 약간 부루퉁하게 물었다.

모모는 고개를 가로저었다.

"그럼 도대체 무슨 일로 왔니?"

니노는 신경질적으로 물었다.

"지금 우리는 너와 어울릴 시간이 없어."

"저는 그냥……,"

모모가 작은 목소리로 대답했다.

"왜 아저씨 아줌마가 그토록 오래 저에게 오지 않는지를 물어 보고 싶었을 뿐이에요."

"나도 모르겠다!"

니노는 화난 음성으로 말했다.

"실은 지금 우리에게 다른 걱정거리가 있단다."

"그래."

릴리아나가 큰 소리로 말하며 남비를 덜그럭거렸다.

"저이는 지금 전혀 다른 고민거리가 있어! 이를테면, 어떻게 해서 늙은 단골손님들을 몰아내 버리나, 그것이 지금 저이의 골칫거리야! 모모, 전에 늘 구석 탁자에 앉아 있던 노인들 생각나니? 저이가 그 사람들을 쫓아내 버렸어! 몰아내 버렸다고!"

"그렇게까지는 하지 않았어!"

니노가 발뺌했다.

"나는 아주 정중하게 다른 술집을 찾아보라고 부탁했을 뿐이야. 술집 주인으로서 나에게는 그럴 권리가 있어."

"권리, 권리라구요?"

릴리아나가 노기등등해서 되물었다.

"그런 일은 해서는 안 되는 거예요. 사람답지 못하고 비열해요. 그 사람들이 다른 술집을 찾지 못하리라는 걸 당신이 누구보다 잘 알잖아요. 그 사람들이 우리 집 일을 방해한 건 하나도 없잖아요!"

"물론 그들이 누구를 방해한 거야 없지!"

니노가 소리쳤다.

"말하자면 그 지저분한 늙은 영감들은 저 구석에 웅크리고 앉아, 돈 잘 쓰는 착실한 고객이 우리 집에 못 오게 했다구. 그런 몰골이 손님들 마음에 들 줄 알아? 저녁 내내 앉아 있으면서 한 사람이 한 잔씩밖에 안 마시는 싸구려 포도주만 팔아서는, 우리는 돈을 벌 수가 없어! 그래 가지고는 도대체 아무 것도 할 수 없단 말이야."

"그래도 지금까지 잘 꾸려왔잖아요."

릴리아나가 되받았다.

"지금까지야 그랬지!"

니노가 거칠게 되받았다.

"하지만 당신도 잘 알다시피 앞으로는 그렇게 할 수 없어. 집 주인이 집세를 올렸어. 앞으로 전보다 삼분의 일을 더 물어야 해. 모든 물가가 뛰고 있어. 우리 가게를 가난한 수다장이 영감들의 노인정으로 만들어 버린다면, 나는 어디서 돈을 벌겠어? 왜 나만 다른 사람을 보살펴 줘야 해? 아무도 나를 생각해 주지 않는데."

뚱뚱한 릴리아나는 탕 소리가 나도록 거칠게 프라이팬을 가스 레인지에 내려 놓았다.

"그렇다면 나도 할 말이 있어요."

그녀는 두 팔을 굵은 허리에 얹고 버텨 서면서 소리쳤다.

"당신이 말한 대로 그 늙고 가난한 수다장이 가운데는, 나의 에토레 아저씨도 있었어요! 당신이 우리 집안을 모욕하는 걸 난 참을 수가 없어요! 당신의 그 잘난 돈 잘 쓰는 고객만큼 돈은 없어도, 아저씨는 선하고 정직한 사람이예요."

"에토레 아저씨야 얼마든지 다시 올 수 있잖아!"

니노는 몸짓을 크게 하며 대답했다.

"나는 아저씨에게, 계시고 싶으신 대로 얼마든지 계셔도 좋다고 말했어. 그렇지만 아저씨가 그러려고 하지 않으셨어."

"그거야 당연한 일이죠. 친구들이 없는데! 무슨 생각을 하는 거예요? 아저씨가 저쪽 바깥 구석에 혼자서 웅크리고 있어야 한단 말이에요?"

"그렇다면 나도 어쩔 수 없어!"

니노가 고함을 쳤다.

"어쨌든 나는 초라한 술집 주인으로 내 일생을 끝마칠 생각은 없어. 당신 아저씨 에토레를 생각해 주느라고 말이야! 나는 내 일생에 뭔가 이뤄 놓고 싶어! 그게 잘못이야? 나는 이 가게를 번창시키겠어! 내 술집을 크게 키우겠어! 내가 그러는 건 꼭 나 혼자 만을 위해서가 아니야. 그건 당신과 우리 아이를 위해서이기도 해. 그래도 못 알아듣겠어, 릴리아나?"

"못 알아듣겠어요."

릴리아나는 잘라 말했다.

"그렇게 냉혹하게 해야만 한다면, 그리고 그럴 결심이 벌써 섰다면 나는 빼고 하세요! 그럼 난 어느날 훌쩍 떠나버릴 테니까. 맘대로 하세요!"

그리고 그녀는, 다시 칭얼거리는 갓난아이를 모모의 팔에서 받아 안고 부엌에서 뛰쳐 나갔다.

한동안 니노는 잠자코 있었다. 그는 담배에 불을 붙이더니 손가락 사이에 끼우고 만지작거렸다.

모모는 그를 바라보았다.

"음, 하긴,"

그는 이윽고 입을 열었다.

"그들은 좋은 노인들이었어. 나 역시 그 노인들을 참 좋아했지. 이봐, 모모. 정말 나도 마음이 안 좋아. 내가……, 그렇지만 어떻게 하겠어? 시대가 빠르게 달라지고 있어."

"어쩌면 릴리아나가 옳을 거야."

그는 잠시 뒤 말을 이었다.

"그 노인들이 오지 않고부터는 내 가게가 어쩐지 낯설게 느껴져. 춥게 느껴져, 무슨 말인지 알겠니? 나도 그걸 견딜 수가 없어. 어떻게 해야 할지 정말 모르겠어. 그렇지만 요즘엔 다들 그러는걸. 나 혼자만 다르게 살 수는 없잖아. 아니, 나 혼자만이라도 다르게 살아야 할까?"

모모는 알아챌 수 없을 만큼 고개를 끄덕였다.

니노는 모모를 바라보며, 그 역시 고개를 끄덕였다. 그리고 두 사람은 미소를 지었다.

"와 주어서 반갑다."

니노가 말했다.

"전에는 그런 일이 생기면 '하여튼 모모에게 가 보게!' 하고 늘 애기했었는데, 그것도 까맣게 잊고 있었어. 하지만 다시 갈게, 릴리아나와 같이. 모레는 우리 가게가 노는 날이야. 그때 갈게, 알았니?"

"알았어요."

모모는 대답했다.

그러고 나서 니노는 봉지에다 사과랑 오렌지를 가득 넣어 주었다. 모모는 집으로 돌아왔다.

니노와 뚱뚱한 아내는 정말 찾아왔다. 갓난애와 함께, 여러 가지 필요한 물건들을 한 바구니 가득 가지고.

"이봐, 모모."

릴리아나가 기쁨에 가득 차서 말했다.

"니노가 에토레 아저씨와 다른 노인들에게, 한 사람 한 사람씩 찾아가서 용서를 빌고, 다시 와 달라고 부탁했어."

"그래."

니노는 빙그레 웃으며 말하고는 귓등을 긁적거렸다.

"노인들 모두가 다시 오고 있어. 내 술집이 번창하지 않을지도 모르지. 그래도 그것이 마음 편해."

니노는 소리내어 웃었다.

아내가 말했다.

"우리는 어쨌든 계속 살아갈 거예요, 니노."

오후가 되면서 날씨가 한결 맑게 갰다. 자리에서 일어서면서 그들은 곧 다시 오겠다고 약속했다.

이렇게 모모는 옛 친구들을 차례로 찾아다녔다. 그 옛날 과일상자 널빤지로 꼬마 책상과 의자를 만들어 준 목수를 찾아갔다. 그리고 침대를 주었던 부인들을 찾아갔다. 한마디로, 모모는 이전에 자신이 귀기울여 들어 주면 지혜가 생기고, 결정을 하고, 즐거워했던 모든 사람들을 찾아보았다. 모두가 다시 찾아오겠다고 약속을 했다. 그 가운데 더러는 약속을 지키지 않거나, 더러는 시간이 없기 때문에 지킬 수 없었다. 하지만 많은 옛 친구들은 정말로 다시 찾아왔고, 예전과 같이 되었다.

이렇게 하여 모르는 사이에, 모모는 회색 무리에게 방해꾼이 되어 있었다. 이런 방해꾼을 회색 무리는 그대로 두지 않았다.

얼마 뒤, 유난히 더운 한낮이었다. 모모는 폐허의 돌계단 위에서 인형을 하나 발견했다.
누구나 가지고 놀 수 없는 값비싼 장난감을, 아이들이 어쩌다 잊고 두고 가는 일은 종종 있었다. 하지만 모모는 어떤 아이가 이 인형을 갖고 있었는지 본 기억이 없었다. 그것은 분명히 눈에 띄었을 만한 특이한 모양이었다.
인형의 크기가 모모만했고, 키가 작은 사람이라고 생각될 정도로 똑같이 만들어져 있었다. 하지만 그건 어린이나 갓난애의 모습이 아니라, 젊고 멋진 아가씨의 모습으로 진열장의 마네킹 같았다. 짧은 드레스를 입고, 뒷굽이 높은 끈 매는 구두를 신고 있었다.
모모는 넋을 잃고 인형을 바라보았다. 그리고 한참 뒤 손으로 건드리자 인형은 몇 번 눈거풀을 껌뻑껌뻑하더니 입을 움직여 말했다. 전화에서 울려 나오듯이 쇳소리가 섞인 목소리였다.
"안녕, 나는 비비걸이야, 완전한 인형이야."
모모는 깜짝 놀라 흠칫 물러섰다. 하지만 곧 자기도 모르게 대답했다.
"안녕, 나는 모모야."
인형은 다시 입술을 움직여 말했다.
"나는 네 것이야. 모두가 나 때문에 너를 부러워할 거야."
"네가 내 것이라고? 그렇지 않아."
모모가 말했다.
"누군가 너를 여기 잃어버린 것 같아."

모모는 인형을 들어 올렸다. 그러자 인형은 다시 입술을 움직여 말했다.

"나는 많은 물건을 갖고 싶어."

"그래?"

모모는 대답하고 생각에 잠겼다.

"모르겠다. 내 물건 가운데에 네게 맞는 게 있는지. 그렇지만 잠깐 있어 봐. 내 물건을 보여 줄께. 네 마음에 드는 게 있으면 말해."

모모는 인형을 안고, 성벽의 구멍을 비집고 들어가 자기 방으로 갔다. 그리고 온갖 보물이 든 상자를 침대 밑에서 꺼내어 비비걸 앞에 밀어 놓았다.

"여기 있어."

모모는 말했다.

"이게 내가 가진 전부야. 맘에 드는 게 있으면 얘기해."

그리고 모모는 인형에게 알록달록한 예쁜 새 깃털과 예쁜 무늬의 조약돌 하나, 금빛 단추 하나, 색유리 한 조각을 보여 주었다.

인형이 아무 말도 안 하자 모모는 인형을 툭 쳤다.

"안녕."

인형이 꽥꽥거렸다.

"나는 비비걸이야. 완전한 인형이야."

"그래."

모모가 말했다.

"벌써 알고 있어. 하지만 넌 뭔가 갖고 싶다고 했잖아, 비비걸. 여기 예쁜 분홍빛 조개 껍데기가 있어. 마음에 드니?"

"나는 네 것이야."

인형이 대답했다.

"모두가 나 때문에 너를 부러워할 거야."

"그래, 그 말도 아까 했잖아."

모모가 말했다.

"내 물건 가운데에 마음에 드는 게 없으면, 우리 그냥 같이 놀면 어때?"

"나는 많은 물건을 갖고 싶어."

인형이 되풀이해 말했다.

"이것말고는 더 없어."

모모는 이렇게 말하고 인형을 끌어안고 다시 바깥으로 기어나왔다. 모모는 완전한 인형 비비걸을 땅바닥에 앉히고 맞은편에 앉았다.

"우리 이제, 네가 나를 찾아온 걸로 하고 소꿉장난하자."

모모가 제안을 했다.

"안녕."

인형이 말했다.

"나는 비비걸이야. 완전한 인형이야."

"찾아 주셔서 반갑군요!"

모모가 대답했다.

"아가씨는 어디서 오셨나요?"

"나는 네 것이야."

비비걸은 말을 이었다.

"모두가 나 때문에 너를 부러워할 거야."

"자, 이거 봐."

모모가 말했다.

"맨날 똑같은 소리만 하면 소꿉 놀이를 할 수 없잖아."

"나는 많은 물건을 갖고 싶어."

인형은 눈꺼풀을 껌뻑껌뻑하며 말했다.

모모는 다른 놀이를 시도해 보았다. 그것도 안 되자, 또 다른 놀이를 해봤고, 수없이 많은 다른 놀이를 하려고 애를 썼다.

그렇지만 어찌할 도리가 없었다. 사실, 인형이 차라리 아무 말 없이 있었다면, 모모가 인형 대신 대답을 해줄 수 있었을 테고, 더 없이 재미있는 이야기가 생각났을지도 모른다. 하지만 비비걸은 다름 아닌 자기의 되풀이되는 말로, 모든 대화를 방해했다.

얼마 뒤, 모모는 여지껏 한 번도 느껴 보지 못한 감정에 사로잡혔다. 그리고 모모는 한참이 걸려서야 그 감정이 지루함임을 깨달았다.

모모는 어쩔 줄 모르는 느낌에 빠져 버렸다. 그 완전한 인형을 그냥 내팽개치고 다른 놀이를 하고 싶었다. 하지만 왠지 그 인형을 떨쳐 버릴 수가 없었다.

결국 모모는 멍하니 주저앉아 인형을 뚫어지게 바라보았다. 마치 서로 최면에 걸린 듯이 인형도 푸른빛 유리 눈으로 모모를 뚫어지게 바라보았다.

마침내 모모는 간신히 인형에게서 눈을 떼었다. 순간 모모는 흠칫 놀랐다. 전혀 모르는 사이에 기척도 없이, 멋진 회색 승용차가 바로 곁에 와 있었기 때문이었다. 자동차 안에는 거미 줄색의 양복을 입고 회색 중절모자를 쓴 한 사나이가 작은 회색 담배를 피우며 앉아 있었다. 그의 얼굴까지도 회색으로 보였다.

그 사나이는 꽤 오래 전부터 구경하고 있었음에 틀림없었다. 모모와 눈이 마주치자 웃음을 지으며 고개를 까딱하고 인사하는 걸 보면 말이다. 무척 더운 한낮이었고, 무더위로 대기가 찌는 듯 이글거리고 있었는데도 모모는 갑자기 냉기를 느꼈다.

이윽고 사나이는 차 문을 열고 내려서서 모모에게 다가왔다. 그의 손에는 납회색의 서류 가방이 들려 있었다.

"참 예쁜 인형을 갖고 있구나!"

그는 억양 없는 특이한 음성으로 말했다.

"인형 때문에 네 모든 놀이 친구들이 너를 부러워하겠다."

모모는 다만 어깨를 으쓱하고는 잠자코 있었다.

"확실히 굉장히 비싼 거겠지?"

회색 사나이가 말을 이었다.

"모르겠어요."

모모가 당황해서 작게 말했다.

"저기서 주운 거예요."

"그래 참!"

회색 사나이가 대답했다.

"정말 운이 좋았구나."

모모는 여전히 말없이, 지나치게 커서 헐렁한 남자 웃옷으로 꼭꼭 몸을 감쌌다. 추위가 점점 심해졌다.

"내가 보기에는……"

회색 사나이는 엷은 웃음을 띠며 말했다.

"넌 별로 기뻐하는 기색이 없구나, 꼬마야."

모모는 살그머니 고개를 가로저었다. 갑자기 모든 기쁨이 영원히 세상에서 사라진 것 같은 느낌이 들었다. 아니, 애당초 기쁨 같은 것은 없었던 것만 같았다. 자신이 기쁨이라고 여겼던 모든 것이 헛된 망상처럼 느껴졌다. 하지만 그와 동시에, 자기에게 어떤 경고를 해주고 있다는 느낌이 들었다.

"한참 전부터 너를 열심히 지켜 보고 있었어."

회색 사나이가 말을 이었다.

"너는 이렇게 값비싼 좋은 인형이랑 노는 방법을 전혀 모르는 것 같더구나. 내가 가르쳐 줄까?"

모모는 깜짝 놀라 사나이를 쳐다보고는 고개를 끄덕였다.

"나는 많은 물건을 갖고 싶어."

인형이 느닷없이 꽥꽥거렸다.

"자, 이거 봐, 꼬마야."

회색 사나이가 말했다.

"인형이 이렇게 혼자서 말까지 하잖니. 이렇게 비싸고 좋은 인형이랑은, 다른 보통 인형하고 노는 것처럼 그냥 놀 수는 없는 거야. 그거야 당연하지. 그냥 보통으로는 놀 수가 없어. 이 인형이랑 지루하지 않게 놀려면, 인형에게도 뭘 갖다 줘야 해. 이거 봐, 꼬마야!"

그는 자동차로 가더니 뒤의 짐칸을 열었다.

"자, 봐."

그는 말했다.

"이 인형은 우선 많은 옷이 필요해. 여기, 이를테면 아주 멋진 야회복이 있지."

그는 야회복을 꺼내 모모에게 던져 주었다.

"그리고 또 진짜 밍크 코트도 있어. 이건 비단 가운, 또 테니스복, 스키복, 수영복, 그리고 승마복, 잠옷, 속옷. 또 다른 드레스, 또 하나, 또 다른 것. 또……."

그는 모든 옷가지를 모모와 인형 사이로 던졌다. 어느 새 옷가지들이 수북하게 쌓였다.

"자,"

그는 다시 엷은 미소를 지으며 말했다.

"이걸로 얼마간은 놀 수 있겠다. 그렇지, 꼬마야? 하지만 그것도 며칠 뒤에는 지루해질 것 같지 않니? 그래, 그땐 또 인형을 위해 다른 물건을 장만해야 해."

그는 다시 짐칸 위로 몸을 굽히더니 물건들을 모모에게 던졌다.

"이를테면 여기 진짜 미니 립스틱과 분첩이 들어 있는, 뱀 가죽으로 만든 진짜 손가방이 있어. 여기는 또 미니 카메라, 테니스채. 이건 진짜로 볼 수 있는 인형 망원경, 팔찌, 목걸이, 귀걸이, 인형 권총, 비단 스타킹, 깃털 모자, 밀짚 모자, 봄철 모자, 미니 골프채, 미니 수표장, 미니 향수병, 목욕용 파우더, 몸에 뿌리는 향수……."

그는 입을 다물고 넋이 나가 버린 듯이 온갖 물건과 땅바닥 사이에 주저앉아 있는 모모를 살피듯이 유심히 바라보았다.

"보다시피,"

회색 사나이는 말을 이었다.

"아주 간단해. 이렇게 점점 더 많이 갖고 있어야 해. 그럼 전혀 지루하지 않아. 혹시, 언젠가는 이 완전한 비비걸이 모든 것을 갖게 되고, 그러면 결국 또 지루해질 거라는 생각이 들는지도 모르겠구나. 그렇지 않아, 꼬마야. 조금도 걱정할 게 없어. 그래서 여기 또 비비걸에게 썩 잘 어울리는 짝이 있어."

그리고 그는 짐칸에서 다른 인형을 하나 꺼냈다. 그것은 비비걸과 같은 크기의, 똑같이 완전한 젊은 남자 인형이었다. 회색 사나이는 남자 인형을 완전한 인형인 비비걸 옆에 나란히 앉히고는 설명했다.

"이건 비비보이야! 이 인형에게도 수 없이 많은 장식품이 있어. 그리고 이 모든 것도 지루해지면 비비걸의 여자 친구가 또 있어. 이 친구 인형도 꼭 자기에게만 맞는 많은 장식품을 갖고 있지. 뿐만 아니라 비비보이에게도 어울리는 남자 친구가 있어. 그 친구 역시 많은 친구들이 있고……. 알겠지. 결코 지루하지 않아. 이렇게 끝없이 계속 채

울 수 있으니까 말이야. 네가 갖고 싶어하는 건 언제나 있을테니까."
 말을 하면서, 그는 하나씩 하나씩 자동차의 짐칸에서 인형을 꺼냈다. 그 안에는 물건이 무진장 들어 있는 듯했다. 그는 여전히 꼼짝 않고 앉아서 마치 겁에 질린 듯이 자기를 바라보고 있는 모모에게 몸을 돌렸다.
 "자,"
 사나이는 짙은 담배 연기를 내뿜으며 말했다.
 "이젠 알았니? 이런 인형과 노는 법을?"
 "예."
 모모는 이제 추위에 못 이겨 덜덜 떨기까지 했다.
 회색 사나이는 만족스레 고개를 끄덕이며 담배를 빨아들였다.
 "물론 이 예쁜 물건들을 모두 갖고 싶겠지? 자 좋다, 꼬마야. 내가 선물하지! 전부 가져라. 지금 당장이 아니고, 하나씩 차례로. 그리고 더 많이, 훨씬 많이. 그것에 대해 네가 대가를 치를 필요는 전혀 없어. 내가 알려 준 대로 너는 그냥 놀기만 하면 돼. 자, 뭐 할 말이 있니?"
 회색 사나이는 동의를 구하는 표정으로 모모에게 미소를 건넸다. 하지만 모모가 아무 말도 않고 심각한 표정으로 그를 쳐다보자, 그는 성급하게 덧붙였다.
 "그렇게 되면 너는 친구들이 더 이상 필요 없겠지? 이 예쁜 물건들이 전부 네 것이 되고 언제라도 더 가질 수 있다면, 너는 심심하지 않겠지, 응? 너도 그랬으면 좋겠지? 이 신기한 인형을 갖고 싶지? 꼭 갖고 싶지, 응?"
 모모는 어떤 싸움이 눈 앞에 다가와 있음을, 아니 어느 새 싸움의 한가운데 빠져들어 있음을 어렴풋이 느꼈다. 하지만 무엇 때문에 벌어진 싸움인지, 누구와의 싸움인지는 알 수 없었다. 사실 이 낯선 방문객의 얘기에 귀를 기울일수록, 처음 인형을 대했을 때와 같은 기분에 빠져들었다. 떠들고 있는 음성만이, 오로지 말만이 들려 올 뿐, 그 말을 하는 사람은 느껴지지 않았다. 모모는 고개를 가로저었다.

"대체 왜 그러지, 응?"

회색 사나이는 눈썹을 치켜 올리며 물었다.

"그래도 불만스럽니? 요새 어린애들의 비위는 정말 맞추기가 어렵구나! 이 완전한 인형이 대체 또 뭐가 모자라는지 말해 보렴."

모모는 시선을 떨구고 생각에 잠겼다.

"전……,"

모모는 조그만 소리로 말했다.

"이 인형을 사랑할 수 없을 것 같아요."

회색 사나이는 한참 동안 대꾸가 없었다. 그는 인형처럼 무표정하게 뚫어져라 앞을 바라보더니 이윽고 정신을 가다듬고 냉혹하게 말했다.

"그런 건 조금도 문제가 되지 않아."

모모가 그의 눈을 마주 바라보았다. 사실 모모는 이 남자가 무서웠다. 특히 그 날카로운 눈초리는 공포를 불러일으켰다. 하지만 묘하게도, 어찌 된 일인지 그 이유를 알 수는 없지만 모모는 그가 불쌍했다.

"하지만 나는 내 친구들을 사랑해요."

모모는 말했다.

회색 사나이는 별안간 이빨이 아프기라도 한 듯 얼굴을 일그러뜨렸다. 하지만 곧 다시 자신을 누르고 실낱 같은 미소를 지었다.

"내 생각에는,"

그는 유혹하듯이 말했다.

"우리 정식으로 다시 얘기를 해야 할 것 같다, 꼬마야. 무엇이 중요한가를 네가 알도록 말이다."
그는 회색 수첩을 주머니에서 꺼내 뒤적이더니 무언가를 찾아 냈다.
"네 이름이 모모지, 응?"
모모는 고개를 끄덕였다. 회색 사나이는 수첩을 접어 주머니에 다시 넣고는 가느다란 신음소리를 내며 모모 옆 땅바닥에 앉았다.
그는 아무 말 없이 생각에 잠긴 채 조그만 회색 담배만을 뿜어 댔다.
"자, 모모. 내 말을 잘 들어 봐라!"
이윽고 그는 입을 열었다.
사실 모모는 지금까지 내내, 귀기울여 들으려고 무진 애를 썼다. 하지만 이 때까지 모모가 귀기울여 온 어느 누구의 얘기보다도 이 사나이의 얘기는 듣기가 굉장히 힘들었다. 다른 때는 그야말로 얘기하는 이의 마음속으로 들어가 그가 무슨 생각을 하며 그가 과연 어떤 사람인지를 이해할 수 있었다. 그런데 이 낯선 방문객에게는 도저히 그렇게 되지가 않았다. 애를 쓰고 귀를 기울이려 할 때마다, 도대체 거기 아무도 없는 것처럼, 어두운 허공 속으로 굴러 떨어지는 느낌이 들었다. 이런 일은 처음이었다.
"사는 데 있어서 중요한 것은 꼭 하나야."
사나이는 말을 이었다.
"무엇을 이루느냐, 무엇이 되느냐, 무엇을 갖느냐 하는 거야. 다른 사람보다 많은 것을 이룬 사람, 더 출세한 사람, 더 많이 가진 사람에게 다른 나머지는 저절로 따라오게 마련이야. 친구, 사랑, 명예까지. 넌 네 친구를 사랑한다고 했지? 우리 한 번 냉정하게 검토해 보자."
회색 사나이는 공중에 대고 담배 연기를 뿜어 모양을 만들었다. 모모는 맨발을 치마 밑으로 감추고, 커다란 웃옷 속으로 한껏 기어들었다.

"첫째,"

회색 사나이는 다시 말을 시작했다.

"너의 존재가 도대체 너의 친구들에게 무슨 의미가 있니? 친구들에게 네가 있다는 것이 무슨 쓸모가 있니? 도움이 안 돼, 친구들이 앞으로 나아가고, 더 많은 돈을 벌고, 잘 살도록 하는 데 네가 무슨 도움이 되니? 분명 도움이 안 돼. 친구들이 시간을 절약하려고 애쓰는 걸 뒷받침해 주니? 그 반대야. 너는 친구들을 모든 일에서 떼어 놓고 방해꾼 노릇을 하면서 친구들이 앞으로 나아가는 걸 망치고 있어! 어쩌면 지금까지 너도 모르게 그랬는지 모르지, 모모. 어쨌든 너는, 네가 있다는 사실만으로 친구들을 방해하고 있어. 그래, 너도 모르게 넌 친구의 적이 된 거야! 그러고도 그걸 너는 사랑이라고 말하니?"

모모는 어찌 대답해야 할 지를 몰랐다. 그런 식으로 생각해 본 적은 이제껏 한 번도 없었다. 한순간, 이 회색 사나이가 옳은지 어떤지조차, 모모는 자신이 없어졌다.

"그렇기 때문에,"

회색 사나이는 계속 말했다.

"우리는 네 친구들을 너에게서 보호하려는 거야. 네가 정말 친구들을 사랑한다면 우리가 하는 일을 도와 주렴. 우리는 그들이 바라는 모든게 이뤄지길 바라고 있어. 우리야말로 그들의 진정한 친구지. 네가 그들을 중요한 모든 일에서 떼어 놓는 것을 우리는 가만히 구경만 할 수 없어. 우리는 네가 그들을 내버려 두도록 할 거야. 그래서 너에게 이 예쁜 물건들을 몽땅 선물하는 거란다."

"우리가 누군데요?"

모모는 입술을 덜덜 떨며 물었다.

"우리는 시간 저축은행의 사원들이야."

회색 사나이가 대답했다.

"나는 영업사원 BLW/553/C호야. 나는 개인적으로 너에게 호의를 베푸는 거야. 사실 시간 저축은행은 빈틈이 없어서 어물쩡 넘어가는 법이 없거든."

그 순간, 모모는 문득 베포와 지지가 시간 절약과 전염에 대해 말했던 것을 생각했다.

이 회색 사나이가 그 일과 관계가 있을 거라는 섬뜩한 예감이 밀려들었다. 그리고 두 친구와 함께였더라면 하는 생각이 간절했다. 지금껏 외로움을 느껴 본 적이 없는 모모였다. 하지만 모모는 어쨌든 불안해하지 말자고 마음을 다졌다. 그래서 힘을 다해 회색 사나이를 가리고 있는 어둠과 공허 속으로 용기있게 뛰어들었다.

그 사나이는 모모를 곁눈으로 살피고 있었다. 그리고 모모의 변화하는 표정을 놓치지 않았다. 그는 냉소를 띠고 회색 담배 꽁초로 새 담배에 불을 붙였다.

"공연히 헛수고하지 마라."

그는 말했다.

"넌 우리와 맞서 싸울 수 없어."

모모는 풀이 죽었다.

"아무도 아저씨를 사랑하지 않나요?"

모모는 소곤거렸다.

갑자기 회색 사나이는 풀이 죽어 몸을 굽히며 어깨를 내려뜨렸다. 그리고 곧 잿빛 음성으로 힘겹게 대답했다.

"너 같은 사람은 처음이라는 걸 고백하지 않을 수 없구나. 정말로 없었어. 사실 나는 굉장히 많은 사람을 알고 있는데 말이다. 너 같은 사람이 많다면 우리 시간 은행은 곧 문을 닫아야 할 거야……. 무엇으로 우리가 버틸 수 있겠니?"

영업사원은 하던 말을 멈추고 모모를 똑바로 바라보았다. 그는 자신도 이해할 수 없고 꺾을 수 없는 무엇에 맞서 싸우는 듯이 보였다. 그의 얼굴은 더욱 짙은 잿빛이 되었다.

이렇게 그가 다시 입을 열기 시작했을 때, 이야기는 그의 뜻과 상관없이 저절로 터져나와 그 자신도 막을 수 없는 것처럼 보였다. 동시에, 자기의 변화에 놀란 나머지 그의 얼굴은 점점 일그러졌다. 이렇게 하여 모모는 마침내 그의 진실을 알게 되었다.

"우리는 알려져서는 안 돼."

그의 음성은 멀리서 들려 오는 것 같았다.

"우리의 존재와 활동을 누구도 알게 해서는 안 돼……. 어느 누구의 기억에도 우리가 남아 있지 않도록 우리는 애쓰고 있어……. 우리가 알려지지 않아야만 일을 진척시킬 수가 있거든…… 사람의 생애를 시간, 분, 초로 나누어 빼내는 곤혹스러운 일이지……. 사실 그들이 절약하는 모든 시간은 그들로 보면 잃어버리는 거야……. 우리는 그 시간을 끌어들이고 있어……. 우리는 그 시간을 저장하지……. 우리에겐 그것이 필요해……. 우리는 그것에 굶주리고 있어…… 아, 너희들은 몰라, 그것이 뭔지를. 너희들의 시간이라는 것을! ……하지만 우리는 알고 있어. 그래서 너희들에게서 철저하게 빨아들이고 있지……. 우리에게는 그것이 점점 더 필요해……. 더 많이……. 왜냐하면 우리들도 점점 수가 늘어나거든……. 점점 더 많이……. 점점 더 많이……."

이 마지막 한 마디를 회색 사나이는 사뭇 그르렁거리며 말했다. 하지만 곧 두 손으로 자신의 입을 막았다. 튀어나올 듯 한 시선으로 그는 모모를 뚫어지게 바라보았다. 잠시 뒤 그는 마치 마취에서 깨어난 듯 제정신이 든 모습이 되었다.

"어……, 어떻게 된 거지?"

그는 말을 더듬었다.

"네가 내 말을 다 들었구나! 내가 병이 들었군! 네가 나를 병들게 했어, 네가!"

그러고 나서 그는 거의 애원하는 투로 말했다.

"내가 헛소리를 지껄였어. 꼬마야. 잊어버려라! 너는 나를 잊어야 해. 다른 모든 사람들이 우리를 잊어버리듯! 너도 잊어버려야 해!"

그리고 그는 모모를 움켜쥐고 흔들어 댔다. 모모는 입술을 오물거렸지만 말이 되어 입 밖으로 나오지를 않았다.

그러더니 회색 사나이는 벌떡 일어나서 쫓기듯이 사방을 둘러 보고 납회색 서류 가방을 꾸려 자동차 쪽으로 달려갔다. 그러자 정말 이상한 장면이 벌어졌다. 거꾸로 폭발이 일어난 것처럼, 모든 인형과 흩어져 있던 온갖 물건들이 사방에서 차 짐칸으로 날아들어 가더니 짐칸이 꽝 닫혔다. 그리고 차는 돌멩이들을 튀기며 멀어져 갔다.

모모는 한참을 그대로 앉아 조금 전에 들은 이야기를 이해하려고 애를 썼다. 서서히 끔찍한 추위가 모모의 몸에서 빠져 나가고, 모든 것이 점점 선명해졌다. 모모는 아무 것도 잊어버리지 않았다. 모모는 회색 사나이의 진짜 목소리를 들었기 때문이다.

모모 앞의 메마른 풀더미에서 작은 연기 기둥이 솟아올랐다.

짓눌려진 회색 담배 꽁초가 연기를 내며 차츰 재로 변했다.

부풀어 오른 꿈과 조그만 망설임

그날 저녁 지지와 베포가 왔다. 모모는 그때까지 하얗게 질려 심란한 모습으로 성벽 그늘에 쭈그리고 앉아 있었다. 그들은 모모에게로 다가와 곁에 앉더니 무슨 일이 있었느냐고 걱정스레 물었다. 모모는 겪은 일을 더듬더듬 설명했다. 그리고 회색 사나이와 나누었던 대화를 한 마디도 빼놓지 않고 되풀이했다.

이야기하는 모모를 베포 할아버지는 아주 진지하게 살피듯이 바라보았다. 그의 이마의 주름살이 더욱 깊게 파여졌다. 모모가 이야기를 다 마쳤는데도 그는 침묵을 지켰다.

반대로 지지는 점점 열을 내면서 이야기를 들었다. 자신이 이야기를 할 때 흥분하면 흔히 그러듯이, 그의 눈빛이 빛을 더해 갔다.

"모모, 드디어……."

그는 모모의 어깨에 손을 얹으며 말했다.

"우리에게 때가 온 거야! 지금껏 아무도 못 찾아 낸 정체를 네가 찾아 냈어! 이제 우리는 옛 친구들뿐 아니라, 모든 도시를 구해야 해! 우리 셋이, 나, 베포 할아버지 그리고 너 모모!"

그는 벌떡 일어나 두 손을 앞으로 쭉 뻗었다. 구세주가 된 자기 앞에서 환호성을 치는 수많은 군중의 그림자가 보이는 것 같았다.

"그렇다면……,"

모모가 어리둥절해서 말했다.

"대체 어떻게 할 거지?"

"무슨 소리야?"

지지는 당황스런 투로 물었다.

"내 말은,"

모모가 설명했다.

"어떻게 우리가 회색 무리를 물리치냐는 거야."

"아, 그건,"

지지가 말했다.

"그렇게 구체적인 것까지는 나도 몰라. 우선 그 방법을 생각해 내야지. 다만 한 가지만은 분명해. 그들의 존재와 그들의 활동 내용을 안 지금 우리는 그들과 맞서 싸워야 한다는 것. 혹시 너 두려워하고 있니?"

모모는 당황해서 고개를 끄덕였다.

"내 생각엔 그들은 보통 사람과는 다른 것 같아. 나에게 왔던 그 사람은…… 아무튼 좀 달라 보였어. 게다가 아주 견딜 수 없이 추웠어. 그런 사람이 많다면 분명 굉장히 위험할 거야. 벌써 무서워."

"무슨 소리야!"

지지는 열을 내며 소리쳤다.

"일은 간단해! 이 회색 무리들은 자신들의 존재가 알려지지 않아야만 시커먼 속셈을 드러낼 수 있다구. 너를 찾아왔던 그자가 자기 입으로 털어 놨잖아. 그러니까, 봐! 우리는 다만 그 자들을 알리기만 하면 돼. 그래서 그들을 일단 알게 된 사람들은 기억을 하게 될 테고, 그들을 기억하는 사람들은 언제라도 그들을 알아볼 거야! 그러면 그들도 어쩔 수 없게 돼. 우리를 절대 해칠 수 없어."

"그렇게 생각해?"

모모는 의심쩍다는 투로 물었다.

"물론이지!"

지지는 눈을 빛내며 말을 이었다.

"그렇지 않다면 너에게 찾아왔던 작자가 그렇게 걸음아 날 살려라 하고 달아나진 않았을 거야. 그 자들은 우리를 두려워하고 있어."

"그렇지만,"

모모가 말했다.

"우리가 만일 그 자들을 찾지 못하면 어쩌지? 그들이 우리 앞에 나타나지 않을지도 모르잖아."

"물론 그러기가 쉽지."

지지도 동의했다.

"그땐 그들이 숨어 있는 곳에서 나오도록 꾀어내야 해."

"어떻게?"

모모가 물었다.

"내 생각엔 그 자들은 굉장히 약삭빠르고 꾀가 많은 것 같아."

"누워서 떡 먹기야!"

지지는 말하며 웃었다.

부풀어 오른 꿈과 조그만 망설임 133

"우리는 그 자들이 탐내는 먹이로 그들을 잡는 거야. 고깃덩이로 쥐를 잡듯이, 시간 도둑은 시간으로 잡는 거야. 우리에게 시간은 충분하니까! 예컨대, 네가 미끼로 앉아서 그들을 꾀어내야 할지도 몰라. 그래서 그자들이 모습을 드러내면 나랑 베포 할아버지가 숨어 있다가 뛰쳐 나와 그 자들을 때려 잡는 거야."

"하지만, 그 자들은 벌써 나를 아는걸."

모모는 이의를 제기했다.

"내 생각으론 그 자들은 그런 꼬임엔 빠져들 것 같지 않아."

"좋아."

지지는 새로운 생각이 계속 떠오르는 모양이었다.

"그럼 또 다른 방법을 쓰지. 회색 사나이는 시간 저축은행에 대해 말했잖아. 그건 어떤 건물일 거야. 그 건물은 시내 어디엔가 있을 거구. 그것만 찾아 내면 돼, 틀림없이 찾아 낼 수 있을 거야. 내가 장담하는데, 그 건물은 아주 유별난 건물일 테니까 말이야. 창문도 없는 섬뜩한 회색 건물, 콘크리트로 된 무지무지하게 큰 금고! 바로 눈앞에 보이는 것 같아. 그걸 찾아 내어 안으로 들어가는 거야. 우리 모두 제각기 두 손에다 묵직한 권총을 들고, '당장 훔쳐 간 시간을 내!' 하고 난 소리치겠어……."

"그렇지만 우리에겐 권총 같은 게 없잖아."

모모가 걱정스럽게 지지의 말에 끼어들었다.

"그럼, 권총 없이 그냥 하지 뭐."

지지는 당당하게 대답했다.

"그러면 그 자들은 오히려 더 놀랄 거야. 우리가 나타나는 것만으로도 그 자들은 공포에 떨게 될 텐데 뭐."

"어쩌면 우리 편이 좀더 많이 나서면 좋을는지도 모르겠어."

모모가 말했다.

"우리 셋뿐이 아니고. 내 말은, 다른 친구들도 같이 찾으면, 시간 저축은행을 한결 쉽게 찾을 수 있을 것 같다는 말이야."

"그것 참 좋은 생각이다."

지지가 대꾸했다.

"우리의 옛 친구들을 모두 동원하면 될 거야. 그리고 요새 매일 오는 많은 아이들도. 우리 셋이 당장 나서서 눈에 띄는 대로 친구들에게 이 얘기를 알리자. 그들도 다시 다른 사람들에게 알리라고 하고. 우리 모두 내일 오후 3시에 여기서 만나 큰 모임을 갖자!"

이렇게 해서 그들은 곧 바로 길을 나섰다. 모모는 이쪽으로, 베포와 지지는 저쪽으로. 두 사람이 한참 길을 걸어왔을 때, 여지껏 줄곧 입을 다물고 있던 베포가 갑자기 걸음을 멈추었다.

"잠깐만, 지지."

그가 말했다.

"나는 걱정이 돼."

지지는 베포를 마주보았다.

"뭐가요?"

베포는 친구를 한참 쳐다보더니 말했다.

"나는 모모를 믿어."

"그런데요?"

지지는 의아하다는 듯 물었다.

"내 말은,"

베포가 말을 이었다.

"모모가 우리에게 들려 준 이야기가 정말이라고 믿는다구."

"예, 그런데요?"

베포의 의도를 못 알아들어 지지는 되물었다.
"이봐."
베포가 설명했다.
"모모가 얘기한 것이 과연 사실이라면 우리의 행동에 더욱 신중해야 해. 이 일이 정말 무슨 비밀 범죄단체와 관계된 것이라면, 그런 상대를 놓고 섣불리 싸움을 벌여서는 안 된다구, 알아듣겠어? 우리가 별 생각 없이 그 자들을 자극하다가는 모모가 곤란한 지경에 빠질 수 있어. 우리들 자신은 문제가 아냐. 다만 우리가 어린아이들까지 끌어들이는 경우에 그 아이들이 모두 위험에 처하게 될지도 몰라. 어떻게 행동해야 할지를 신중하게 생각해야 해."
"아, 원."
지지는 큰 소리를 내며 웃었다.
"걱정도 많으세요! 많은 사람들이 힘을 합칠수록 더 좋다니까요."
"내가 보기에는,"
베포는 진지하게 대답했다.
"너는 모모가 들려 준 이야기가 진실이라고 믿지 않는 것 같구나."
"대체 진실이라는 게 뭔데요?"
지지가 말했다.
"할아버지는 환상을 이해하지 못하세요. 온 세상은 하나의 커다란 이야기이고, 우리는 그 이야기 안에서 공연을 하는 거예요. 나도 믿어요. 모모가 들려 준 얘기를 전부 믿어요. 할아버지처럼요!"
베포는 뭐라고 대꾸해야 할는지를 몰랐다. 하지만 지지의 대답이 그의 걱정을 조금도 줄어들게 하지는 않았다.
그들은 친구들과 어린이들에게 내일의 모임을 알리기 위하여 각기 다른 방향으로 헤어졌다. 지지는 가벼운 마음으로, 베포는 무거운 마음으로.

그날 밤, 지지는 도시의 영웅이 되어 떨칠 미래의 명성에 대한 꿈을 꾸었다. 그는 연미복 차림의 자기 자신과 베포의 모습, 하얀 비단옷을 입은 모모의 모습을 보았다. 세 사람 모두에게 황금 훈장이 걸리고 월계관이 씌워졌다. 웅장한 음악이 울려 퍼졌다. 시에서는 그들의 영웅을 찬양하며 전에 없이 아름답고 끝없이 긴 불꽃 행렬을 마련했다.

같은 시간에 베포 할아버지는 잠자리에 누워 뒤척이고 있었다. 생각하면 할수록 모든 일의 위험이 뚜렷하게 느껴졌다. 물론 그는 지지와 모모만을 위험에 빠지게 하지는 않을 것이다. 이 결과가 어찌되든 간에 자기 역시 그들과 같이 갈 것이다. 하지만 그는 그들을 붙들도록 있는 힘을 다할 것이다.

다음 날 오후 3시, 옛 원형극장터는 수많은 아이들의 함성과 재잘거림으로 떠들썩했다. 유감스럽게도 옛 친구들 가운데 어른들은 보이지 않았다(물론 베포와 지지는 빼놓고). 그러나 가까이서 온 아이들, 멀리서 온 아이들, 집이 가난하거나 부자인 아이들, 잘 차려 입은 아이와 헌 옷을 입은 아이, 그리고 크고 작은 아이들이 대략 5, 60명 정도는 모였다. 그 가운데는 마리아처럼 꼬마 동생을 데리고 온 아이가 여럿 있었다. 손목에 이끌리거나 팔에 안겨 따라 온 꼬마 동생들은 눈이 휘둥그래져 손가락을 입에 문 채 이 엄청난 모임을 구경하고 있었다. 프랑코, 파올로, 마시모도 물론 무리 가운데 섞여 있었다. 그리고 나머지는 대부분 최근에 원형극장에 오기 시작한 아이들이었다. 아이들은 물론 여기서 벌어지는 일에 대단한 흥미를 갖고 있었다. 게다가 트랜지스터 라디오를 가지고 왔던 소년도 나타났다. 물론 이번엔 라디오를 가지고 오지 않았다. 그 소년은 모모 옆에 앉아 있었다. 소년은 오늘에야 처음으로 자기 이름이 클라우디오이며, 이 일에 같이 할 수 있어서 기쁘다고 말했다.

마침내 더 올 사람이 없다고 여겨지자, 여행안내원 지지가 일어서서 커다란 손짓으로 조용히 하라고 명령했다. 재잘재잘 주고받던 애깃소리가 뚝 그쳤다. 돌로 된 원형 광장 안에는 기대에 찬 침묵이 번졌다.

"사랑하는 친구들,"

지지는 우렁찬 목소리로 입을 열었다.

"무엇 때문에 우리가 모였는지, 모두 어느 정도는 알고 있으리라 믿는다. 이 비밀집회에 초대받을 때 이미 들었을 테니까 말이다. 지금까지, 온갖 수단을 다해 아무리 시간을 절약해도, 그럴수록 점점 더 많은 사람들에게 시간이 없어져 가는 사태가 벌어졌다. 하지만 들어 봐라. 이렇게 절약해 놓은 시간은 정작 사람들에게서 사라져 버리고 마는 거다. 그 이유가 무엇일까? 모모가 그걸 찾아 냈어! 사람들은 이 시간을 말 그대로 시간 도둑들에게 도둑맞고 있는 거란다! 이 끔찍한 범죄단체의 활동을 멈추게 하기 위해, 바로 너희들의 도움이 필요하다. 너희 모두가 기꺼이 도와준다면 사람들에게 덮쳐 온 이 도깨비를 단숨에 다 잡아 버릴 수 있을 거야. 싸울 가치가 있는 일이라고 생각지 않니?"

그가 말을 잠시 끊자 아이들은 박수를 쳤다.

"이 일을 어떻게 시작할까에 대해서는 조금 뒤에 의논하겠다."

지지는 말을 이었다.

"먼저 그 놈들 가운데 하나를 어떻게 만났고, 그가 뭐라고 털어놨는지 모모의 얘기부터 들어 보자."

"잠깐"

베포 할아버지가 말하며 일어섰다.

"들어 봐라, 애들아! 나는 모모가 말하는 데 반대야. 그래서는 안 돼. 모모가 얘기를 하면, 모모랑 너희 모두가 위험에 빠지게 돼……."

"상관없어요!"

몇 아이들이 소리쳤다.

"모모 얘기를 듣겠어요!"

나중엔 다른 아이들도 전부 입을 모아 외쳤다.

"모모! 모모! 모모!"

베포 할아버지는 주저앉아 그의 조그만 안경을 벗고는 지친 듯 손가락으로 눈을 비볐다.

모모는 당황해서 일어섰다. 어느 편의 뜻을 따를지, 베포를 따라야 할지 아이들을 따라야 할지 어찌할 바를 몰랐다. 드디어 모모는 이야기를 시작했다. 아이들은 잔뜩 숨을 죽이고 귀를 기울였다. 모모가 이야기를 다 하고도 한참 동안 침묵이 흘렀다.

모모가 보고를 하는 동안 모두가 조금씩 불안한 기분에 휩싸였다. 여지껏 아이들은 시간 도둑을 그렇게까지 무시무시하게 상상하지는 않았던 것이다. 웬 꼬마 동생 하나가 울음을 터뜨렸다가 곧 그쳤다.

"자, 그럼,"

지지가 침묵을 깨고 물었다.

"너희들 가운데 우리와 함께 이 회색 무리에 맞서 싸울 용기가 있는 사람이 있니?"

"왜 베포 할아버지는 모모가 겪은 일을 얘기하지 못하게 말렸나요?"

프랑코가 물었다.

"할아버지 생각은,"

지지는 아이들의 기분을 북돋아 주려는 듯이 미소를 떠올리며 말했다.

"회색 무리가 자기네의 비밀을 안 사람을 위험 인물로 정하고 뒤쫓을 거라고 생각해서야. 그렇지만 나는 그 반대라고 굳게 믿어. 그들의 비밀을 알아차린 사람은 그들에 대해 저항력이 있어서 다시는 그들의 손아귀에 들어가지 않게 될거야. 그건 분명해! 그렇지 않아요? 베포 할아버지!"

하지만 베포 할아버지는 천천히 고개를 가로저었다.

어린이들은 잠자코 있었다.

"어쨌든 한 가지만은 확실해."

지지는 다시 입을 열었다.

"우리는 지금 힘을 합쳐야 해! 신중하되 겁을 먹어서는 안 돼. 자, 다시 한 번 묻겠는데, 너희 가운데 누가 이 일을 도와주겠니?"

"저요!"

클라우디오가 큰 소리로 외치며 일어섰다. 소년은 얼굴이 약간 창백해져 있었다.

클라우디오의 외침에 대해 처음에는 망설이는 빛으로, 그리고는 점차 자신 있게 다른 아이들도 뒤따르더니, 마침내는 그 곳의 모든 아이들이 협조하겠다고 나섰다.

"자, 베포 할아버지!"

지지는 아이들을 가리키며 말했다.

"이렇게 되었는데 할아버지는 어쩌시겠어요?"

"좋다."

베포 할아버지는 씁쓰레하게 고개를 끄덕이며 말했다.

"물론 나도 돕고말고."

"자,"

지지는 다시 아이들 쪽으로 몸을 돌렸다.

"그럼 이제 어떻게 해야 할지 의논해 보자. 무슨 제안이 있는 사람?"

모두들 생각에 잠겼다. 마침내 안경잡이 소년 파올로가 물었다.

"그런데 그 자들은 어떤 방법을 쓰나요? 내 말은, 어떻게 해서 시간을 훔칠 수 있는 건가요? 대체 어떻게 하지요?"

그 대답을 아는 사람은 아무도 없었다.

원형 돌계단의 맞은편에 앉아 있던 마리아가 꼬마 동생 데데를 팔에 안은 채 일어나서 말했다.

"혹시 그건 전자 같은 게 아닐까요? 전자는 머릿속에서 생각하는 것을 기계로 기록할 수 있대요. 텔레비전에서 본 적이 있어요. 요즘은 어떤 일에든지 전문가가 있잖아요."

"나에게 좋은 생각이 있어요!"

여자아이 같은 높은 목소리를 내는 뚱뚱한 마시모가 소리쳤다.

"사진을 찍으면 필름에 모든 게 찍혀요. 그리고 녹음을 하면 테이프에 모든 게 녹음이 되구요. 어쩌면 그 자들은 시간을 빨아들이는 기계를 갖고 있을는지 몰라요. 시간이 어디에 들어가 있는지만 밝혀 낸다면 우리는 그 테이프를 되돌려 다시 시간을 찾게 될 거예요!"

"어쨌든,"

파올로가 입을 열며 코 위의 안경을 치켜올렸다.

"우리는 먼저 우리를 도와 줄 과학자를 찾아야 해요. 그렇지 않으면 아무 일도 할 수 없어요."

"너는 언제든지 과학자만 들먹이더구나!"

프랑코가 외쳤다.

"과학자도 쉽사리 믿을 수 없어! 그 분야에 최고 과학자를 만났다고 해도, 그 사람이 시간 도둑과 한패이면 어떻게 해? 그렇게 되면 우리는 두 손 들고 호랑이굴에 들어가는 셈이지!"

그것은 옳은 지적이었다.

이번엔 눈에 띄게 잘 차려 입은 소녀가 일어서서 말했다.

"나는 이 모든 일을, 경찰에 알리는 게 제일 좋을 것 같아요."

"어림도 없어!"

프랑코가 항의했다.

"경찰이 무엇을 할 수 있겠어! 이건 보통 도둑들이 아니거든! 경찰이 벌써 전부터 이 사실을 알고 있다면, 그건 경찰이 능력이 없다는 얘기가 되고, 경찰이 이 놈들의 소굴에 대해 전혀 깜깜 무소식이라면, 그것 역시 별 희망이 없다는 얘기가 되는 거야! 내 생각으론 말이야."

한동안 침묵이 흘렀다.

"하지만 우리는 무슨 일이든 해야 해요."

파올로가 말했다.

"우리들이 이렇게 힘을 합치는 걸 시간 도둑들이 눈치채기 전에, 되도록 빨리요."

이번엔 지지가 일어섰다.

"얘들아,"

그는 말했다.

"나는 이 일에 대해 곰곰 생각을 해 봤어. 수백 가지 계획을 세웠다가 팽개치고 결국 한 가지 방법을 찾아 냈는데, 이 방법이면 틀림없이 목표에 이를 수 있을 거야. 너희 모두가 협조해 준다면! 나는 너희들 가운데 더 좋은 계획을 가진 사람이 있는지, 일단 좀 들어 보려고 했을 뿐이야. 그럼, 우리가 어떻게 할 것인가를 얘기하지."

그는 말을 끊고 천천히 아이들을 둘러보았다. 50명이 넘는 아이들의 얼굴이 모두 그를 향해 있었다. 이토록 많은 청중 앞에 서 보기는 참으로 오랜만이었다.

"이 회색 무리의 힘은,"

그는 말을 이었다.

"너희들도 알다시피, 알려지지 않고 몰래 일할 수 있는 데서 나오는 거야. 그러니까 그들의 힘을 잃게 만드는 가장 효과적인 지름길은 모든 사람들로 하여금 그 자들의 정체를 파악하게 하는 거야. 그럼 그걸 어떻게 하면 되겠니? 우리는 대대적인 어린이 시위를 벌이는 거야! 그림과 팻말을 만들어 거리를 행진하는 거야. 그렇게 해서 사람들의 관심을 집중시키는 거야. 그래서 전 도시 사람을 바로 이 옛 원형극장으로 초대해서 그들에게 진실을 알리는 거야. 사람들 사이에 굉장한 법석이 일어나겠지!

수천, 수만의 사람들이 이리로 물밀 듯이 몰려 올 거야! 이렇게 끝도 없이 많은 사람의 물결이 여기에 모여들면, 그 때 우리는 그 무서운 비밀을 털어 놓는 거야! 그럼 세계가 한숨에 변해 버리겠지! 이젠 누구도 시간을 도둑맞지 않을 거야. 누구나 자기가 갖고 싶은 만큼 시간을 갖게 될 거야. 그 때부터는 시간이 충분할 테니까 말이야. 그리고 이 일은, 애들아, 우리가 뜻만 같이하면 힘을 합쳐 해낼 수 있는 일이야. 어떠니?"

그 대답은 떠들썩한 환호성이었다.

"그럼, 우리가 온 도시 사람을 다음 일요일 오후에 옛 원형극장으로 초대하기로, 만장일치로 결정했음을 확인한다."

지지는 연설을 끝마쳤다.

"그렇지만 그 때까지는 우리의 계획에 대해 비밀로 해야 해, 알겠니? 자, 그럼 애들아, 일을 시작하자!"

그날부터 며칠 동안 폐허의 옛터에서는 비밀리에 열성적인 대 공사가 벌어졌다. 종이와 물감이 가득 든 통들, 붓과 풀, 판자와 마분지, 나무 꼬챙이, 그리고 그 밖에 필요한 모든 것이 날라져 왔다(어디서 어떻게 가져 왔는지는 묻지 않기로 하자). 한쪽에서 그림과 팻말을 만드는 동안, 글을 잘 쓰는 다른 아이들은 기억에 남을 만한 글귀를 생각해 내어 그 위에 보기좋게 써 넣었다.

그리고 모든 팻말마다 초대 장소와 시간이 쓰여졌다.

마침내 모든 준비가 끝났을 때, 아이들은 지지와 베포, 모모를 선두로 하여 줄지어 섰다. 그리고 그림과 팻말들을 들고 한 줄로 기다랗게 늘어서서 도시를 향해 행진했다. 게다가 그들은 양철 뚜껑과 피리로 법석을 떨며 구호 같은 합창을 했다. 지지가 이번 시위를 위해 열심히 머리를 짜내 만든 노래였다.

들어 보세요, 여러분, 우리의 이야기를,
12시 5분 전 종이 울렸어요.
제발 깨어나 정신을 차리세요.
여러분의 시간이 도둑맞고 있어요.

들어 보세요, 여러분, 우리의 이야기를,
이젠 괴로움에서 벗어 나오세요.
일요일 6시, 오셔서 들어 보세요.
여러분의 자유를 되찾을 수 있어요!

이 노래는 물론 여러 절로 이어져 있었다. 모두 28절이었다. 하지만 여기에 모두 옮길 필요는 없다.

몇 번인가 이 행렬이 교통을 방해하자, 경찰이 달려와 아이들을 흩어지게 했다. 하지만 아이들은 결코 물러서지 않았다. 그들은 다른 장소에 모여 처음부터 다시 시작했다. 그 밖에는 별다른 일이 일어나지 않았고, 그토록 신경을 곤두세워 주의를 했는데도, 아무 데서도 회색 무리와 부딪치지 않았다.

하지만 지금껏 이 모든 사실에 대해 전혀 몰랐던 아이들이, 이 행렬을 보고 행진에 함께 했다. 그래서 어린이의 수는 수백, 마침내는 수천에 이르게 되었다. 이렇게하여 아이들은 긴 행렬을 지어 큰 도시의 온 거리를 누비며 세상에 변화를 가져 올 중요한 모임으로 어른들을 초대했다.

이루어지지 않은 좋은 모임, 이루어져버린 나쁜 모임

애타게 기다리던 시간이 지나갔다.

그 시간이 벌써 지났는데도 오기를 바랐던 도시 사람들은 아무도 나타나지 않았다. 바로 이 일에 가장 관련이 깊은 어른들은 아이들의 이번 행진에 조금도 관심을 두지 않았던 것이다.

그래서 모든 것이 소용없는 일이 되고 말았다.

해는 어느 새 지평선에 걸려 자주빛 구름바다를 이루며 붉고 커다랗게 떠 있었다. 마지막 햇볕이 남아 몇 시간 전부터 수백 명의 어린이가 앉아 기다리고 있는 옛 원형극장의 제일 꼭대기 계단을 비춰 주고 있었다. 웅성거리는 소리며 즐거운 재잘거림은 이미 들을 수 없었다. 모두가 침울하게 앉아 있었다.

그림자가 순식간에 길어졌다. 곧 어두워질 기세였다. 날씨가 추워저 아이들이 떨기 시작했다. 멀리 교회 시계탑이 여덟 번을 쳤다. 이제, 의문의 여지없이 일은 완전히 실패로 돌아갔다.

처음 몇 명의 아이들이 일어서서 슬며시 빠져 나가 버리자, 또 몇몇이 뒤를 따랐다. 아무도 말을 하지 않았다. 실망이 너무 컸던 것이다.

마침내 파올로가 모모에게 와서 말했다.

"기다려도 소용 없겠어, 모모. 올 사람은 이제 없어. 잘 자, 모모."

그리고 가 버렸다.

다음엔 프랑코가 모모에게 와서 말했다.

"어쩔 수 없지 뭐. 어른들에게 더 이상 기대를 할 수가 없어. 이번에 알게 된 셈이지, 사실 나는 벌써부터 어른들을 믿지 않았지만 이제부턴 어른들하고는 상대를 안 하겠어."

그런 뒤 프랑코도 갔고 다른 아이들도 소년을 따랐다. 그리고 마침내 깜깜해지자, 다른 나머지 아이들도 모두 희망을 버리고 흩어져 갔다. 모모와 베포와 지지만이 남았다.

얼마 뒤 도로청소부 베포도 일어섰다.

"할아버지도 가세요?"

모모가 물었다.

"가야 해,"

베포가 대답했다.

"특별 근무가 있어."

"이렇게 밤중에요?"

"그래, 시간외 근무로 쓰레기 하치장에 배치를 받았어. 지금 그리로 가야 해."

"하지만 오늘은 일요일인데요! 도대체 지금껏 그런 적이 없었잖아요!"

"없었지. 그렇지만 그렇게 하라는 지시를 받았어. '시간외'라고 말하더군. 안 그러면 일을 처리할 수가 없기 때문이래. 인원 부족이라든가, 그런 것 때문이야."

"유감이에요."

모모가 말했다.

"오늘은 할아버지가 여기 계실 수 있으면 좋을 텐데요."

"그래, 지금 가야 하는 게 나도 정말 싫어."

베포 할아버지가 말했다.

"그럼, 내일까지 안녕!"

그는 삐걱거리는 자전거에 훌쩍 올라타고는 어둠 속으로 사라졌다.

지지는 나직이 구슬픈 곡조로 휘파람을 불었다. 지지의 휘파람 소리는 퍽 듣기 좋았고, 모모는 그 소리에 열심히 귀를 기울이고 있었다. 그런데 문득 지지가 멜로디를 뚝 끊었다.

"나도 가야겠어!"

그는 말했다.

"오늘이 일요일이잖아. 그럼 나도 야경을 해야 해! 그게 요즘의 내 새 직업이라는 걸 너에게 말하지 않았니? 하마터면 잊어버릴 뻔했구나."

모모는 눈이 휘둥그래진 채 아무 말도 하지 않았다.

"속상해하지 마라."

지지가 말을 이었다.

"우리 생각대로 계획이 들어맞지 않은 것 말이야. 그렇게 되리라고 상상하지는 않았어. 하지만 어쨌든, 그것도 재미는 있었어! 굉장한 모임이었지."

모모가 여전히 잠자코 있자, 그는 위로하듯이 모모의 머리를 쓰다듬으며 덧붙였다.

"너무 심각하게 생각하지 마라, 모모. 내일이면 모든 게 전혀 다른 모습으로 보일 거야. 우리 또 다른 새로운 걸 생각해 내자, 새로운 이야기를, 응?"

"우리의 일은 이야기가 아니었어."

모모가 작은 목소리로 말했다.

지지는 일어섰다.

"나도 알아. 그렇지만 그 얘기는 내일 계속하자, 알겠니? 나는 그만 가 봐야겠어. 벌써 시간이 늦었어. 그리고 너도 잠자리에 들 시간이 지났잖아."

그리고 그는 구슬픈 가락을 휘파람으로 불면서 멀어져 갔다.

이렇게 해서 모모는 커다란 원형 돌계단 한가운데에 혼자 남게 되었다.

별이 하나도 보이지 않았다. 밤하늘은 구름이 잔뜩 덮여 있었고, 야릇한 바람이 일었다. 세찬 바람은 아니었지만 끊임없이 불어 대며 유난스러운 추위를 몰아오고 있었다. 그것은 이른바 잿빛 바람이었다.

이 큰 도시와 뚝 떨어진 바깥쪽에 거대한 쓰레기 하치장이 솟아 있었다. 그것은, 매일 큰 도시에서 버려지는 종이 상자, 플라스틱 부스러기, 낡은 매트리스, 양철통, 깨진 그릇 조각, 잿더미 등등 온갖 잡동사니들이 그야말로 산더미처럼 쌓여 있었다. 이 쓰레기들은 거대한 소각장으로 이동되기까지 여기서 기다리고 있었다.

밤이 이슥하도록 베포 노인은 동료들과 청소차에서 쓰레기를 퍼내는 일을 거들고 있었다. 청소차들은 불빛을 켜고 길게 줄지어 서서 쓰레기 비울 차례를 기다렸다. 수 없이 많은 짐차를 처리했는데도 어느 새 더 많은 짐차들이 줄서 기다리고 있었다.

"서두르시오, 여러분!"
끊임없이 명령이 떨어졌다.
"빨리, 빨리! 안 그러면 도저히 끝이 안 나요!"
베포는 끊임없이 삽질을 했다. 드디어 셔츠가 땀에 젖어 몸에 착 달라 붙었다. 자정이 다 되어서야 겨우 일이 끝났다.
사실 베포는 이미 나이가 많았고, 또 원래 그다지 건강한 체격이 아닌 탓으로 완전히 지쳐서 구멍 뚫린 대야를 엎어 놓고 그 위에 앉아 한숨을 돌리려고 했다.
"어이, 베포!"
동료 가운데 하나가 외쳤다.
"우리는 집으로 가네. 자네는 안 가려나?"
"잠깐만."
베포는 아픈 가슴을 손으로 눌렀다.
"어디 아프세요, 할아버지?"
다른 동료가 물었다.
"이젠 괜찮아졌어."
베포는 대답했다.
"먼저들 가시오, 나는 여기서 좀 쉬어야겠소."
"자, 그럼."
다른 사람들이 소리쳤다.
"밤새 안녕히……, 그리고 그들은 떠나갔다.
사방이 고요해졌다. 다만 쓰레기더미 속에서 쥐새끼들이 바스락거리며 이따금 찍찍 소리를 냈다. 베포는 두 팔에 턱을 괸 채 잠이 들었다.
얼마나 오래 잤는지 알 수 없었지만, 갑작스레 한 줄기 찬 바람이

이루어지지 않은 좋은 모임, 이루어져버린 나쁜 모임 151

잠을 깨웠다. 그는 위를 쳐다보았다. 순간, 그의 의식은 말똥말똥해졌다.

거대한 쓰레기더미 위에는 온통 고급 양복을 갖춰 입은 회색 도당들이 중절모자를 쓰고, 손에는 납회색의 서류 가방을 들고 작은 회색 담배를 입에 문 채 서 있었다. 그들은 모두 조용히 차렷 자세로 쓰레기더미의 맨 꼭대기 쪽을 바라보고 있었다.

거기에는 일종의 판사석 같은 것이 차려져 있었고, 그 뒤로 그 밖의 다른 일당과 전혀 구별할 수 없는 세 사람의 회색 사나이가 앉아 있었다.

처음에 베포는 공포로 몸을 떨었다. 발각될 것이 겁이 났다. 깊이 생각해 볼 것도 없이, 여기는 그가 있어서는 안 될 장소임이 분명했다. 하지만 그는 곧, 이 회색 도둑들이 귀신에 홀린 듯이 판사석에만 시선을 못박고 있다는 사실을 깨달았다. 필시 그 자들은 베포를 볼 마음의 여유가 없음에 틀림없었다. 또는 기껏해야 베포를 무슨 버려진 쓰레기쯤으로 생각하는지도 모를 일이었다. 어쨌든 베포는 숨을 죽이고 그대로 있기로 작정했다.

"영업사원 BLW/553/C호는 재판석 앞으로 나오시오!"

재판석 가운데에 앉아 있는 사나이의 음성이 조용한 가운데 울려 퍼졌다.

이 출두 명령은 아래쪽에서 다시 한 번 되풀이됐고 두 번째의 메아리처럼 멀리까지 울려 퍼졌다. 그러자 길이 열렸고 그 사이로 한 회색 사나이가 천천히 쓰레기더미로 올라갔다. 그 사나이가 다른 자들과 분명히 구별되는 유일한 점은, 잿빛 얼굴이 거의 백지장처럼 된 것이었다.

드디어 그가 재판석 앞에 섰다.

"당신은 영업사원 BLW/553/C호가 맞나요?"

가운데 사나이가 물었다.

"그렇습니다."

"언제부터 시간 저축은행을 위해 일했죠?"

"제가 태어났을 때부터입니다."

"그거야 다 아는 얘기요. 그런 쓸데없는 진술은 생략하세요! 당신은 언제 태어났습니까?"

"11년 3개월 6일 32분, 그리고 이 순간으로 꼭 18초 전입니다."

이상하게도 이 대화는 나직하게 이루어지고 있고, 게다가 상당히 먼 데서 벌어지고 있는데도, 베포는 그 한 마디 한 마디를 분명히 알아들을 수 있었다.

"당신은 다음 사실을 알고 있나요?"

가운데 사나이가 질문을 계속했다.

"오늘 상당수의 아이들이 그림과 팻말을 들고 도시를 행진하여 도시의 모든 사람을 초대해 감히 우리의 정체를 폭로하려고 하는 엄청난 계획을 세웠었다는 사실을 말이오."

"알고 있습니다."

영업사원은 대답했다.

"이 아이들이,"

판사는 냉혹하게 질문을 계속했다.

"도대체 어떻게 우리의 정체와 활동 내용에 대해 알게 되었는지 설명할 수 있겠습니까?"

"저도 잘 모르겠습니다."

영업사원은 대답했다.

"하지만 여기서 제가 한 마디 해도 된다면, 이 사건 전체를 실제 이상으로 심각하게 취급하지 않으시도록 재판관님께 말씀드리고 싶습니다. 보잘것없는 어린아이들의 장난일 뿐입니다. 뿐만 아니라, 우리는 단지 사람들에게 시간을 허용하지 않음으로써 집회의 계획을 거품이 되게 하는 데 간단히 성공했음을 헤아려 주시길 부탁드립니다. 설사 우리가 그 일을 성공시키지 못했다 해도, 아이들은 어른들에게 어린아이 식의 도둑 이야기나 전해 줄 뿐이었을 거라고 장담할 수 있습니다. 제 생각에는 집회를 열도록 내버려 두는 것도 괜찮지 않았나 싶습니다. 그래서……."

"피고!"

가운데에 앉은 사나이가 날카롭게 말을 중단시켰다.

"피고는 지금 자신이 어디에 서 있는지 알고 있습니까?"

영업사원은 흠칫 몸을 움츠렸다.

"물론입니다."

그는 한숨을 내 쉬며 대답했다.

"피고는 지금,"

재판관은 말을 이었다.

"여기는 인간들의 법정이 아니고 피고와 같은 회색 인간의 법정입니다. 우리에겐 거짓말이 통하지 않는다는 것을 잘 알고 있을 텐데 어째서 거짓말을 하는 겁니까?"

"그것은…… 직업상의 습관입니다."

피고가 더듬더듬 말했다.

"아이들의 계획을 얼마나 심각하게 받아들이느냐 하는 문제는,"

재판관은 말했다.

"간부들의 판단에 맡겨 두세요. 사실 당신 자신도, 아이들만큼 우리의 사업에 위험한 존재가 없다는 것을 잘 알겁니다."

"알고 있습니다."

피고는 기어들어가는 목소리로 동의했다.

"아이들은,"

재판관은 설명했다.

"우리에게 맞설 만한 적입니다. 아이들이 없다면, 인류는 벌써 오래전에 우리의 손아귀에 잡혀 있을 겁니다. 이 세상에서 아이들이야말로 시간을 절약할 줄 모르는 존재입니다. 그래서 우리의 엄격한 법 가운데 하나가 '아이들은 마지막 순서로'입니다. 피고, 이 법을 알고 있습니까?"

"잘 알고 있습니다, 재판관님."

그는 숨을 헐떡거리며 말했다.

"그런데도 우리가 가진 명백한 증거에 의하면,"

재판관은 말을 이었다.

"우리들 가운데 한 사람이, 거듭 말하지요. 우리들 가운데 한 사람이 어린아이와 대화를 나누고, 게다가 우리에 대한 진실을 말했습니다. 피고, 당신은 혹시 우리들 가운데 그 한 사람이 누구인지 압니까?"

"본인입니다."

영업사원 BLW/553/C호는 완전히 풀이 죽어 대답했다.

"그럼 어쩌자고 피고는 우리의 엄격한 법을 어겼지요?"

재판관은 계속 따져 물었다.

"왜냐하면 그 아이가,"

피고는 변명했다.

"다른 사람들에게 영향을 끼쳐 우리 일을 몹시 방해했기 때문입니다. 저의 행동은 어디까지나 시간 저축은행을 위한 의도에서 나온 것입니다."

"우리는 당신의 의도 같은 건 관심이 없어요."

재판관은 냉혹하게 잘라 말했다.

"우리의 관심은 오로지 결과뿐이에요. 피고, 이번 경우에 있어서 결과란, 우리의 시간에 이득을 가져오기는커녕, 당신은 그 꼬마에게 우리의 중대하기 이를 데 없는 몇 가지 비밀까지 말해 버렸더군요. 인정합니까, 피고?"

"인정합니다."

영업사원은 고개를 떨구고 한숨을 내쉬며 말했다.

"그러니까 당신은 유죄임을 고백하는 거지요?"

"물론입니다. 그렇지만 재판관님, 제가 정신이 빠져 버린 것은 그럴 수밖에 없었기 때문입니다. 이 말을 믿어 주시기를 부탁드립니다. 그 아이의 귀기울여 듣는 태도로 인하여 제 안에 있던 모든 것이 저절로 우러나와 버린 것입니다. 어떻게 그렇게 되었는지 저 자신도 알 수 없습니다만, 맹세코 그랬습니다."

"당신의 변명에는 흥미가 없어요. 그런 변명은 우리에겐 해당이 안 된단 말이오. 우리의 법은 범할 수 없는 것이며, 어떠한 예외도 허용치 않습니다. 어쨌든 우리는 그 이상한 아이를 데려와야겠군요. 이름이 무엇입니까?"

"모모."

"사내아이요, 계집아이요?"

"조그만 계집아이입니다."

"사는 곳은?"

"원형극장 옛터에서 삽니다."

"좋습니다."

모든 것을 수첩에 적고 재판관은 말을 이었다.

"이 아이가 다시는 우리에게 손해를 끼치지 못하게 할 테니 피고는 안심하고 믿어도 좋습니다. 우리는 모든 수단을 찾겠습니다. 그리고 늦추지 않고 죄를 판가름하는 것이 피고에게도 위안이 되겠지요."

피고는 와들와들 떨고 있었다.

"어떤 판결이 내려졌습니까?"

그는 기어 들어가는 소리로 물었다.

재판석 뒤의 세 사나이는 서로 머리를 맞대고 수군거리며 고개를 끄덕였다.

그러고 나서 가운데 사나이가 피고를 향해 말했다.

"영업사원 BLW/553/C호에 대해 만장일치로 다음과 같은 벌을 내린다. 피고는 큰 죄를 저질렀음이 밝혀졌다. 피고 자신도 본인의 죄를 스스로 인정하였다. 우리의 법에 따라 즉각 피고의 모든 시간을 빼앗아 간다."

"너그러운 용서를!"

피고는 소리쳤다. 하지만 재빨리 그의 옆에 서 있던 다른 두 회색 사나이가 그에게서 납회색의 서류 가방과 작은 담배를 빼앗았다.

그러자 참으로 괴상한 일이 벌어졌다. 선고를 받은 피고가 담배를 빼앗긴 순간, 순식간에 점점 투명한 인간으로 변해 버렸다. 그의 비명도 점점 작고 가느다랗게 들려 왔다. 그렇게 그는 선 채로 두 손으로 얼굴을 가리고 사라져 버렸다. 마지막 순간에는 몇 개의 잿가루가 바람에 둥글게 맴도나 싶더니, 그것조차 사라져 버렸다.

법정에 참석했던 회색 무리들도 말없이 멀어져 갔고 곧 어둠이 그들을 삼켜 버렸다. 회색 바람만이 황량한 쓰레기 하치장 위로 몰아쳤다.

도로청소부 베포는 여전히 꼼짝 않고 앉아서 피고가 사라져 버린 곳을 뚫어지게 바라보았다. 그는 자신이 얼음덩어리로 얼었다가 이제 서서히 녹는 것 같은 기분이 들었다. 이제 그는 회색 무리의 존재를 자신의 눈으로 직접 보고 알게 된 것이다.

거의 같은 시간에—아득히 먼 데의 탑시계가 밤 12시를 알렸다—꼬마 모모는 여전히 옛터의 돌계단에 앉아 있었다. 모모는 기다리고 있었다. 그것이 무엇인지는 꼬집어 말할 수 없었다.
하지만 모모는 무엇인가 기다릴 게 있는 듯 느꼈다. 그래서 지금껏 잠자리에 들 수 없었다. 문득 무엇인가 모모의 맨발에 살그머니 닿는 감촉이 있었다. 칠흑처럼 깜깜했기 때문에 몸을 굽혀 살펴 보았다. 커다란 거북이 한 마리가 모모의 눈에 띄었다.
거북이는 머리를 곧추세우고 입가에 묘한 웃음을 띠며 모모의 얼굴을 똑바로 쳐다보고 있었다. 거북이의 지혜로운 새까만 두 눈은 무슨 얘기를 꺼내려는 듯 다정하게 반짝였다.
모모는 거북이에게로 납작 몸을 굽히고는 손가락으로 거북이의 턱밑을 쓰다듬었다.
"너는 대체 누구니?"
모모는 나직이 물었다.
"고맙구나, 너라도 나를 찾아 주어서. 거북아, 대체 나에게 왜 왔니?"
이제야 모모가 알아본 것인지, 지금 이 순간에 보이게 되었는지 알 수는 없었지만, 거북이의 딱딱한 등 위에 몇 개의 글씨가 어렴풋이 빛을 내고 있었다.
"같이 가자!"
모모는 한참 만에 글씨를 풀이했다.

모모는 깜짝 놀라 벌떡 몸을 일으켰다.

"나에게 하는 말이니?" 이미 거북이는 움직이기 시작했다. 그리고 몇 걸음 가다가 멈추더니 모모를 뒤돌아보았다.

"정말 나에게 한 말이구나!"

모모는 혼잣말로 중얼거렸다.

그리고 일어서서 거북이를 따라갔다.

"그냥 가기만 해!"

모모는 작은 목소리로 말했다.

"내가 뒤따라갈께."

천천히 한 발짝 한 발짝 모모는 거북이를 뒤쫓아갔다. 거북이는 느릿느릿, 아주 느림보로 원형 돌계단을 빠져 나와 큰 도시 쪽으로 가기 시작했다.

맹렬한 추적 느긋한 도주

베포 할아버지는 덜컹거리는 자전거를 타고 밤길을 달렸다. 그는 있는 힘을 다해 달렸다. 회색 재판관의 말이 여전히 그의 귀에 쟁쟁하게 울렸다.

"……우리는 이 이상한 아이를 데려와야겠소……. 이 아이가 다시는 우리에게 손해를 끼치지 못하게 할 테니 피고는 안심하고 믿어도 좋습니다……. 우리는 모든 수단을 구하겠습니다……."

모모가 몹시 위험하다는 사실은 의심할 여지가 없었다. 그는 당장 모모에게로 가서 회색 무리를 조심하라고 일러 주고, 그들로부터 모모를 보호해야 했다. 비록 그 자신도 어떻게 보호해야 할지는 모르고 있었지만. 하지만 방법이야 나중 문제였다. 베포는 있는 힘을 다해 페달을 밟았다. 그의 은빛 머리카락이 바람에 흩날렸다. 원형 극장까지 가자면 아직도 아득하기만 했다.

폐허의 옛터는 사방을 에워싸고 서 있는 수많은 고급 회색 승용차들의 불빛으로 눈부시게 밝았다. 한 떼의 회색 무리들이 잔디로 뒤덮인 계단을 분주히 오르락내리락하며 구석구석 샅샅이 뒤지고 있었다. 마침내 그들은 모모의 방으로 들어가 성벽의 구멍까지 찾아 냈다. 몇 사람이 그 안으로 기어들어가 침대 밑을 들여다보고, 심지어는 쌓아올린 부뚜막 속까지 내려다보았다. 그리고 그들은 다시 기어나와 고급 회색 양복을 탁탁 털고는 어깨를 치켜올렸다.
"도망쳐 버렸군요."
한 사나이가 말했다.
"괘씸한데."
다른 자가 말했다.
"어린아이가 밤중에 얌전히 자지 않고 싸돌아다니다니."
"영 기분이 나쁘군요."
세 번째 사나이가 잘라 말했다.
"누구인가 귀띔을 해준 게 분명해요."
"그럴 리가 없소."
첫번째 사나이가 말했다.
"그렇다면 그 아이는 우리가 결정을 내리기도 전에 미리 알았다는 애기잖소!"
회색 무리들은 넋이 나간 듯 서로 마주보았다.
"사실상 꼬마가 누군가에게 귀띔을 받았다면,"
세 번째 사나이가 달리 생각해 볼 여지가 있다고 제안했다.
"분명 이미 이 언저리에는 없을 겁니다. 그렇다면 여기서 더 뒤져

봐야 시간 낭비밖에 안 됩니다."

"무슨 더 좋은 수라도 있소?"

"내 생각으로는 즉각 중앙회에 보고를 해야 할 것 같군요. 그래야 중앙에서도 부대를 늘려 찾을 테니까요."

"중앙회에서는 먼저 우리가 이 주변을 철저히 수색했는지 물을 거요. 당연한 일이지만."

"자 그럼,"

첫번째 회색 사나이가 말했다.

"일단 주변을 샅샅이 살핍시다. 그렇지만 그러는 동안 꼬마가 누군가의 도움이라도 받고 있다면, 우리로서는 결국 커다란 실수를 저지르는 결과가 되겠지요."

"웃기지 마시오!"

다른 사나이가 화를 내며 큰 소리로 말했다.

"그런 경우엔, 중앙회에서 언제라도 즉각 많은 인원을 풀어 찾을 수 있소. 그 땐 모든 영업사원이 이 추적에 참여하게 되겠지요. 아이가 우리의 망을 빠져 나갈 바늘 구멍만 한 틈이라도 주면 안 돼요! 그럼, 일을 시작합시다. 여러분! 아시다시피 우리는 중대한 위기에 마주 서 있소."

그날 밤 이웃 마을 사람들은, 도대체 왜 밤새도록 자동차 소음이 끊임없이 들리는지 이상스레 생각하였다. 보통 때에는 큰 도로에서만 들려 오던 요란한 자동차 소리가 좁디좁은 골목길과 울퉁불퉁한 자갈길에 이르기까지, 새벽녘이 되도록 시끄럽게 울렸다. 모두가 밤새 눈을 붙일 수 없었다.

바로 그 무렵, 꼬마 모모는 거북이의 안내를 받아 큰 도시를 천천히 걸어가고 있었다. 도시는 이토록 깊은 밤에도 여전히 깨어 있었다.

끊임없이 사람들이 무리를 지어 혼잡스럽게 허겁지겁 달려가며 참을성 없이 서로를 밀쳐 내고 욕지거리를 주고받거나, 끝없이 한 줄로 줄지어 종종걸음을 치고 있었다. 차도에서는 자동차들이 빽빽하게 몰려 달리고, 그 사이로 하나같이 꽉 들어찬 거대한 버스들이 왕왕거리고 있었고, 건물의 앞에는 온통 광고 간판이 번잡의 소용돌이 속에서 현란한 빛을 쏟아 내면서 번쩍이고 있었다.

이런 모든 광경을 처음 보는 모모는 꿈을 꾸듯 눈을 동그랗게 뜨고 마냥 거북이의 뒤를 쫓아가고 있었다. 그들은 여러 개의 넓은 광장, 밝게 빛나는 거리를 가로질러 갔다. 자동차들이 그들의 앞뒤로 질주하고 있었고 오가는 행인들로 붐비었다. 하지만 거북이를 따라가는 이 꼬마를 쳐다보는 사람은 아무도 없었다.

모모와 거북이는 한 번도 뭔가를 피해 갈 필요가 없었다. 한 번도 누구와 부딪히지 않았다. 그들 때문에 달리는 차가 급하게 멈춘 적도 없었다. 거북이는 언제 어디로 가면 달리는 자동차나 걷는 사람이 없다는 것을 정확히 알고 있는 것 같았다. 그래서 그들은 조금도 서두를 필요가 없었고, 기다리느라 걸음을 멈추지도 않았다. 모모는, 그토록 느릿느릿 걸으면서도 그 토록 빨리 가는 게 신기했다.

이윽고 원형극장 옛터에 닿았을 때, 도로청소부 베포는 자전거에서 내리기도 전에, 희미한 자전거빛 속에서 폐허 언저리를 휩쓸고 지나간 숱한 자동차 바퀴자국을 보았다. 그는 자전거를 풀밭에 내팽개치고 성벽의 구멍으로 달려갔다.

"모모!"

처음엔 작게 부르다가 나중엔 큰 소리로 외쳤다.

"모모!"

대답이 없었다.

베포는 입술이 말랐다. 목이 칼칼했다. 그는 깜깜한 구멍 속으로 내려가기 위해 비틀거리다가 발목을 삐었다. 그래도 참고, 떨리는 손으로 성냥불을 밝혀 주변을 둘러보았다.

나무 상자로 만든 작은 책상과 두 개의 의자는 뒤집혀져 있고 이불은 침대에서 젖혀져 있었다. 모모는 거기 없었다.

베포는 입술을 꽉 깨문 채, 가슴이 찢어지도록 메어 오는 흐느낌을 억지로 삼키고 있었다.

"맙소사!"

그는 혼자 중얼거렸다.

"아, 어쩌면 좋지…… 벌써 그들이 모모를 데려 갔구나. 나의 작은 소녀를 벌써 끌고 갔어. 너무 늦었어. 대체 이제 어쩌나. 어떡하지!"

그때 성냥불이 다 타 손가락을 데었다. 그는 성냥개비를 내던지고 깜깜한 어둠 속에 서 있었다.

그리고 서둘러 다시 밖으로 기어올라와 삔 발을 절뚝거리며 자전거 쪽으로 걸어갔다. 그리고 훌쩍 뛰어올라 다시 페달을 밟았다.

"지지를 만나야 해!"

그는 거듭 혼잣말로 중얼거렸다.

"지지를 찾아야겠어! 그 친구가 창고에 있으면 좋겠는데."

베포는 지지가 얼마 전부터 일요일 밤마다 한 작은 자동차 중개업소의 부속품 창고를 지키는 일을 하면서 몇 푼의 수입을 얻는다는 것을 알고 있었다. 거기서 지지는, 아직 쓸 수 있는 자동차 부속품이 없어지는 사고가—전에는 그런 사고가 빈번했다—다시는 일어나지 않도록 지켜 주고 있었다.

베포가 이윽고 창고에 이르러 주먹으로 문을 꽝꽝 두드렸을 때, 처음에 지지는 자동차 부속품 도둑쯤으로 생각하고 숨을 죽이고 있었다. 하지만 곧 베포의 음성을 알아듣고 문을 열었다.

"웬일이세요?"

그는 깜짝 놀라 외쳤다.

"이렇게 사정없이 잠을 깨우다니, 정말 참을 수가 없군요."

"모모에게……,"

숨이 차서 헐떡이며 베포가 말했다.

"모모에게 끔찍한 일이 벌어졌어!"

"뭐라구요?"

지지는 되묻고는 어찌할 줄 몰랐다.

"모모에게요? 대체 무슨 일이 생겼어요?"

"나도 아직은 모르겠어."

베포가 헐떡이며 말했다.

"안 좋은 일이야."

그러고 나서 자기가 보고 들은 일을 모두 이야기했다. 쓰레기 하치장의 재판에 대해서, 원형극장의 옛터 언저리의 바퀴 자국에 대해서, 그리고 모모가 거기에 없더라는 사실 등에 대해서. 물론 그가 이야기를 끝내기까지는 시간이 꽤 걸렸다. 모모에 대한 걱정과 불안에도 불구하고 그로서는 더 이상 빨리 말하기가 불가능했다.

"나는 처음부터 그런 예감이 들었어."

마침내 베포는 이야기를 마쳤다.

"나는 예삿일이 아니라는 걸 알고 있었어. 그들은 보복을 한 거야. 모모를 납치해 갔어! 어쩌면 좋겠나, 지지. 우리는 모모를 구해야해! 그런데 어떻게 하지? 어떻게?"

베포가 말하는 사이에 지지의 얼굴에서 핏기가 사라졌다. 그는 갑자기 발밑의 바닥이 꺼져 버린 것 같은 느낌이 들었다.

이 순간까지는 모든 것이 그에겐 한낱 커다란 놀이였다. 그는 모든 놀이와 이야기를 대하듯이―어떤 결과 같은 것은 생각지 않고―이 사건을 간단히 생각했었다. 그는 난생 처음 하나의 이야기가 그를 제쳐 놓고 앞으로 불쑥 나아가버린 경험을 겪은 것이다. 그리고 세상의 모든 환상을 동원해도 그 이야기를 되돌아오게 할 수는 없었다. 그는 손가락조차 까딱 못하게 마비되어 버린 느낌이 들었다.

"이봐요, 베포 아저씨!"

잠시 뒤 그는 입을 열었다.

"모모가 잠깐 산책을 나간건 아닐까요? 모모는 산책을 잘 하니까요. 한번은 사흘 밤낮을 시골에서 떠돌아다닌 적도 있었는 걸요. 아직은 우리가 그렇게 크게 걱정하지 않아도 될지 모른다는 생각이 들어요."

"그럼 자동차 바큇자국은?"

베포는 화가 나서 물었다.

"그리고 엉망이 되어 버린 방 안은?"

"아, 그래요."

지지는 발뺌하듯 대답했다.

"그럼, 정말로 거기 누가 왔었다고 가정해 보지요. 그렇다면 모모를 찾아 낸 사람이 바로 그들이라고 어찌 알아요? 모모는 그 전에 나갔을 수도 있어요. 안 그랬다면 왜 그렇게 온통 뒤집어엎으며 찾았겠어요."

"그렇지만 어쨌든 그 놈들이 모모를 찾아 냈다면?"

베포가 소리쳤다.

"그럼 어떻게 하지?"

그는 젊은 친구의 웃옷 앞자락을 움켜잡고 흔들어 댔다.

"지지, 바보같이 굴지 마! 회색 무리는 실제로 있어! 우리는 빨리 방법을 찾아야 해, 당장!"

"좀 진정하세요, 베포 아저씨."

지지는 넋이 나가서 말을 더듬었다.

"물론 우리는 무슨 수를 써야 해요. 그렇지만 신중히 생각을 해야지요. 우리는 모모를 어디서 찾아야 할지조차 모르고 있잖아요."

베포는 지지를 잡았던 손을 놓았다.

"경찰에 가겠어!"

그는 외쳤다.

"어리석은 소리 마세요!"

지지는 깜짝 놀라 소리쳤다.

"그렇게 하시면 안 돼요! 경찰이 나서서 우리 모모를 정말 찾아 낸다고 쳐요. 그런 뒤에 모모는 어떻게 되는지 아세요? 아시겠어요, 베포 아저씨? 떠돌이 고아들이 어디로 보내지는지 아시죠? 창 살이 있는 고아원에다 처넣는 거예요! 우리 모모에게 그런 짓을 하시겠어요?"

"아니,"

베포는 우물거리며 어쩔 줄 몰라 멍하니 앞을 바라보았다.

"그건 싫어. 그렇지만 모모가 정말 곤경에 빠져 있다면?"

"하지만 모모가 그렇지 않은 경우도 생각해 보세요."

지지는 말을 이었다.

"모모는 잠시 집을 비운 건데 아저씨가 경찰에 신고해 버린다면…… 나는 아저씨 같은 행동은 하지 않겠어요. 그럼 정말 모모는 우리를 원망스럽게 생각할 거고 우리는 모모를 다시 보지 못하게 될 거예요."

베포는 식탁 앞의 의자에 털썩 주저앉아 얼굴을 팔에 묻었다.
"어떻게 해야 좋을지 모르겠어."
그는 신음소리를 냈다.
"정말 모르겠어."
"내 생각에는,"
지지가 말했다.
"어쨌든 모레까지는 기다렸다가 어떻게 해보는 게 좋을 것 같아요. 그 때까지도 모모가 안 돌아오면, 정말 경찰에 알릴 수도 있겠지요. 그렇지만 그 사이에 모든 것이 제대로 되고, 우리 셋이 그 동안 벌어진 어이없는 일로 웃을 수 있을 거예요."
"그렇게 생각하니?"
베포는 갑자기 밀려오는 피곤을 느끼며 중얼거렸다. 노인에게는 오늘 하루가 상당히 힘든 날이었다.
"그럼요."
지지는 대답하며 베포가 조금 전에 뺀 발의 구두끈을 풀어 주었다. 그는 노인을 부축하여 침상에 옮기고 뺀 발에 찜질을 해주었다.
"틀림없이 제대로 될 거예요."
그는 부드럽게 말했다.
"모든 것이 원래대로 될 거예요."
베포는 어느 새 잠이 들었다. 지지는 한숨을 내쉬고는 자신은 웃옷을 베개삼아 머리 밑에 괴고 바닥에 드러누웠다.
하지만 잠을 잘 수 없었다. 밤새도록 회색 무리에 대한 생각으로 머리가 혼란스러웠다. 지금껏 아무런 거리낌없이 살아 온 지지는 평생 처음으로 불안을 느꼈다.

시간 저축은행의 중앙회로부터 대규모 출동 명령이 내려졌다. 큰 도시에 있는 모든 영업사원들에게 하고 있던 업무를 멈추고 오로지 꼬마 모모를 찾으라는 명령을 내렸다.

거리마다 회색 인간들로 붐비고 있었다. 그들은 지붕 위에, 하수도 안에 앉아서 눈에 띄지 않게, 역과 비행장, 버스와 전차를 감시하고 있었다. 그들은 어디에나 있었다.

하지만 그들도 꼬마 모모를 찾아 내지는 못했다.

"얘, 거북아!"

모모가 물었다.

"대체 나를 어디로 데려가니?" 둘은 지금 막 어떤 컴컴한 뒤뜰을 지나가고 있었다.

"걱정 마라!"

거북이의 등에 글씨가 나타났다.

"나도 걱정은 안 해."

모모가 글씨를 읽고는 대답했다.

이 말은 사실 스스로에게 용기를 북돋우려고 자기 자신에게 한 말이었다. 마음속으로는 모모도 은근히 걱정스러웠기 때문이었다. 거북이를 따라 가는 길은 점점 더 알 수 없고 복잡해졌다.

그들은 벌써 수많은 정원을 지나왔고 다리 위를 건넜고, 구름다리 밑을 지나 큰 대문과 복도를 지나왔다. 뿐만 아니라 몇 번인가는 지하실까지 통과했다.

회색 무리들이 출동해서 자기를 추적하고 있다는 사실을 알았다면, 모모는 아마 훨씬 더 큰 불안에 사로잡혔으리라. 하지만 모모는 까맣게 모르고 있었다. 그래서 참을성 있게 한 발짝 한 발짝씩 복잡하게 뒤얽힌 길을 따라 거북이의 뒤를 쫓아갈 뿐이었다.

게다가 이 행진은 묘하게 순조로웠다. 거북이는 시내 교통망 가운데 자기가 가야 할 길을 미리 정해 놓은 것 같았고, 게다가 언제 어디에 추적자가 나타나리라는 것을 미리 정확히 알고 있는 것 같았다. 둘이서 막 지나친 장소에 단 한 발의 차이로 회색 무리가 지나간 경우가 여러 번 있었다. 그런데도 그들은 모모와 부딪치지 못했다.

"내가 읽기를 배워 둔 게 다행이야."

모모는 순진하게 말했다.

"그렇게 생각지 않니?"

거북이의 등판에 경계등처럼 글자가 번쩍였다.

"조용히 해."

모모는 까닭도 모르면서 지시를 따랐다. 멀지 않은 곳에서 세 사람의 어두운 형체가 스쳐 갔다.

지금 둘이서 가고 있는 도시 구역의 집들은 점점 회색에 가까워 갔고, 점점 더 초라해졌다. 회벽이 부스러져 떨어져 나간 높은 아파트 건물들이, 그리고 물이 고인 구멍투성이의 길이 양옆으로 늘어서 있었다. 이 곳은 전체가 어둑어둑하고 사람 기척이 없었다.

시간 저축은행 중앙회에, 모모가 수사망에 한 번 걸렸다는 보고가 들어왔다.

"좋소."

중앙회의 대답이었다.

"체포했소?"

"아닙니다. 꼬마는 땅바닥에 스며든 것처럼 갑자기 사라졌습니다. 발자국을 잃어버렸습니다."

"어떻게 그런 일이 있을 수 있소?"

"우리도 그 점이 의문입니다. 무엇인가 들어맞지가 않아요."

"당신들이 꼬마를 찾은 곳이 어디였소?"

"그 점 또한 이상합니다. 우리에게 전혀 낯선 도시의 구역이라는 겁니다."

"그런 구역이란 없소."

중앙회는 잘라 소리쳤다.

"분명히 있습니다. 그걸 어떻게 말씀드려야 할까요? 마치 그 구역은 시간이 서로 닿아 있는 점에 위치하는 것 같았습니다. 그리고 그 아이는 바로 이 점을 향해 가고 있었습니다."

"뭐라구?"

중앙회는 소리쳤다.

"추적을 계속하시오! 어떤 일이 있어도 꼬마를 잡아야 하오! 알겠소?"

"옛!"

잿빛 대답이 흘러나왔다.

처음에 모모는 새벽의 희미한 빛이려니, 하고 여겼다. 하지만 이 야릇한 빛은 이 거리로 접어들었을 때 너무나 불현듯, 엄밀히 말해서 순간적으로 비쳐 왔다. 이 곳은 이미 밤이 아니었다. 그렇다고 낮도 아니었다. 그리고 이 어스름한 빛은 아침의 빛도, 밤의 빛도 아니었다. 그것은 모든 사물의 윤곽을 너무나 알쏭달쏭하게 드러나게 하는, 근원을 알 수 없는 빛이었다. 아니, 동시에 사방에서 비쳐드는 빛이었다. 심지어 거리의 작은 조약돌까지도 온통 제각기 서로 다른 방향으로 기다랗고 새까만 그림자들을 드리우고 있었다. 이를테면 저쪽에 선 나무는 왼편에서, 이 집은 오른편에서, 저 건너편의 기념비는 앞쪽에서 빛을 받는 것 같았다.

무엇보다 기념비는 정말 이상한 모습이었다. 새까만 돌로 된 커다란 주사위 모양의 받침대 위에 엄청나게 커다란 하얀 달걀 모양이 하나 얹혀져 있었다. 그것이 전부였다.

게다가 집들도 지금껏 모모가 보아 온 집들과 달랐다. 눈이 부실 정도로 흰 빛을 내고 있었다. 창 너머로는 검은 그늘이 드리워져 있어서 그 안에 도대체 누가 사는지 알 수가 없었다. 하지만 모모는 이 집들이 사람이 살기 위해 지어진 것이 아니고, 알 수 없는 신비로운 목적으로 지어졌다는 느낌을 받았다.

거리는 텅 비어 있었다. 사람의 자취뿐 아니라, 개도, 새들도, 자동차도 볼 수 없었다. 모든 게 움직임 없이 유리 속에 갇힌 듯이 보였다. 바람 한 점 불지 않았다.

모모는 거북이가 아까보다 한결 더 느릿느릿 가고 있는데도 불구하고, 어떻게 이렇게 빨리 이런 곳까지 이르게 되었는지 이상스럽게 여겼다.

이 신기한 도시의 바깥, 밤이 지배하는 구멍투성이의 거리로는 환한 빛을 내는 고급 자동차 세 대가 빠르게 달리고 있었다. 차 안에는 한결같은 회색 사나이들이 여러 명 타고 있었다.

제일 앞에 가는 차에 앉아 있는 사나이가 모모를 발견했다. 모모는 신비스러운 빛을 내뿜는 새하얀 건물의 거리로 들어서고 있었다.

하지만 회색 인간들이 그 모퉁이에 이르렀을 때 그야말로 있을 수 없는 일이 벌어졌다. 별안간 자동차가 멈춰 버린 것이다. 운전수가 속력 페달을 밟아 바퀴는 요란한 소리를 냈지만, 자동차는 제자리 걸음을 칠 뿐, 마치 같은 속도로 반대 방향으로 돌아가는 컨베이어 벨트 위에서 달리는 것 같았다. 따라서 속력을 내면 낼수록, 더욱 앞으로 나아갈 수 없었다. 회색 무리들은 이 사실을 깨닫고 화가 나 투덜거리며 차에서 훌쩍 뛰어내려, 여전히 멀리 시야에 잡히는 모모를 쫓아가려고 했다. 그들은 얼굴을 잔뜩 일그러뜨리고 달렸다. 하지만 결국 지쳐서 멈출 수밖에 없었다. 그때까지 그들이 다가간 거리는 겨우 10미터밖에 안 되었다.

그 사이 모모는 저 멀리 어딘가 눈처럼 새하얀 건물 사이로 사라져 버리는 게 아닌가.

"사라졌어!"

그들 가운데 한 사나이가 외쳤다.

"사라졌어, 이제는 허탕이야! 다시는 그 꼬맹이를 찾을 수 없을 거요."

"알 수 없는 일이야."

다른 사나이가 말했다.

"왜 우리가 앞으로 나아갈 수 없었죠?"

"나도 모르겠소."

첫번째 사나이가 말했다.

"문제는 다만, 우리가 그렇게 나아갈 수 없었다는 것을 중앙회에서 이해를 하느냐는 거요."

"우리가 재판을 받을 거라는 말이오?"

"우리를 칭찬하지 않을 것만은 틀림없지요."

그 자리에 함께 있었던 모든 회색 인간들은 기가 죽어서 자동차에 걸터앉았다. 이젠 그들도 서두를 필요가 없었다.

멀고 아득한 곳, 눈처럼 새하얀 텅 빈 거리와 광장의 혼란스러움 속

어딘가를, 모모는 거북이를 따라 걷고 있었다. 그들은 어찌나 천천히 걸었던지 발밑의 도로가 미끄러져 뒤로 물러가고 건물들이 스쳐 날아가는 것 같았다. 또 다시 거북이는 모퉁이를 돌았다. 모모는 뒤를 따랐다. 모모는 깜짝 놀라 멈춰 섰다. 이 거리는 지금까지의 모든 거리와는 전혀 달랐다.

그것은 보통의 좁은 골목이 아니었다. 좌우로 나란히 이어 선 집들은 온통 유리로 된 화려한 궁전 같았다. 작은 탑, 지붕의 창문, 테라스 등으로 장식된 집들은 태초에 바다 밑에 세워졌다가 갑자기 해초를 늘어뜨리고 조개와 산호로 뒤덮인 채로 불쑥 솟아 오른 것 같았다. 게다가 그 전체는 진주조개처럼 영롱하게 은은히 오색 빛을 발하고 있었다.

이 골목은 다른 집들과 직각으로 서 있는 단 한 채의 막다른 집으로 이어져 있었다. 그 집의 가운데에는 정교한 그림이 걸린 커다란 초록 대문이 있었다.

모모는 자기 바로 윗벽에 붙은 도로 표지판을 올려다보았다. 흰 대리석판 위에 다음과 같은 글씨가 황금색으로 새겨져 있었다.

시간이 거꾸로 흐르는 거리

모모가 표지판을 보고 글자를 읽을 때까지는 불과 몇 초밖에 걸리지 않았으나 거북이는 어느덧 저만큼 앞서 거의 골목 끝 막 다른 집 앞에 서 있었다.

"좀 기다려, 거북아!"

모모는 소리쳤다. 하지만 이상하게도 모모에게는 자기의 목소리가 들리지 않았다.

그런데도 거북이는 알아들었는지 걸음을 멈추고 뒤돌아보았다.

모모는 거북이를 쫓아가려 했다. 하지만 이 거리로 접어들자 마자, 물 속에 잠긴 듯, 세찬 물살에 휘말린 듯, 또는 세찬 바람에 부딪친 듯한 느낌이―실제 느껴지진 않는데도―들었다.

모모는 이 수수께끼 같은 압력을 이겨 내려고 버둥거리며 돌담의 튀어나온 부분에 매달려 앞으로 가는 몸짓을 했다. 때로는 방향을 잃고 기어가기도 했다.

"앞으로 갈 수가 없어!"

할 수 없이 모모는 골목 어귀에 주저앉아, 자기를 쳐다보는 거북이에게 외쳤다.

"날 좀 도와 줘!"

느릿느릿 거북이는 되돌아왔다. 마침내 모모 앞에 와서 멈추었을 때 거북이 등에 지시 사항이 나타났다.

"뒤로 돌아서 걸어!"

모모는 그렇게 했다. 등을 돌려 뒷걸음질쳤다. 그러자 갑자기 조금도 힘들이지 않고 앞으로 나아갈 수 있었다. 그야말로 알 수 없는 일이었다. 즉 모모는 뒤로 가면서, 자신의 모든 것도 뒤로 간다고 생각하며, 그것을 몸으로 느꼈다. 요컨대 모모는 뒤로 물러나는 길을 갔던 것이다.

이윽고 무언가 딱딱한 것에 부딪쳤다. 몸을 돌려 보니 거리와 직각으로 서 있는 막다른 골목집 앞이었다. 그림으로 뒤덮인 초록빛 철문이, 막상 그 앞에 서자 갑자기 어마어마하게 크게 보여 모모는 굉장히 놀랐다.

"이 문을 내 힘으로 열 수 있을까."

모모는 걱정스러웠다. 하지만 바로 그 순간, 무거운 큰 문이 저절로 움직였다.

모모는 다시 한 번 머뭇거렸다. 대문 위에 또 하나의 표지판이 눈에 띄었기 때문이다. 그 판에는 새하얀 뿔 위에 다음과 같은 글씨가 새겨져 있었다.

공간의 저 너머에 세워진 집

글씨를 재빨리 읽을 수 없는 모모가 표지판을 읽고 났을 때에는 양쪽 큰 문이 어느 새 스르르 닫히고 있었다. 모모가 얼른 문 안으로 들어가자 등 뒤에서 대문이 '꽝' 하고 닫혔다.

모모의 앞에는 높고 긴 복도가 있었다. 양옆으로는 일정한 간격으로, 돌로 된 벌거벗은 남녀의 모습이 서 있어 천장을 떠 받치고 있는 것처럼 보였다. 시간이 거꾸로 흐르는 거리의 느낌은 여기서는 이미 느낄 수 없었다.

모모는 앞에서 기어가는 거북이를 따라 긴 복도를 걸어갔다. 복도를 끝까지 걸어 거북이는 조그만 문 앞에 멈춰섰다. 모모가 몸을 오그려야 겨우 들어갈 수 있는 작은 문이었다.

"다 왔어."

거북이의 등에 글자가 나타났다.

모모는 몸을 굽혔다. 바로 모모의 코앞 작은문 위에 다음과 같은 이름이 쓰인 문패가 보였다.

세쿤두스 미누티우스 호라 박사

―이름으로 쓰인 세쿤두스는 시간의 초, 미누티우스는 시간의 분, 호라는 시간

의 시를 뜻하는 라틴말임—

모모는 깊이 숨을 쉬며 마음을 가다듬고 작은 손잡이를 돌렸다. 작은문이 열리자 재깍재깍 똑딱똑딱 땡땡 하는 여러 소리가 한꺼번에 뒤섞여 음악처럼 안 쪽에서 울려 나왔다.

모모는 거북이의 뒤를 따랐다. 그들이 들어서자 뒤에서 작은문이 닫혔다.

나쁜 사람들의 꾀

숱한 거리와 골목길을 잿빛 불빛을 밝히며 시간 저축은행 영업사원들이 이리저리 뛰어다니며 흥분해서 서로 긴급한 새 소식들을 수군수군 주고받았다. ―간부 전원은 비상회의에 참석하라!

그러자 분명 큰 비상 사태가 발생했음을 뜻한다고 웅성거리는 자가 있는가 하면, 뜻밖의 시간을 더 벌 수 있는 새로운 가능성이 열린 모양이라고 말하는 자들도 있었다.

큰 회의실에서 회색 무리들의 간부 비상회의가 열렸다. 그들은 끝없이 긴 회의용 탁자 앞에 줄지어 나란히 앉았다. 모두들 한결같이 납회색 서류 가방을 지니고, 작은 회색 담배를 피우고 있었다. 그리고 모두 중절모자를 벗고 있어서, 그들이 하나같이 머리칼 하나 없는 대머리임을 금방 알아볼 수 있었다.

분위기는—이 회색 무리들에게도 분위기라는 말을 쓸 수 있다면—대체로 가라앉아 있었다.

긴 회의석 머리쪽 끝에 앉아 있던 의장이 일어섰다. 수군거리는 소리가 잦아들며 끝없이 긴 두 줄의 회색 눈길들이 그에게로 집중되었다.

"여러분,"

그는 말을 시작했다.

"우리의 사태는 심각하오. 본인은, 여러분에게 괴롭지만 바뀔 수 없는 사실을 그대로 전달하지 않을 수 없소.

모모라는 여자아이를 추적하는 일에, 우리는 가능한 거의 전 영업사원을 출동시켰소. 이 추적은 모두 6시간 13분 8초가 걸렸소. 이로 인하여 추적에 참여한 영업사원은 하는 수 없이 원래의 생존 목적, 즉 시간을 벌어들이는 일을 내팽개쳐야만 했소. 이 손해에다가, 추적하는 동안 우리 영업사원이 낭비한 자신들의 시간까지 더하면, 정확히 37억 3,825만 9,114초에 달하는 시간 손실이 나오게 되오.

여러분, 이것은 한 인간의 평생보다도 많은 시간이오! 그것이 우리에게 얼마나 엄청난 것인가를 굳이 설명할 필요는 없을 것이오."

그는 잠시 말을 중단하고, 커다란 손짓을 하며, 회의실 앞의 어마어마한 강철문을 가리켰다. 각종 번호와 안전 자물쇠투성이인 그 문은 벽 속으로 통하고 있었다.

"우리의 시간 창고는, 여러분,"

그는 목청을 높여 말했다.

"무한 저장이 가능하오. 추적이 헛수고만 아니었더라도! 어쨌든 그것은 소득 없는 깨끗한 시간 낭비였소! 우린 모모라는 여자아이를 놓친 것이오.

여러분, 이런 일은 결코 두 번 다시 일어나서는 안 되겠소. 이렇게 값비싼 대가를 치르는 대규모 계획을 다시 벌이는 것은 그것이 어떠한 것이든, 나는 단연코 반대요. 우리는 시간을 헛되이 해서는 안 되오. 여러분, 낭비는 절대 금물이오! 앞으로의 모든 계획은 이런 뜻에 따라 세우기를 여러분께 부탁하오. 이로써 보고를 마치겠소. 감사하오."

그는 자리에 앉아 잿빛 담배 연기를 내뿜었다. 모두들 웅성거렸다.

이번에는 긴 좌석의 반대편 끝에 앉아 있던 두 번째 연사가 일어섰고, 모든 시선이 그에게로 돌려졌다.

"여러분,"

그는 입을 열었다.

"이 자리에 계신 분들은 하나같이 모두 우리 시간 저축은행의 번영을 바라고 있소. 그렇지만 이 단 하나의 사건을 놓고 불안해하거나 무슨 비참한 결말로 생각할 필요는 없다고 생각하오. 이번 경우는 대수롭지 않은 것이오. 여러분도 아시다시피 우리의 시간 창고에는 이미 막대한 양이 저장되어 있소. 따라서 설사 이번 손실의 몇 배의 손실을 겪더라도, 우리는 결코 끄떡도 없을 거요. 한 사람의 한평생이 우리에게 과연 얼마만한 것이오? 사실 새 발의 피지요.

그러나 역시 이런 일은 두 번 다시 반복해서는 안 된다는 의장의 생각에 본인은 전적으로 찬성하오. 하지만 이 모모라는 여자아이와 같은 경우는 결코 또 다시 있을 수 없는 일이라고 생각하오. 그 비슷한 일도 지금껏 발생한 적이 없었소. 그러니까 그런 일이 다시 일어날 가능성은 아주 희박하오.

우리가 모모라는 소녀를 놓친 것에 대한 의장의 질책은 마땅하오. 하지만 우리의 의도는 결국 이 소녀가 우리에게 아무런 해도 끼치지 못하게 하는 것이었잖소? 그렇다면, 어쨌든 우리의 의도는 완벽하게 이루어진 셈이오. 그 아이는 사라졌소. 시간의 영역에서 도망쳐 버렸소! 우리가 그렇게 내몰았소. 우리는 이 결과로써 만족해도 좋으리라고 본인은 생각하오."

연사는 의기양양하게 미소를 지으면서 자리에 앉았다. 여기저기서 자신 없는 박수 소리가 들렸다.

이번에는 긴 회의석 한가운데서 세 번째 연사가 일어섰다.

"간단히 말씀드리겠소."

그는 찌푸린 얼굴로 입을 열었다.

"본인은 방금 하신 연사의 말을 무책임하다고 생각하오. 그 아이는 보통 아이가 아니오. 우리는 이 아이가, 우리와 우리의 은행을 위험에 빠뜨릴 재주가 충분히 있다는 것을 알고 있소. 이 사건이 지금껏 두 번 발생한 적이 없었다는 것은, 결코 또다시 일어나지 않는다는 보장이 될 수는 없소. 방심하지 말아야 하오! 이 아이를 실제로 사로잡기까지는 결코 마음을 놓아서는 안 되오. 다만 이 아이가 다시는 우리에게 해를 끼치지 못하도록 해야 한다는 데는 같은 의견이오. 또한 이 아이가 시간의 영역을 떠날 수 있었다는 것은 언제라도 되돌아올 가능성을 말해 주는 것이오. 틀림없이 이 아이는 되돌아올 것이오!"

그는 자리에 앉았다.

회색 무리들은 모두 고개를 떨구고 풀이 죽어 앉아 있었다.

"여러분,"

이번에는 세 번째 연사의 건너편에 앉아 있던 네 번째 연사가 말했다.

"용서하시오. 하지만 사실을 말하자면, 우리는 끊임없이 이야기의 겉만 맴돌고 있소. 우리는 이 사건에 제 삼자의 힘이 개입해 있다는 사실을 중요하게 생각해야 하오. 본인은 모든 가능성을 정확하게 따져 보았소. 어린아이가 죽지 않고 자기 힘으로 시간의 영역을 벗어날 수 있는 확률이란, 정확히 4,200만 분의 1이라는 계산이 나오지요. 다시 말해서, 실제로 그것은 있을 수 없는 일이오."

무리들 사이에서 웅성거리는 소리가 일었다.

"어느 모로 보나,"

웅성거림이 가라앉기를 기다려 연사는 말을 계속했다.

"모모라는 소녀를 우리의 추적망에서 벗어나도록 도와 준 다른 힘이 있소. 본인이 누구를 염두에 두고 말하는지는 여러 분들도 아실 것이오. 이른바 호라 박사가 그 장본인이오."

이 이름이 발음되자, 대부분의 회색 인간들은 얻어맞은 듯 몸을 떨었고, 어떤 자는 벌떡 일어나 격렬한 몸짓으로 나오는 대로 비명을 지르기 시작했다.

"제발, 여러분!"

네 번째 연사는 두 팔을 내저으며 소리쳤다.

"부탁이오, 진정하시오. 우리 모두 알고 있듯이 본인도 이 이름을 입에 올리는 것이 결코 간단한 일이 아님을 잘 알고 있소. 본인 자신으로도 퍽 힘든 일이지만, 진상을 명백히 규명해 보고 싶은 욕심으로……, 또 그래야 하지 않겠소! 그 자가, 이른바 그 자가 모모라는 아이를 도왔다면 거기엔 이유가 있을 것이오. 그것은 우리를 향한 도전임에 틀림없소. 요컨대 여러분! 그 자가, 그 아무개라는 인물이 이 아이를 그냥 돌려보내지 않고 우리를 겨냥해 더 단단히 무장을 시켜 보내리라는 점을 우리는 고려해야 하오. 그렇다면 그건 우리에게 치명적인 위험이 될 것이오. 그러니 우리는 한 사람의 한평생을 또 한 번, 아니 그 몇 배라도, 거듭 말하지만 모든 것을 내걸 각오를 해야 하오! 이 경우엔 우리의 절약의 원칙에 대한 계획이 돌이킬 수 없는 실패로 돌아갈 수도 있을 것이오. 본인의 뜻을 여러분들이 이해하리라 믿소."

회색 무리들은 불안한 듯 웅성웅성 얘기를 주고받았다. 다섯 번째 연사가 벌떡 일어나 격렬하게 두 손을 내저었다.

"조용히, 조용히 하시오!"

그는 외쳤다.

"방금 말씀한 연사께서는 유감스럽게도 온갖 비관적인 가능성만을 알려 주는 데 그쳤소. 하지만 그에 맞서 어떻게 싸워야 하는지는 모르는 것 같소! 그는 우리가 모든 희생을 각오해야 한다고 말했소. 좋소! 우리는 최악의 경우에 대비해서 마음을 다져야 한다고 했소. 그것도 찬성이오! 우리가 저장해 놓은 재산을 쓰는 데 인색해서는 안 된다고 했소. 좋소! 그렇지만 이 모든 주장은 단지 부질없는 말에 지나지 않소! 우리가 실제로 해야 할 행동에 대해서는 그는 한 마디도 언급하지 않았소! 모모라는 아이가 우리에게 대항해 무슨 장비를 갖추고 나타날지 어떻게 아오! 우리에게 닥칠 위험이 어떤 건지는 우리 가운데 그 누구도 모르오. 이 점이야말로 우리가 가장 먼저 풀어야 할 문제인 것이오!"

회의실의 웅성거림은 소란으로 변했다. 여기저기서 고함을 지르고, 두 주먹으로 탁상을 내리치고, 두 손으로 얼굴을 가리고 야단이었다. 모두들 공포에 사로잡혔다.

여섯 번째 연사가 가까스로 청중을 가라앉혔다.

"그렇지만 여러분,"

그가 몇 번이나 진정할 것을 부탁했고 그제서야 조용해졌다.

"그렇지만 여러분, 제발 냉정을 되찾으시오. 지금 가장 중요한 것은 냉철한 이성이오. 모모라는 아이가 그 아무개 박사로부터―어떤 장비를 갖추고든―돌아온다고 가정해 봅시다. 그런 경우 결코 우리가 직접

나서서 맞서 싸울 필요가 없소. 우리 자신들도 그렇게 만나는 일은 맞지 않다고 생각하오. 그 동안 사라져 버린 우리의 동료 사원 BLW/553/C호의 슬픈 운명에서, 우리는 그 점을 뼈아프게 목격하였소! 그런 개인적 접촉은 조금도 필요치 않소. 우리는 사람들 가운데에 조력자를 충분히 갖고 있소! 이런 눈에 띄지 않는 세련된 방법을 적용한다면, 여러분. 우리 자신의 모습을 드러내지 않고서도 모모라는 아이와, 그 아이가 일으키는 위험을 막을 수 있을 것이오. 이런 방법을 쓰면 낭비를 막을 수 있고 우리에게 위험도 없으며 또한 반드시 효과적일 것이오."

곳곳에서 안도의 한숨이 새어 나왔다. 이 제안은 그들 모두에게 받아들여지는 모양이었다. 회의석의 제일 윗자리에 앉아 있던 일곱 번째 연사가 일어나지 않았더라면, 반드시 이 제안이 곧바로 정해졌을지도 모른다.

"여러분,"

그가 말을 꺼냈다.

"우리는 지금껏 이 모모라는 아이에게서 어떻게 벗어날 수 있는가에 대해서만 생각했소. 솔직히 말해서 두려운 감정이 우리로 하여금 그렇게 하도록 몰고 있다는 것을 인정합시다. 하지만 두려움이란, 좋은 생각을 막을 뿐이오. 본인이 보기에는, 실은 우리는 절호의 기회, 두 번 다시 없을 기회를 놓쳤소. 이런 격언이 있지요. 정복할 수 없는 상대는 친구로 만들라는. 이 모모라는 아이를 우리 편으로 끌어들일 생각은 왜 안 하시오?"

"옳소, 옳소!"

몇몇이 소리쳤다.

"좀더 설명을 자세하게 하시오!"

"우리로서는 아무리 찾으려 해도 불가능했던 그 길을, 이른바 아무개 박사 집으로 가는 그 길을, 이 아이가 찾아 냈다는 건 분명하오! 그러니까 이 아이는 언제라도 그 길을 다시 찾아갈 수 있을 테고, 우리에게 그 길을 안내할 수도 있을 것이오! 그럼 우리는 그 때 아무개 박사와 협상을 벌일 수 있소. 본인이 장담컨대, 쉽게 그 자를 설득할 수 있을 것이오. 그렇게 해서 우리가 일단 자리를 차지하고 나면, 그 다음에야 굳이 구차스럽게 시간, 분, 초 따위를 긁어들이려 애쓸 필요가 없을 것이오. 그럴 필요가 없지요. 그 때는 한꺼번에 모든 인간의 시간을 깡그리 손아귀에 넣을 수 있으니까요! 인간의 시간을 가진 사람은 곧 끝없는 권력을 차지한 셈이오! 여러분, 목표를 눈앞에 두고 있다는 점을 생각하시오! 그러기 위해 우리가 없애 버리려고만 했던 모모라는 아이는 우리에게 쓸모가 있을 것이오!"

장내에는 쥐죽은 듯한 침묵이 흘렀다.

"그렇지만,"

어떤 자가 소리쳤다.

"그 모모라는 아이를 꼬이는 일이 불가능하다는 것을 모르시오? 동료 사원 BLW/553/C호의 경우를 돌이켜 보시오. 우리들 누구도 똑같은 운명을 겪을 지 모르는 일이오!"

"대체 누가 속여서 꼬인다고 했소?"

먼저 연사가 대답했다.

"우리는 우리 계획을 거짓없이 알려 주는 것이오."

"그렇다면,"

다른 자가 손짓을 하며 외쳤다.

"그 꼬마는 절대 돕지 않을 것이오! 그것은 도저히 생각조차 할 수 없는 일이오!"

"그렇게 섣불리 장담할 수는 없다고 보오, 동지."

아홉 번째 연사가 논쟁에 끼어들었다.

"우리는 이 꼬마를 유혹할 수 있는 미끼를 아주 자연스럽게 내놓을 것이오. 예를 들면, 그 애가 원하는 대로 시간을 주기로 약속한다든가……"

"물론 말로만 그렇게 약속하고 안 지키는 것이지요!"

다른 사람이 끼어들어 소리쳤다.

"당연히 지켜야 할 약속이오!"

아홉 번째 연사는 대답하며 싸늘한 미소를 떠올렸다.

"우리가 진심으로 제의하지 않으면 그 꼬마는 사실을 금방 알게 될 것이오."

"안 되오, 그건 안 될 말이오!"

의장이 소리를 치며 의석을 꽝 쳤다.

"나는 그렇게 할 수 없소! 실제로 꼬마가 원하는 대로 시간을 주게 된다면, 그건 말할 수 없이 엄청난 재산의 손실을 가져올 것이오!"

"그건 문제되지 않소."

연사는 진정시키는 투로 말했다.

"어린 아이 하나가 소비할 수 있는 시간이 기껏해야 얼마나 되겠소? 당연히, 그것은 한계가 있는, 얼마 안 되는 손실이오. 그 대신 우리가 받게 될 것을 생각해 보시오! 전 인류의 시간인 것이오! 그것을 위해 모모가 낭비한 얼마쯤의 시간이야 기타 잡비 항목으로 쓸 수 있을 것이고, 또 그래야지요. 엄청난 이득을 생각해 보시오, 여러분!"

연사는 자리에 앉았고 모두들 그가 말한 이득을 생각했다.

"그렇긴 해도,"

여섯 번째 연사가 조금 뒤 입을 열었다.

"그것은 안 되오."

"어째서 안 되오?"

"이유는 간단하오. 이 아니는 유감스럽게도, 이미 자기가 원하는 만큼의 충분한 시간을 갖고 있으니까요. 그 아이가 충분히 갖고 있는 것을 미끼삼아 꾀려는 것은 부질없는 짓이오."

"그럼, 우리는 먼저 이 아이에게서 시간을 빼앗아야겠소."

아홉 번째 연사가 대답했다.

"아, 동지."

의장은 맥이 빠져 말했다.

"우리는 다시 원점으로 되돌아왔소. 그러면서도 우리는 이 아이에게 조금도 접근하지 못 했소. 바로 문제는 이것이오."

모두에게서 실망의 한숨이 내뿜어졌다.

"제안이 하나 있소."

열 번째 연사가 말했다.

"말해도 되겠소?"

"말씀하시오."

의장이 말했다.

그 연사는 의장에게 간단히 목례를 하고 말을 이었다.

"이 아이는 친구들의 보살핌을 받으며 살고 있소. 이 아이는 자기 시간을 다른 사람을 위해 쓰고 있소. 그렇지만 시간을 같이 나눌 친구가 없어진다면, 어떻게 될 것인가 한 번 생각해 보시오.

아이가 스스로 우리 계획을 따라 주지 않을 바에야, 차라리 이 아이의 친구들을 상대해야 될 것 같소."

그는 서류 가방에서 서류 분류철을 꺼내 뒤적거렸다.

"바로 도로청소부 베포라는 자와 여행안내원 지지라는 젊은이가 문제의 대상이오. 그리고 또 여기 모모를 정기적으로 찾아가는 아이들의 명단이 차례대로 있소. 보시다시피, 여러분, 대단한 일이 아니오!

우리는 단지 이 모든 인물들을 모모의 손에 닿지 않게 떼어 놓는 것이오. 그러면 갈 데 없는 모모는 완전히 외토리가 될 것이오. 그 뒤에야 그 애의 많은 시간이 무슨 의미가 있겠소? 그건 무거운 짐이지요. 그렇구말구요. 차라리 저주스러운 것이지요! 조만간 이 꼬마도 그것을 견디지 못하게 될 것이오. 그러면 우리는 현장에 나타나서 조건을 제시하는 거요. 십 분의 일 초에 천 년을 걸고 장담하지요. 그렇게 되면 이 꼬마는 친구들을 되찾기 위해서라도 우리에게 호라 박사에게 가는 길을 안내할 것이오."

지금껏 의기소침해서 시선을 떨구고 있던 회색 무리들은 눈빛을 반짝였다. 의기양양한 엷은 미소가 입술에 감돌았다. 그들은 박수를 쳤다. 박수 소리가 끝없이 거리와 샛길을 메우고 메아리치며 바위산의 돌사태처럼 요란하게 울려퍼졌다.

모모, 시간의 나라에 가다

  모모는 그때까지 본 일이 없는 큰 홀에 서 있었다. 그것은 어느 커다란 교회당보다도, 어느 거대한 역 대합실보다도 넓었다. 천장은 아득히 높은 곳에, 거대한 기둥들이 떠받치고 있었지만 어스름한 새벽빛에 휩싸여 확실히 볼 수는 없었다. 창문은 하나도 보이지 않았다. 이 엄청난 홀의 황금빛 조명은 헤아릴 수 없이 많은 촛불이었다. 곳곳에 꽂혀 있는 초의 불꽃들은, 반짝이는 그림물감으로 그려진 듯 빛을 발했다. 마치 초를 태우는 불꽃이 아닌 것처럼 흔들리지 않고 타올랐다.
  모모가 방으로 들어설 때 들었던 똑딱똑딱, 째깍째깍, 땡땡 하는 소리는 갖가지 크기와 모양의 수없이 많은 시계들이 내는 소리였다. 시계들은 긴 탁자 위에, 유리 진열장 속에, 황금빛 선반 위에 끝없이 줄지어 놓이거나 세워져 있었다.

그 중에는 보석이 박힌 조그만 몸시계도 있고, 평범한 양철 벽걸이 시계도 있고, 모래시계, 춤추는 인형이 돌아가는 오르골시계, 해시계, 나시계, 돌시계, 유리시계, 그리고 심지어는 분수의 물줄기로 움직이는 시계까지 있었다. 벽에는 여러 모양의 뻐꾸기 시계며, 무거운 추가 흔들리는 낯선 종류의 시계들이 걸려 있었다. 어떤 시계의 추는 코끼리처럼 느릿느릿 움직이고 있고, 어떤 것은 참새처럼 재빠르게 왔다갔다하고 있었다. 2층 높이까지 나선 모양의 계단이 홀 전체를 둘러싸고 있었다. 그리고 그 위로 더 높이 두 번째의, 그 위로 세 번째의, 그 위에 네 번째의 나사 모양의 계단이 있었다. 어디를 보아도 각종 시계들이 걸려 있거나 세워져 있거나 눕혀져 있었다. 지구의 모든 일정한 지점의 시간을 알려 주는 지구본 모양의 표준시계도 있었고, 해, 달, 별이 있는 커다란 천체의도 있었다. 이 홀의 중앙에는 세워놓는 시계로 빽빽이 들어 찬 숲이 솟아 있었다. 일반적인 추시계부터 탑시계까지, 시계 숲이라 할 만했다.

끊임없이 시간을 알리는 소리가 여기저기에서 들렸다. 이 모든 시계들이 제각기 다른 시간을 가리키고 있기 때문에 소리가 끊이지 않았다. 하지만 귀에 거슬리는 불협화음이 아닌 여름 숲속의 살랑이는 바람과 같은 은은한 화음이었다.

모모는 눈이 휘둥그레져서 돌아다니며 이 온갖 진풍경을 넋이 빠져 구경했다. 그러다 춤을 추며 두 손을 마주 내밀고 서 있는 작은 남녀의 상이 얹힌, 예쁜 장식의 오르골시계 앞에 섰다. 그리고 그 형상의 움직이는 모양이 궁금해 손가락으로 살짝 건드리려는 순간 어디선가 다정한 목소리가 들려 왔다.

"아, 네가 돌아왔구나, 카시오페이아(별자리 이름. 그리스 신화에 나오는 안드로메다의 어머니). 꼬마 모모는 어쩌고?"

모모는 고개를 돌렸다. 시계 숲 사이로 난 좁은 길에서, 은빛 머리칼을 한 노인이 몸을 구부리고 바닥에 앉아 있는 거북이를 바라보고 있었다. 노인은 금실로 수놓은 긴 웃옷에 푸른 비단 반바지를 입고, 길고 하얀 양말에 커다란 황금 장식이 달린 구두를 신고 있었다. 손목과 목 언저리에는 웃옷의 레이스가 물결치고 있고, 은빛 머리칼은 뒷머리에서 작은 다발로 땋아져 있었다. 모모로서는 낯선 차림새였다. 하지만 조금만 상식이 있는 사람이라면, 이 차림이 두 세기 전의 유행이었음을 당장 알아보았을 것이다.

"뭐라구?"

노인은 여전히 거북이에게 몸을 굽힌 채 말을 이었다.

"그 애가 이 안에 들어와 있다구? 대체 어디 있니?"

그는 베포 노인의 것과 비슷하지만 황금으로 된, 조그만 안경을 꺼내 쓰고는 주변을 둘러보았다.

"저, 여기 있어요!"

모모가 소리쳤다.

노인은 기쁨에 가득 찬 웃음을 띠고 두 손을 벌리며 모모에게 다가왔다. 그렇게 다가오는 동안 그의 모습은 발을 옮길 때마다 젊어지는 것 같았다. 마침내 모모 앞에 서서 두 손을 뜨겁게 맞잡고 흔들 때, 그의 모습은 모모의 또래와 비슷한 것 같은 생각이 들었다.

"반갑다!"

그는 기뻐하며 큰 소리로 말했다.

"이곳에 온 것을 진심으로 환영한다, 꼬마 모모. 나를 소개하지. 나는 호라 박사야. 세쿤두스 미누티우스 호라."

"저를 정말 기다리고 계셨나요?"

모모는 놀라서 물었다.

"기다렸구말구! 너를 데려오도록 내가 직접 거북이 카시오페이아를 보냈는걸."

그는 조끼 주머니에서 다이아몬드가 박힌 몸시계를 꺼내어 뚜껑을 활짝 열었다.

"어김없이 기막히게 정각에 도착했구나."

그는 웃음띤 얼굴로 힘주어 말하며 모모에게 시계를 내밀었다.

모모는 시계를 보았다. 시계의 숫자판에는 시계 바늘도 숫자도 없이 다만 서로 반대 방향으로 맞물려 천천히 돌아가고 있는 두 개의 섬세한 태엽이 있을 뿐이었다. 태엽이 서로 맞물리는 부분에서 이따금 작은 불꽃이 반짝였다.

"이것은,"

호라 박사가 말했다.

"별시계란다. 이 시계는 아주 진기한 별의 시간을 어김없이 가리켜 주고 있지. 지금 막 이 별의 시간이 시작된 거야."

"별의 시간이라는 게 뭐지요?"

모모가 물었다.

"들어 봐, 천체의 운행 중에는 특별한 순간이 가끔 있단다."

호라 박사는 설명했다.

"모든 사물과 존재가, 저 아득한 곳의 별들에 이르기까지, 두 번 다시 일어날 수 없을만큼 완벽하게 함께 작용을 해서, 단 한번의 사태를 가능하게 하는 그런 순간이 말이다. 그렇지만 유감스럽게도 사람들은 거의 이 순간을 이용할 줄 몰라. 그래서 별의 시간은 모르는 사이에 그냥 지나가 버리는 게 대부분이야. 그렇지만 이 시간을 알아보는 사람이 있으면, 세상에는 위대한 일이 벌어질 거야."

"아마도,"

모모가 말했다.

"그런 시계를 갖고 있으면 가능 하겠지요."

호라 박사는 웃으며 고개를 절레절레 저었다.

"이 시계만 갖고는 아무 소용이 없어, 시계를 읽을 능력이 있어야 해."

그는 시계를 찰깍 소리나게 닫아 다시 조끼 주머니에 집어 넣었다. 그리고 모모가 어리둥절한 시선으로 자신의 차림새를 훑어보는 것을 알아차리고, 그는 생각에 잠긴 모습으로 자기를 내려다보더니 이마에 주름을 모으며 말했다.

"아, 이제 보니 내가 유행에 조금 뒤진 옷을 입었구나. 이렇게 주의력이 모자란다니까! 당장 갈아 입어야겠어."

그는 손가락을 탁 튕겼다. 그러더니 순식간에 높은 스탠드 칼라의 예복차림으로 모모 앞에 나타났다.

"이제 괜찮니?"

그는 자신 없는 투로 물었다. 하지만 이번에야 말로 눈이 휘둥그레진 모모의 표정을 보더니, 바쁘게 말을 이었다.

"아직도 제대로가 아니지! 대체 내가 정신을 어디 두고 있담!"

그는 다시 한 번 손가락을 튕겼다. 이번엔 모모도, 그 누구도 보지 못한 차림으로 나타났다.

그도 그럴 것이 백 년 뒤에야 유행될 옷이었다.

"아직도 아니니?"

그는 또 물었다.

"자, 분명히 이것도 벗어 던져야 될 모양이구나! 잠깐, 다시 한 번 해 볼께."

그는 세 번째로 손가락을 탁 튕겼다. 그러자, 마침내 오늘날 흔히 보는 평상복 차림이 되었다.

"이제 제대로 됐지?"

그는 모모를 보고 눈을 찡긋했다.

"나 때문에 너무 놀라지 마라, 모모야. 이건 내가 하는 작은 장난일 뿐이야. 이제 식탁으로 가실까요, 꼬마 아가씨, 아침 식사가 준비되어 있어. 퍽 먼 길을 걸어왔지. 식사가 네 입맛에 맞았으면 좋겠구나."

그는 모모의 손을 잡고 시계 숲 한가운데로 안내했다. 거북이는 조금 떨어져 그들의 뒤를 따랐다. 좁은 길은 미로의 한가운데처럼 가로 세로로 뒤얽혀 뚫려 있고, 마침내는 몇 개의 거대한 장롱시계가 뒷벽으로 되어 있는 작은 방과 연결되어 있었다. 방 한쪽 구석에는 아치 모양의 발이 달린 작은 식탁 하나, 아담한 소파와 거기에 어울리는 푹신한 안락의자가 몇 개 눈에 띄었다.

이 곳 역시 움직임 없는 황금빛 촛불이 밝혀져 있었다.

식탁 위에는 배가 불룩한 황금 주전자 하나와 작은 찻잔 둘, 접시, 작은 숟가락과 나이프가 차려져 있었는데, 온통 황금으로 된 것이어서 번쩍거리고 있었다. 작은 바구니에는 노릇노릇하게 구워진 바삭해 보이는 동그란 빵이 담겨 있었고, 작은 그릇에는 황금빛 버터, 또 다른 그릇에는 마치 황금우유처럼 보이는 꿀이 담겨 있었다. 호라 박사는 배가 불룩한 주전자를 들어 두 개의 잔에 초콜릿을 따른 다음 주인 티를 내면서 말했다.

"자, 꼬마 손님, 많이 들어요!"

호라 박사가 또 다시 권할 필요도 없었다. 마실 수 있는 초콜릿이 있다는 사실조차 모모는 지금껏 알지 못했다. 또한 동그란 빵에 버터와 꿀을 발라 먹는 것도 모모의 인생에서는 희귀한 일 가운데 하나였다. 게다가 지금처럼 이렇게 맛있는 음식은 난생 처음이었다. 모모는 처음에는 완전히 음식에 정신이 팔려 다른 생각은 할 겨를도 없이 배가 부를 때까지 먹었다. 음식을 먹자 이상하게도 모든 피곤이 씻은 듯이 사라졌다. 밤새 한잠도 못 잤는데도 상쾌하고 즐거웠다. 먹을 수록 음식은 더욱 맛있었다. 며칠이고 계속 그렇게 먹을 수 있을 것 같은 기분이었다.

호라 박사는 다정하게 모모를 바라보며, 우선은 먹는 데 방해가 되지 않도록 말없이 꼼꼼히 살펴보고 있었다. 그는 이 꼬마 손님이 오랫동안 허기진 배를 채우고 있는 걸 알고 있었다. 바라보고 있는 동안 그가 다시 점점 나이가 들어 보이고, 마침내 은빛 머리칼의 노인이 되어 버린 것은, 어쩌면 바로 이 이유 때문인지도 모를 일이었다. 모모가 나이프를 써 본 경험이 없음을 눈치채고, 그는 동그란 빵에 버터를 발라 접시에 놔 주었다.

그리고 자신은 별로 먹지 않고, 예의상 먹는 시늉만 하고 있었다.

드디어 모모의 배가 가득 찼다. 꼬마는 코코아를 마시면서 황금빛 찻잔 가장자리 너머로 주인을 유심히 살피며, 대체 이 사람이 누구이며 어떤 사람일까를 골똘히 생각하기 시작했다.

보통 사람은 분명 아니라는 것까지는 물론 눈치챘지만, 사실 그에 대해 이름말고는 아는 것이 하나도 없었다.

"왜,"

모모는 찻잔을 내려 놓으며 물었다.

"거북이를 시켜 저를 데려오게 하셨나요?"

"회색 무리에게서 너를 지켜 주려고."

호라 박사는 진지하게 말했다.

"그들이 너를 곳곳에서 찾고 있는데, 너는 여기 내 집에서만 안전하게 그들을 피할 수 있거든."

"그들이 나를 해치려고 하나요?"

모모는 깜짝 놀라 물었다.

"그래, 애야."

호라 박사는 한숨을 내쉬었다.

"그렇다고 할 수 있지."

"왜요?"

모모는 물었다.

"그들은 너를 두려워해."

호라 박사는 설명했다.

"왜냐하면 그들에게 손해를 끼치는 일을 네가 했거든."

"저는 그 사람들에게 아무 일도 안 했어요."

모모가 말했다.

"그렇지 않아. 너는 그 무리 가운데 한 사람으로 하여금 자기네 비밀을 털어놓게 만들었어. 게다가 그 비밀을 네 친구들에게 얘기했어. 뿐만 아니라 너희들은 모든 사람들에게 회색 무리의 진짜 모습을 알리려 했었어. 그만하면 그들에게 넌 철천지 원수가 되기에 충분하지 않겠니?"

"그렇지만 우리는 도시 한가운데를 누비면서 걸어왔는데요. 거북이랑 저랑요."

모모가 말했다.

"그들이 곳곳에서 저를 찾아 뒤졌다면 쉽사리 발견했을 텐데요. 게다가 우리는 굉장히 느릿느릿 걸어왔어요."

호라 박사는, 어느 새 다시 발치에 와 앉은 거북이를 무릎 위로 끌어올리고는 목을 살살 문질렀다.

"어떻게 생각하니, 카시오페이아?"

그는 미소를 떠올리며 말했다.

"그들이 너희를 쉽게 잡을 수 있었겠니?"

거북이의 등판에 "절대 그럴 수 없어요!"라는 글자가 나타났다. 게다가 글씨가 너무나 익살맞게 껌뻑거려서, 분명 낄낄거리는 소리가 들려 오는 것만 같았다.

"카시오페이아는"

호라 박사가 설명했다.

"말하자면, 미래를 조금 앞질러 내다볼 줄 안단다. 아주 멀리는 못 보지만, 어쨌든 약 반 시간 정도는."

"정확히!"라고 거북이 등에 글자가 나타났다.

"미안하다."

호라 박사는 말을 고쳤다.

"정확히 반 시간. 거북이는 앞으로 반 시간 안에 무슨 일이 있을지를 확실하게 내다본단다. 그러니까 자연히, 이를테면 회색 무리를 만나게 될지, 아닐지도 미리 알고 있는 거야."

"아, 그래요."

모모는 신기해하며 말했다.

"그것 참 편리하네요! 그러니까 회색 무리와 부딪칠 길을 미리 알고, 딴 길로 들어서면 되는군요?"

"그렇지 않아."

호라 박사가 대답했다.

"유감스럽게도 일이 그렇게 간단치만은 않아. 미리 아는 사건을 거북이 자신이 변경시킬 수는 없어, 거북이는 실제로 일어날 사건만 아니까 말이야. 그러니까 거북이가 어디 어디서 회색 무리와 부딪치게 될 거라고 미리 알게 된다면, 결국 피할 수 없이 그들과 부딪치게 되는 거야. 그 사실에 대해선 거북이 자신도 어쩔 도리가 없어."

"이해가 되지 않아요."

모모는 조금 실망해서 말했다.

"그럼 미리 안다는 것은 도대체 아무 소용이 없네요."

"그래도 때로는 소용이 있지."

호라 박사는 대답했다.

"예컨대, 너의 경우에 있어서 거북이는 회색 무리를 안 만나게 될 길을 미리 알고 있었거든. 그것만 해도 꽤나 쓸모가 있지 않니?"

모모는 입을 다물고 있었다. 모모의 머릿속은 풀려진 다발처럼 복잡하게 뒤엉켜 있었다.

"아무튼 너랑 네 친구들을,"

호라 박사는 말을 이었다.

"칭찬하지 않을 수 없다. 너희들의 그림과 글귀는 참으로 감동적이었어."

"그럼, 그걸 읽어 보셨나요?"

모모는 신이 나서 물었다.

"전부 읽었지."

호라 박사는 말했다.

"한 글씨, 한 글씨!"

"참 유감스럽게도"

모모는 말했다.

"다른 사람은 아무도 안 읽은 것 같아요."

호라 박사도 안 됐다는 투로 고개를 끄덕였다.

"그래, 유감스럽게도 회색 무리들이 그렇게 만들었어."

"어떻게 그렇게 잘 아세요?"

모모가 따져물었다.

호라 박사는 다시금 고개를 끄덕이며 한숨을 내쉬었다.

"나는 그들을 알고 있고, 그들도 나를 알고 있지."

모모는 이 대답을 어떻게 해석해야 할지 몰랐다.

"그럼 벌써 그들에게 여러 번 가셨었나요?"

"아니, 한 번도, 나는 결코 이 집 밖을 나가지 않아."

"그렇다면 그 회색 무리 편에선, 저…… 여기를 가끔 방문하나요?"

호라 박사는 미소를 띠었다.

"걱정 말아라, 꼬마 모모. 그들은 이 안으로 결코 들어올 수 없어. 설령 그들이 시간이 거꾸로 흐르는 거리를 안다 해도. 그러나 그들은 그 길을 몰라."

모모는 잠시 생각에 잠겼다. 호라 박사의 설명에 마음은 놓였지만 정작 박사 자신이 어떤 사람인지 몹시 궁금했다.

"어떻게 그걸 알고 계시나요?"

모모는 입을 열었다.

"우리들의 시위며 회색 무리에 대한 일을요."

"나는 회색 무리를 쉬지 않고 살피고 있고, 그 무리와 연관된 모든 것을 놓치지 않고 있거든."

호라 박사는 설명했다.

"그러다 보니 너랑 너의 친구들도 지켜 보게 되었던 거야."

"그렇지만 절대 집 밖으로 나가시지 않는다면서요?"

"굳이 나갈 필요가 없단다."

호라 박사는 말했다. 그렇게 말하는 동안 그는 눈에 띄게 다시 젊어 졌다.

"내게는 천리안 안경이 있거든."

그러면서 그는 조그만 황금 안경을 벗어 모모에게 건네 주었다.
"들여다보겠니?"
모모는 안경을 쓰고 눈을 깜빡거려 곁눈질을 하며 말했다.
"도대체 아무 것도 보이지 않아요."
모모의 눈에는 온통 몽롱한 색채와 빛과 그늘의 소용돌이밖에 보이지 않았다. 모모는 현기증을 느꼈다.
"그래."
호라 박사의 목소리가 들렸다.
"처음엔 그렇단다. 천리안 안경을 보는 법이 그리 간단치가 않아. 그렇지만 너도 곧 익숙하게 될 거야."
그는 일어나서 모모의 의자 뒤로 돌아가 두 손으로 꼬마의 코에 걸쳐진 안경테를 살짝 건드렸다. 그러자 대번에 장면이 선명해졌다.
맨 먼저 모모는, 잿빛으로 휩싸인 문제의 도시 구역 언저리에서 세 대의 자동차를 나눠 탄 회색 일당을 보았다. 그들은 막 자동차를 되돌리려 하고 있었다.
그리고 더 멀리 내다보자 이번엔 다른 일당이 도시의 거리 한 복판에서 흥분한 채로 손짓을 하고 떠들어 대면서 뭔가 소식을 전하는 것 같은 장면이 보였다.
"그들은 너에 관해 말하고 있어."
호라 박사는 설명했다.
"네가 자기네 포위망을 빠져 나간 게 이해되지 않는 거야."
"도대체 저들은 왜 저렇게 얼굴이 회색인가요?"
모모는 계속 안경을 들여다보면서 물었다.
"왜냐하면 그들의 생명은 일종의 죽음의 요소로 유지되기 때문이야."

호라 박사는 대답했다.

"너도 알잖니, 그들은 인간의 삶에서 훔쳐 온 시간으로 존재한다는 것을. 그렇지만 이 시간은 그것의 참된 소유자를 떠나면 말 그대로 죽은 시간이란다. 왜냐하면 모든 인간은 각기 자신의 시간을 갖고 있으니까. 그래서 그것이 진정으로 자신의 시간일 때만, 그 시간은 생명을 갖게 되는 거지."

"그럼, 회색 일당은 사람이 아니군요?"

"결코 아니지. 그들은 다만 사람의 모습을 하고 있을 뿐이야."

"그렇담, 대체 그들은 무엇인가요?"

"실제로는 아무 것도 아니야."

"그럼 어디서 왔지요?"

"그들은, 사람들이 생겨날 기회를 주어 생겨난 존재야. 사람들이 주는 기회만으로도 그들은 충분히 생겨나. 그런데다 이제 사람들은 그들에게 지배할 수 있는 힘까지 주고 있어. 그리고 이 힘만으로도 충분히 그들은 사람들을 지배할 수 있어."

"그럼 그들이 더 이상 시간을 훔칠 수 없게 된다면요?"

"그럼 그들은 처음 출발점으로 되돌아가겠지."

호라 박사는 모모에게서 안경을 벗겨 주머니에 집어 넣었다.

"그렇지만 유감스럽게도……,"

그는 한참 뒤 말을 이었다.

"그들은 벌써 사람 가운데 많은 협력자를 갖고 있어. 그것이 불리한 일이야."

"저는,"

모모는 잘라 말했다.

"제 시간을 누구에게도 빼앗기지 않겠어요!"

"나도 그러길 바란단다."
호라 박사는 말했다.
"이리 오렴, 모모. 내 수집품을 보여 주마."
그 순간 그의 모습은 문득 다시 노인처럼 되었다.
그는 모모의 손을 잡고 커다란 홀로 데리고 나갔다. 그리고 이런저런 시계들을 가리켜 보이고, 장난감 시계를 돌려 보게 하고, 또 천체의를 구경시켜 주었다. 이렇게 자기의 꼬마 손님이 갖가지 신기한 물건을 보고 즐거워하는 장면 앞에서 그의 모습은 점점 다시 젊어졌다.
"수수께끼 좋아하니?"
그는 계속 걸어가며 예사로이 물었다.
"아, 네, 좋아해요!"
모모가 대답했다.
"문제를 내실래요?"
"그래."
호라 박사는 웃음 띤 얼굴로 모모를 바라보며 말했다.
"그렇지만 어려운 거야. 그걸 풀 수 있는 사람은 드물단다."
"좋아요."
모모가 말했다.
"그러면 외어 두었다가 나중에 친구들에게 풀어 보게 할래요."
"정말 기대되는걸."
호라 박사가 대꾸했다.
"네가 답을 풀어 낼 수 있을지. 잘 들어 봐."

세 형제가 한 집안에 살고 있는데, 그들의 모습은 서로 달라. 그런데도 구별을 해서 보려 하면 제각기 다른 둘과 같아 보이는 거야.

맏형은 거기에 없어. 이제 막 집으로 오고 있어.

둘째 형도 거기에 없어. 그는 벌써 나가 버렸어.

다만 셋째만이 거기에 있어. 셋 가운데 막내만이.

사실 막내가 없으면 다른 둘도 있을 수가 없어.

그런데도 문제가 되는 세째의 존재 이유는, 오로지 첫째가 둘째로 변화하는 데 있어. 막내를 보려고 하면 우리는 언제나 다른 둘 가운데 하나를 볼 뿐인 거야.

자, 이제 말해 봐. 이 세 형제는 하나일까?

아니면 둘뿐일까? 또는 결국…… 아무도 없는 걸까?

꼬마야, 이 형제들의 이름을 맞힐 수 있다면,

너는 셋의 막강한 지배자를 알아맞히는 셈이야.

그들은 함께 커다란 왕국을 다스리고 있어.

동시에 그들 자신이 왕국이기도 해! 그 왕국 안에서 그들은 꼭 같아.

호라 박사는 모모를 바라보면서 생각을 북돋아 주려는 듯이 고개를 끄덕였다. 모모는 긴장해서 귀를 기울였다. 뛰어난 기억력을 가진 모모는 수수께끼를 천천히 한 마디 한 마디 돌이켜보았다.

"어휴!"

그리고 한숨을 쉬었다.

"정말 어려운데요. 뭔지 전혀 짐작조차 안 가요. 어떻게 실마리를 잡아야 할지 통 모르겠어요."

"잘 생각해 봐."

호라 박사는 말했다.

모모는 다시 한 번 수수께끼를 처음부터 끝까지 혼자서 중얼거렸다.

그러고는 다시 고개를 가로저었다.

"안 되겠어요."

모모는 손을 들었다.

거북이가 어느 새 그들 뒤를 따라와 있었다. 거북이는 호라 박사 옆에 앉아 모모를 주의깊게 바라보았다.

"자, 카시오페이아."

호라 박사가 말했다.

"너는 뭐든 반 시간 전에 미리 알 수 있지. 어디 모모가 수수께끼를 풀겠니?"

"풀어요!" 이 글씨가 카시오페이아의 등에 나타났다.

"이것 봐!"

호라 박사는 모모를 향해 말했다.

"네 힘으로 풀게 될 거야. 카시오페이아는 틀림없어."

모모는 이마를 좁히고 다시 온 정신을 쏟아 생각했다. 도대체 어떤 세 형제가 한 집안에 살고 있을까? 인간이 아니라는 점만은 분명했다. 수수께끼에서 형제들이란 늘, 사과씨라든가 이빨이라든가, 아무튼 그런 것과 같은 종류의 것이다. 하지만 이 수수께끼에서 세 형제는 서로 변신을 한다. 서로 변신하는 것이 뭐지? 모모는 주위를 둘러보았다. 움직이지 않는 불꽃을 태우고 있는 양초들이 즐비하게 있었다. 밀랍이 불꽃이 되면서 빛으로 변하고 있었다.

'그래, 저게 세 형제인가봐.'

하지만 들어맞지 않는다. 셋이 모두 한꺼번에 거기 있지 않은가. 그것 가운데 둘은 거기에 없어야만 하지 않은가. 그렇다면 해답은 어쩌면 꽃, 열매, 씨앗 같은 것인지도 몰라. 과연 상당히 많은 점이 들어맞았다. 그 셋 가운데에서 씨앗은 가장 작지 않은가. 그리고 씨앗이 거기 있을 때 나머지 둘은 거기 없는 것이었다. 게다가 씨앗이 없으면 다른 둘도 있을 수 없잖은가. 하지만 이것 역시 해답이 될 수 없었다! 왜냐하면 씨앗은 어쨌든 얼마든지 눈으로 볼 수 있는 것이다. 수수께끼에선 셋 가운데 막내를 보려면 으레 다른 형제 가운데 하나를 보게 될 뿐이라고 하잖았는가.

모모의 생각은 이리저리 뒤흔들렸다. 어떻게 풀어 나가야 할지 도저히 실마리가 잡히지 않았다. 하지만 카시오페이아는 알아맞힐 거라고 말하지 않았는가. 모모는 다시 처음부터 수수께끼의 내용을 차근차근 되새겨 보았다.

모모가 "맏형은 거기에 없어, 이제 막 집으로 오고 있어……"라는 대목에 이르렀을 때 거북이가 모모를 향해 꿈틀거렸다. 거북이의 등에 "내가 알고 있는 거야!"라는 말이 나타났다 곧 사라졌다.

"가만 있어, 카시오페이아!"

호라 박사는 돌아보지 않은 채 빙그레 웃으며 말했다.

"힌트를 주지 마라! 모모는 혼자 힘으로 풀 수 있어."

모모는 거북이 등의 암호를 물론 보았고, 그것이 무엇을 의미할까 생각에 골몰했다. 카시오페이아가 아는 것이 대체 뭐람? 거북이는 모모가 수수께끼를 풀거라는 것을 알고 있었다. 하지만 그것은 수수께끼를 푸는데 아무런 도움도 안 되는 것이었다.

그럼 거북이는 또 무엇을 아는가? 거북이는 앞으로 일어날 모든 일을 알고 있었다. 거북이가 알고 있는 것은……

"미래!"

모모는 크게 소리쳤다.

"맏형은 거기에 없어, 이제 막 집으로 오고 있어. 그것은 미래예요!"

호라 박사는 고개를 끄덕였다.
"그리고 둘째는,"
모모는 계속 이어 말했다.
"거기에 없어, 벌써 나가 버렸어, 그럼 이건 과거예요!"
다시금 호라 박사는 고개를 끄덕이며 기쁨에 찬 환한 웃음을 지었다.
"그렇지만 지금부터,"
모모는 생각에 잠겨 말했다.
"지금부터가 어려워요. 대체 세째가 뭘까요? 셋 가운데 막내라고 했어요. 사실 막내가 없으면 다른 둘도 없다고 했지요. 그리고 세째는 거기에 있는 유일한 존재예요."
모모는 곰곰히 생각하다가 불쑥 소리쳤다.
"그것은 현재예요! 바로 이 순간이에요! 과거란 지금 막 지나간 순간들이고, 미래란 이제 막 오고 있는 순간들이에요! 그러니까 만약 현재라는 게 없으면 둘 다 없을 거예요. 정말 맞았어요!"
모모의 뺨은 열이 나서 시뻘개졌다. 모모는 말을 이었다.
"하지만 다음 구절은 무슨 뜻인가요?

그런데도 문제가 되고 있는 세째의 존재 이유는 오로지 첫째가 둘째로 변화하는 데 있어…….

그러니까 현재란 미래가 과거로 변하기 때문에 존재한다는 뜻이군요!"
모모는 놀라워하며 호라 박사를 바라보았다.
"정말 그래요! 저는 그런 생각을 해본 적이 없어요. 그렇다면 순간이란 처음부터 있는 것이 아니고 다만 과거와 미래만이 있는 셈이지요? 사실 지금 내가, 예를 들어 이 순간에, 순간에 대해 말을 하고 있지만, 그것은 벌써 어느 새 과거가 되어 버린 것이에요! 아, 이제 알겠어요. '막내를 보려고 하면, 언제든지 다른 둘 가운데 하나를 볼 뿐인 거야'라는 말이 무슨 뜻인지를. 이젠 다른 나머지 것도 이해가 돼요. 근본적으로 세 형제 가운데 하나만 존재한다고 생각할 수 있으니까요. 이를테면 현재만, 아니면 과거나 미래만. 아니면 또 전혀 존재치 않는다고 생각할 수도 있지요. 다른 형제들 역시 존재하는 경우에만, 각기 존재하니까요! 온통 머리가 뱅뱅 도는 것 같네요!"

"그렇지만 수수께끼는 아직 안 끝났어."

호라 박사가 말했다.

"같이 다스리고, 동시에 그들 자신이기도 한 커다란 왕국이 대체 뭐겠니?"

모모는 어쩔 줄 몰라 호라 박사를 쳐다보았다. 그게 뭐지? 대체 과거, 현재, 미래를 합한 것이 뭘까?

모모는 거대한 홀 안을 둘러보았다. 꼬마의 시선은 수천 수만 가지의 시계 위를 떠다녔다. 그러더니 문득 눈에 빛을 발했다.

"시간이요!"

모모는 소리치며 손뼉을 쳤다.

"그래요, 그건 시간이에요! 시간이 바로 왕국이에요!"

그리고 모모는 기뻐서 깡충깡충 뛰어올랐다.

"자, 그럼 세 형제가 살고 있는 왕국이 무엇인가 말해 봐라!"

호라 박사가 말했다.

"그건 세상이에요."

모모가 대답했다.

"브라보!"

호라 박사 역시 손뼉을 치며 소리쳤다.

"정말 대단하구나, 모모! 수수께끼 선수로구나! 정말 나도 기쁘단다!"

"저도 기뻐요!"

모모는 그렇게 대답하면서도 마음속으로는 자기가 수수께끼를 푼 것을 호라 박사가 왜 그토록 기뻐하는지 조금 의아스러웠다.

시계가 진열된 홀을 계속 걸어가면서 호라 박사는 다른 진기한 물건들을 가리켰다. 하지만 모모의 머릿속은 여전히 수수께끼에 매달려 있었다.

"말씀해 주세요."

이윽고 모모는 입을 열었다.

"도대체 시간이라는 게 원래 어떤 존재이지요?"

"네가 지금 막 알아맞히지 않았니?"

호라 박사는 말했다.

"아니, 저……,"

모모는 말했다.

"시간 자체, 그것은 어쨌든 무언가임이 틀림없어요. 시간은 엄연히 존재해요. 대체 시간이란 실제로 무엇일까요?"

"네가 그것까지도 대답할 수 있다면 좋겠구나."

호라 박사는 말했다.

모모는 한참 생각에 잠겼다.

"시간은 존재하고 있어요."

모모는 생각에 잠긴 채 중얼거렸다.

"어쨌든 그건 확실해요. 하지만 그것을 잡아 볼 수는 없어요. 또 묶어 놓을 수도 없구요. 어쩌면 시간은 향기와 같은 것이 아닐까요? 하지만 시간은 또한 끊임없이 지나가고 있는 그 무엇이에요. 그러니까 그것은 어딘가에서 오고 있는 원천을 가진 게 아닐까요? 아니면……, 아니예요, 이제 알겠어요! 어쩌면 시간은 늘 거기에 있기 때문에 사람들이 지나쳐 버리고 듣지 않는 일종의 음악일 거예요. 사실 저는 벌써 여러 번 그런 음악을 들었던 것 같아요. 아주 나직한."

"알고 있다."

호라 박사는 고개를 끄덕였다.

"그래서 사실 내가 너를 내 집으로 부를 수 있었단다."

"그렇지만 거기엔 무엇인가 또 다른 것이 있어요."

모모는 계속 생각에 매달리며 말했다.

"사실 그 음악은 아득히 멀리서 들려 오는 것이었어요. 그런데도 내 마음속 깊숙이 파고들면서 울렸어요. 아마 시간은 그런 것일 거예요."

모모는 멋적은 듯 입을 다물었다가 머뭇머뭇 덧붙였다.

"저……, 바람으로 인해 물 위의 파도가 생겨나는 것 같은…… 아, 아무래도 제가 바보 같은 소리를 지껄인 것 같네요!"

"아니,"

호라 박사는 말했다.

"정말 표현을 잘 했다. 그래서 말인데, 너한테 비밀을 하나 털어놓으마. 이 집에서 모든 사람들의 시간이 나간단다."

모모는 놀란 시선으로 호라 박사를 바라보았다.

"아,"

그리고 조그만 소리로 말했다.

"박사님이 직접 시간을 만드세요?"

호라 박사는 다시 미소를 머금었다.

"아니다, 꼬마야. 나는 그냥 관리하는 사람일 뿐이야. 내가 하는 일은 한 사람 한 사람에게, 정해진 시간을 나누어 주는 거란다."

"그럼 시간 도둑들이 사람들에게서 시간을 못 훔쳐가게 박사님께서 간단히 조정하실 수는 없나요?"

모모는 물었다.

"아니, 그건 내 힘 밖의 일이야."

호라 박사는 말했다.

"사람들이 자신들의 시간으로 무엇을 할지는 스스로가 결정하지. 사람들 스스로가 시간을 보호해야 해. 나는 그저 나누어 줄 수 있을 뿐이야."

모모는 홀을 둘러보고 나서 물었다.

"그래서 이렇게 많은 시계를 갖고 계시나요? 한 사람 몫으로 하나씩, 네?"

"아니다, 모모."

호라 박사는 대답했다.

"시계 수집은 단지 내 취미일 뿐이야. 이것들은 모든 사람이 가슴 속에 갖고 있는 기관의 아주 엉성한 모조품이란다. 사실 빛을 보기 위해 눈이 있고 소리를 듣기 위해 귀가 있듯이, 사람은 시간을 알기 위해 심장을 갖고 있는 거야. 그리고 심장으로 알 수 없는 모든 시간은 잃어버린 시간이란다. 보이지 않는 사람 앞에 무지개 빛깔이나 들리지 않는 사람에게 새의 지저귐처럼. 그런데 안타깝게도 고동은 치는데도 아무 것도 느끼지 못하는, 눈 멀고 귀 먹은 심장이 세상에는 수두룩하단다."

"그럼 저의 심장이 뛰기를 멈춰 버리면 어떻게 되지요?"

모모가 물었다.

"그럼,"

박사는 대답했다.

"네 몸의 시간도 멈춘단다, 꼬마야. 너 자신이 바로 시간을 타고, 즉 네 몸의 모든 밤과 낮, 달 과 해를 타고, 거슬러 돌아가는 존재라고 말할 수 있겠지. 너는 네 삶을 타고 맨 처음에 네가 들어섰던 커다란 은빛 둥근 성문에 이르기까지 되돌아가는 거야. 그 문을 너는 다시 나가는 거야."

"그럼, 그 바깥쪽은 무엇인가요?"

"그럼 너는, 네가 종종 나직하게 들었던 음악이 흘러나오는 곳으로 가는 거란다. 그리고 너도 그 음악이 되는 거야. 너 자신도 그 안에서 하나의 소리가 되는 거지."

그는 모모를 찬찬히 뜯어보았다.

"아직도 잘 이해 못하겠니?"

"알겠어요."

모모는 나직이 말했다.

"알 것 같아요."

모모는 온통 거꾸로 지나왔던 시간의 거리를 돌이키며 물었다.

"박사님은 죽음인가요?"

호라 박사는 미소를 머금고 한참 잠자코 있다가 대답했다.

"사람들이 죽음이 무엇인가를 안다면, 죽음을 두려워하지 않게 될 거다. 그리고 죽음에 대한 두려움을 갖지 않게 된다면, 아무도 사람들에게서 시간을 훔치지 못할 거다."

"그렇다면 사람들에게 그 사실을 알려 주기만 하면 되겠네요."

모모가 의견을 제시했다.

"그렇게 생각하니?"

호라 박사는 물었다.

"나는 매 시간 사람들에게 그 사실을 말해 준단다. 시간을 나누어 주면서 말이지. 그렇지만 아무래도 사람들은 내 얘기에 귀를 기울이려 하지 않는 것 같아. 오히려 두려움을 주는 자들의 말을 믿으려고 하는구나. 그 또한 아무래도 풀 수 없는 수수께끼야."

"저는 두렵지 않아요."

모모는 말했다.

호라 박사는 천천히 고개를 끄덕였다. 그리고 잠시 모모를 바라보고는 물었다.

"시간이 어디서 오는지 보고 싶니?"

"예."

모모는 나직이 말했다.

"내가 데려다 주마."

호라 박사는 말했다.

"그렇지만 그 곳에서는 입을 열어선 안 돼. 아무 것도 묻지 말고, 아무 말도 하지 말아야 해. 약속하겠니?"

모모는 입을 다문 채 고개를 끄덕였다.

그러자 호라 박사는 몸을 굽혀 모모를 덥석 안아 올려 팔에 꽉 껴안았다. 갑자기 그의 모습은 설명할 수 없는, 나이 많은 거인처럼 보였다. 그렇지만 평범한 노인이 아니라, 태고의 고목처럼, 또는 바위산처럼 보였다. 그는 손으로 모모의 눈을 가렸다. 그것은 모모에게 마치 얼굴에 떨어지는 가볍고 차가운 눈송이처럼 느껴졌다.

호라 박사에게 안긴 모모는 길고 어두운 복도를 지나가는 듯한 느낌이 들었다. 그런데도 조금도 불안하지 않고 너무나 아늑하게 느껴졌다. 처음 모모는 자신의 심장이 뛰는 소리가 들리는 것 같은 생각이

들었다. 그러던 것이 점차, 호라 박사의 발자국 울림같이 느껴졌다.

무척 먼 길이었다. 이윽고 그는 모모를 내려놓았다. 그는 바로 모모의 눈 앞에 얼굴을 마주 대고는 눈을 둥그렇게 뜨며 손가락을 입에다 대었다. 그리고 일어서더니 뒤로 물러섰다.

그들은 황금빛 어스름에 에워싸여 있었다.

한참만에 모모는 자기가 거대한 원형 지붕 아래, 그야말로 온 하늘만큼 커 보이는 지붕 아래 서 있음을 깨달았다. 이 거대한 지붕은 온통 황금으로 되어 있었다. 천장 한가운데는 둥그런 구멍이 뚫려 있었고, 그 구멍을 통하여 하나의 빛 기둥이 둥그런 호수 위를 수직으로 뚫고 쏟아져 내리고 있었다. 호수는 검은 거울처럼 매끈하고 잔잔했다.

호수 바로 위, 빛의 기둥 안쪽에서 무엇인가 밝은 별 같은 것이 반짝였다. 그것은 위엄 있게 서서히 움직이고 있었다. 모모는 그것이 검은 수면 위를 왔다갔다하는 엄청나게 큰 진자—일정한 점이나 일정한 축의 둘레를 주기적으로 움직이는 물체—임을 알아보았다. 하지만 그것은 어느 한 곳에 걸려 있는 것이 아니라, 그냥 두둥실 떠 있을 뿐, 무게도 없어 보였다.

이 별의 진자가 서서히 호수의 가장자리로 점점 가까이 가자, 그 곳 깜깜한 물 속에서 거대한 꽃봉오리 하나가 떠올랐다. 진자가 가까와질수록 꽃봉오리는 점점 벌어져서 마침내는 활짝 핀 모습으로 수면 위에 떠 있었다.

모모는 일찍이 이토록 찬란한 꽃을 본 적이 없었다. 그것은 마치 하나의 빛덩어리로 이루어진 듯한 꽃이었다. 모모는 그런 색깔이 있다는 상상조차 해 본 적이 없었다. 별의 진자가 한 순간 꽃 위에 머물렀다. 모모는 이 광경에 완전히 넋이 빠져서 다른 모든 것을 잊어버렸다. 다

만 꽃의 향기만은, 꼬집어 이야기할 수는 없으나 모모 자신이 늘 동경해 왔던 그 무언가처럼 느껴졌다.

하지만 곧 진자가 천천히 흔들리며 되돌아가자, 진자가 서서히 멀어져 가는 동시에 그 찬란한 꽃이 시들어 갔다. 그 장면을 보고 모모는 소스라치게 놀랐다. 꽃잎이 하나씩 떨어지더니 어둡고 깊은 물 속으로 가라앉아 버리는 게 아닌가. 다시는 돌아올 수 없는 무엇이 영원히 떠나 버린 듯, 모모는 크나큰 아픔으로 가슴이 메어졌다.

진자가 검은 호수의 한가운데 위에 닿았을 때, 찬란한 꽃은 완전히 져버렸다. 하지만 그와 동시에 어두운 물 속에서 건너편 호수 위로 또 하나의 꽃봉오리가 솟아올랐다. 그리고 진자가 천천히 이 봉오리에 다가가자 한층 더 찬란한 꽃이 활짝 벌어지기 시작하는 게 아닌가. 모모는 그것을 지켜 보았다. 그리고 더 가까이에서 보려고 호수를 빙 돌아갔다.

이번의 꽃은 앞서 핀 꽃과 전혀 달랐다. 이 꽃의 빛깔도 역시 모모에겐 낯선 것이었다. 하지만 이 꽃이 더욱 크고 아름다워 보였다. 꽃의 향기도 전혀 달랐다. 훨씬 황홀했다. 바라볼수록 더욱 신비스러운 세세한 부분들이 모모의 눈에 띄었다.

하지만 다시 별의 진자는 방향을 돌렸고, 황홀한 빛은 사라지고 꽃잎은 시들어 한 잎 한 잎, 바닥도 알 수 없는 검은 호수의 아래로 가라앉아 버렸다.

천천히 진자는 반대 방향으로 되돌아갔다. 그리고 이번에는 처음과 같은 지점에 머물지 않고 조금 멀리까지 움직여 갔다.

그리고 앞 지점의 조금 옆에서 또 다시 꽃봉오리가 솟아오르더니 서서히 피기 시작했다.

이번의 꽃은 모모가 본 꽃 가운데서 가장 아름다운 꽃이었다.

꽃 중의 꽃이요, 또 다시 있을 것 같지 않은 기적의 꽃이었다.

이 완전한 꽃 역시 곧 시들기 시작하여 어두운 심연으로 가라 앉는 장면을 보자, 모모는 엉엉 소리내어 울고 싶었다. 그렇지만 호라 박사와 한 약속을 떠올리면서 울음을 꾹 눌렀다.

역시 또 반대편으로 진자는 한 걸음 더 멀리까지 흔들려 갔고, 새로운 꽃이 어두운 물 속에서 솟아올라왔다.

새로 피는 꽃은 그 때마다 앞서 핀 꽃들과 전혀 다르다는 것을, 새로 막 핀 꽃이 가장 아름답게 보인다는 것을 모모는 깨달았다.

끊임없이 호수 언저리를 돌면서 모모는 꽃이 차례로 솟아올라 피었다가 사라져 가는 광경을 지켜 보았다. 그러면서도 이 광경을 바라보는 일에 조금도 지칠 것 같지 않게 느껴졌다.

하지만 모모는 시간이 가면서 여기서는 자기가 지금껏 깨닫지 못한 일이, 전혀 다른 일이 끊임없이 벌어지고 있음을 알게 되었다.

천장의 한가운데서 쏟아져 내리는 빛의 기둥은 그저 눈으로 보이는 광경만이 아니었다. 모모는 이제 그 소리를 듣기 시작했다!

처음에는 저 멀리 나무 꼭대기에서 들려 오는 바람의 살랑거림처럼 들렸다. 하지만 그 살랑거림은 점점 웅장해져서 폭포 소리처럼, 아니면 해안의 바위에 부딪치는 바닷물결의 포효처럼 울려 왔다.

그리고 모모는 이 웅장한 울림이 쉴새없이 새로이 늘어서고 변하면서 끊임없이 새로운 화음을 이루는, 헤아릴 수 없이 많은 울림으로 짜여 있음을 점점 또렷하게 알아들었다. 그것은 음악이면서도 동시에 전혀 다른 무엇이었다. 불현듯 모모는 그 소리를 다시 알아들었다. 그것은 이미 반짝이는 별 하늘 밑에서 정적에 귀를 기울일 때 종종 들었던, 나직하게 아득히 먼 데서 울려 오는 것 같았던, 바로 그 음악이었던 것이다.

점차 이 울림들은 더 밝고 맑아져 갔다. 모모는 이 울리는 빛이야말로 하나하나의 꽃을 여러 꽃들 가운데서 구별되는 모습으로, 또 다시 있을 수 없는 유일한 모습으로, 어두운 물의 깊은 곳에서 솟아오르게 하여 피게 해주는 근원임을 깨달았다.

오랫동안 귀기울여 들으면 들을수록 모모는 낱낱의 소리들을 또렷하게 구별할 수 있었다. 하지만 그 소리는 사람의 소리가 아니라, 금과 은, 그리고 온갖 다른 금속들의 화음이었다. 더불어 그 화음의 뒤에서 전혀 다른 종류의 소리들, 상상할 수 없는 심원, 설명할 수 없는 힘으로부터 나오는 소리들이 뒤이어 울려 나왔다. 이 음악은 점점 더 또렷해져서 모모는 이제 그것의 말을 알아들을 수 있었다. 지금껏 전혀 들어 본 적이 없는 언어였지만 알아들을 수 있었던 것이다. 해와 달, 유성과 별들이 진짜 이름을 말하고 있었다. 이 이름에는 별들이 무엇을 하며 하나하나 시간의 꽃을 피우고 다시 지게 하기 위해 다 같이 어울려 어떠한 작용을 하는지가 포함되어 있었다.

그리고 불현듯 모모는 이 모든 언어가 자기를 향하고 있음을 깨달았다! 아주 먼 곳의 별을 비롯해 온 세계가, 상상할 수 없이 큰 단 하나의 얼굴을 하고 자기 쪽을 들여다보며 말을 거는 것이 아닌가!

그러자 두려움이라기보다는 보다 큰 무엇이 모모를 엄습해 왔다.

그 순간, 모모는 말없이 손짓하는 호라 박사를 보았다. 허겁지겁 그에게로 달려가 팔에 안겨 그의 가슴에 얼굴을 묻었다. 다시금 그의 손이 눈송이처럼 모모의 눈을 가렸다. 어둠과 정적이 깔렸다. 아늑함이 느껴졌다. 호라 박사는 모모를 안고 다시 긴 복도를 되돌아왔다.

다시 시계로 가득한 작은 방에 들어섰을 때 그는 모모를 푹신한 소파에 뉘었다.

"호라 박사님."

모모는 소곤거렸다.
"저는 전혀 몰랐어요. 모든 사람들의 시간이 그렇게……,"
모모는 적절한 말을 생각했지만 떠오르지 않았다.
"위대하다는 것을……."
모모는 말을 맺었다.
"네가 보고 들은 것이, 모모."
호라 박사가 말했다.
"바로 모든 사람의 시간은 아니란다. 다녀온 그것은 다만 너 자신의 시간이었어. 모든 사람들에게는 방금 네가 다녀온 그런 곳이 있어. 그렇지만 내 팔에 안겨서만이 그 곳에 갈 수 있어. 게다가 그냥 보통 눈으로는 그것을 볼 수가 없단다."
"그럼 저는 대체 어디에 가 있었나요?"
"너 자신의 마음속에……"
호라 박사는 모모의 더벅머리를 다정하게 쓰다듬었다.
"호라 박사님."
모모는 다시 속삭였다.
"내 친구들도 여기 데려 올 수 있나요?"
"안 돼."
그는 대답했다.
"그럴 수는 없어."
"그럼 저는 여기 얼마나 오래 머물 수 있나요?"
"너 자신이 친구들에게 돌아갈 때까지다, 꼬마야."
"그럼, 별들이 내게 들려 준 얘기를 친구들에게 하는 건 괜찮나요?"
"해도 괜찮아. 그렇지만 너는 할 수 없을 거야."
"왜요?"

"그러기 위해서는 그것에 필요한 말이 우선 네 안에서 자라야 할 테니까."

"그래도 나는 친구들에게 알려 주고 싶은 걸요. 모두들에게! 친구들에게 그 소리들을 노래로 들려 줄 수 있었으면 좋겠어요. 그렇다면 모든 게 다시 잘 될 텐데요."

"정말 그러기를 바란다면, 모모. 너는 기다릴 수 있어야 해."

"기다리는 것은 저에게 쉬운 일이에요."

"씨앗처럼 기다리는 거야, 꼬마야. 싹이 나려고 태양이 한 바퀴 돌 때까지 땅 속에 묻혀 잠자는 씨앗처럼. 네 안에서 말이 자라게 되기까지는 그만큼 오랜 시간이 걸린단다. 그렇게 하겠니?"

"예."

모모는 나직이 대답했다.

"그럼 자거라."

호라 박사는 모모의 눈썹을 가볍게 쓰다듬으며 말했다.

"푹 자는 거야."

모모는 행복하게 숨을 깊게 들이쉬고는 잠이 들었다.

3 시간의 꽃

각국의 모모 표지

핀란드판

이탈리아판

체코판

독일어문고판

터키판

스웨덴판

그 곳에서는 하루, 이 곳에서는 한 해

 모모는 잠에서 깨어나 눈을 떴다. 한동안 모모는 자기가 어디 있는지를 알 수 없어 한참 생각했다. 그리고 잔디가 뒤덮인 원형 극장 옛터의 돌계단 위에 있는걸 알고는 어리둥절했다. 방금 전까지만 해도 호라 박사의 집, 저 먼 곳에 있지 않았던가? 그런데 어떻게, 어느 새 이리로 와 있단 말인가?
 언저리는 어둡고 싸늘했다. 동쪽 지평선에서 첫 새벽빛이 어슴 푸레 밝아 오고 있었다. 모모는 으스스 몸을 떨면서 헐렁한 웃옷을 꼭꼭 여몄다.
 너무나 또렷하게 모모는 그 동안 겪었던 모든 일들을 생생히 떠올렸다. 거북이를 따라 큰 도시를 누비며 밤길을 걸어갔던 일, 신비스러운 빛과 눈부시게 새하얀 집들로 가득 찬 도시, 초시간의 거리, 수없이 많은 시계가 있던 홀, 초콜릿이랑 동그란 빵, 호라 박사와 주고받았던 한 마디 한 마디, 수수께끼 등을 모두 기억했다. 하지만 그 중에서도 황금 지붕 아래에서의 체험은 너무나 또렷했다. 두 눈을 감으면, 그 전에 한 번도 본 적이 없는 찬란한 꽃들의 광채가 눈앞에 생생하게 살아올랐다. 그리고 해와 달과 별의 음성들이, 지금도 가락을 따라 부를 수 있을 만큼 또렷하게 모모의 귀에서 아직도 울리고 있었다.

그렇게 노래를 따라 부르는 동안, 모모의 마음속에는 말들이 짜여져 갔다. 꽃 향기와 일찌기 보지 못했던 그 광채를 알맞게 표현해 주는 언어들이! 모모의 기억 속에 있는 음성들은 이 언어를 발음해 주는 소리였다. 뿐만 아니라 기억해 내는 가운데 그야말로 신비스러운 일이 벌어졌다. 모모는 기억 속에서 자기가 보고 들은 것만을 눈앞에 보는 것이 아니라 더 많은 것을, 보다 더 많은 것을 보는 것이었다. 마르지 않는 마술의 샘에서처럼 수천 가지의 시간이 꽃으로 피어올랐다. 게다가 꽃봉오리 하나하나마다 새로운 말들이 울려나왔다. 모모는 주의깊게 자기 마음 속에 귀를 기울이는 것만으로 그 말들을 따라 할 수 있었고, 심지어는 같이 노래를 부를 수 있었다. 그것은 신비롭고 불가사의한 일들을 말하고 있었지만, 따라 하는 동안에 모모는 의미를 이해할 수 있었다.

호라 박사가 말한, 언어가 먼저 자기 안에서 자라야 한다는 것이 바로 이런 것이었구나!

아니면 결국 모든 것이 꿈이었을까? 그 모든 것이 현실이 아니었단 말인가? 하지만 아직도 생각에 잠겨 있는 모모의 눈에, 저 아래 둥근 광장의 한가운데서 무엇인가 기어가는 것이 보였다. 거북이가 거기서 아주 느릿느릿 뜯어먹을 풀을 찾고 있지 않은가!

재빨리 모모는 거북이에게 기어내려가 그 옆 땅바닥에 웅크리고 앉앉다. 거북이는 다만 힐끗 머리를 들고는 그 태고의 검은 눈으로 꼬마를 유심히 훑어보더니 다시 유유히 먹을 것을 찾았다.

"안녕, 거북아."

모모가 말했다.

거북이의 등에는 아무런 대답도 나타나지 않았다.

"네가,"

모모는 물었다.

"어젯밤 나를 호라 박사에게 데려갔었니?"

여전히 아무런 대답이 없었다. 모모는 실망해서 한숨을 내쉬었다.

"참 유감이로구나."

모모는 중얼거렸다.

"그러니까 너는 그냥 보통 거북이일 뿐, 그…… 아, 이름을 잊어버렸어. 참 예쁜 이름이었는데, 퍽 길고 야릇했어. 처음 들어 본 이름이었어."

"카시오페이아!"

갑자기 거북이의 등에 반짝이는 글씨가 희미하게 나타났다. 모모는 기뻐서 어쩔 줄 모르며 그것을 알아보았다.

"맞았어!"

모모는 소리치며 손바닥을 마주쳤다.

"바로 그 이름이야! 그럼 네가 그 거북이니? 네가 호라 박사의 거북이지, 응?"

"나 말고 누구겠니?"

"그럼 왜 아까는 대답을 안 했니?"

"아침 식사중이야."

거북이의 등에 나타났다.

그 곳에서는 하루, 이 곳에서는 한 해 229

"미안해!"

모모는 대답했다.

"너를 방해할 생각은 정말 없었어. 나는 내가 어떻게 갑자기 여기로 다시 와 있는지를 알고 싶었을 뿐이야."

"너의 소원이었어!"

대답이 나타났다.

"이상해라."

모모는 중얼거렸다.

"그런 기억이 전혀 없는데. 그럼 카시오페이아, 너는 왜 호라 박사 곁에 있지 않고 나를 따라왔니?"

"나의 소원이야!"

거북이 등에 글자가 나타났다.

"고마워."

모모는 말했다.

"정말 너는 친절하구나."

"천만에."

이로써 일단 할 말이 끝났는지 거북이는 멈췄던 아침 식사를 계속하러 뒤뚱뒤뚱 기어갔다.

모모는 돌계단 위에 앉아 베포와 지지, 그리고 아이들을 만날 기대에 부풀었다. 그리고 가슴 깊은 곳에서 그치지 않고 울리고 있는 음악에 귀를 기울였다. 완전히 혼자이고 아무도 들어 주는 이가 없는데도, 모모는 점점 또렷하게 큰 소리로 가락과 노랫말을 따라 불렀다. 지금 막 떠오르는 해를 향해. 모모는 새와 귀뚜라미, 나무들, 그리고 이제는 옛 돌멩이까지도 자기의 노래를 귀 담아 듣고 있는 느낌이 들었다.

모모는 이제 오랜 시간 동안 자기에게 귀기울여 줄 사람이 아무도 없으리라는 것을 알 리가 없었다. 친구를 기다리고 있는 것이 헛일이라는 것을, 자기가 떠나가 있던 시간이 아주 오랜 시간이었으며, 그 동안 세계가 달라져 버렸다는 사실을 전혀 모르고 있었다.

회색 무리들은 여행안내원 지지와 비교적 쉽게 인연을 맺었다.

그것은, 일 년 전 모모가 갑자기 흔적도 없이 사라져 버린 얼마 뒤, 지지에 관한 보도가 담긴 꽤 긴 기사가 신문에 실린 것이 계기가 되었다. 거기엔 '마지막 진정한 이야기꾼'이라는 제목으로, 그를 만날 수 있는 장소와 시간과 아울러, 이 사람이야말로 꼭 만나 볼 만한 매력 있는 인물이라고 실려 있었다.

그러고 나자 지지에게 이야기를 들으려고 원형극장 옛터로 오는 사람들이 점점 많아졌다. 물론 지지로서야 환영하지 않을 이유가 없었다. 그는 언제나처럼 떠오르는 생각대로 이야기하고 모자를 들고 한 바퀴 돌았다. 그 때마다 모자는 언제나 동전과 지폐로 가득 채워지곤 했다. 곧 그는 어느 여행사에 취직이 되었고, 그 곳에서 자신을 하나의 관광 대상으로 제공하는 대신 상당한 금액을 받았다. 관광버스가 여행자들을 데려왔고, 얼마 뒤 지지는, 돈을 지불하는 모든 여행자들이 이야기를 들을 수 있게 정규 시간표를 짜야만 했다.

그 때부터 지지는 모모가 몹시 아쉬워졌다. 여전히 그 때까지는 아무리 두 배의 돈을 받게 되더라도 똑같은 이야기를 두 번 반복하는 일은 애써 피하고 있었지만, 그의 이야기는 이미 날개를 잃어 버리고 있었다.

몇 달 안 가서 그는 이제 원형극장 터에 나서서 모자를 들고 돌아다닐 필요가 없게 되었다. 라디오 방송국에서 그를 끌어갔고, 곧 이어

텔레비전 방송에도 출연하게 되었다. 그는 이제 매주 세 번씩 수백만의 시청자 앞에서 이야기를 하고 엄청난 돈을 벌게 되었다.

그러는 사이에 그는 원형극장 옛터의 이웃을 떠나 부유한 유명 인사들이 사는 도시의 전혀 딴 구역에서 살게 되었다. 그는 잘 손질된 정원의 한가운데 자리잡은 현대식 커다란 주택을 세내어 살았다. 또한 그는 스스로를 지지라는 이름에서 '지로라모'라고 바꿔 불렀다.

물론 그는 옛날처럼 줄기차게 새 이야기를 만들어 내는 일 따위는 오래 전에 그만 두었다. 도무지 그럴 시간이 없었다.

그는 살림을 하듯이 자기의 상상을 다루기 시작했다. 이젠 한 가지 상상에서 곧잘 다섯 가지 이야기를 만들어 냈다.

하지만 점점 늘어 가는 주문에 응하기에는 이것 역시 여의치 않게 되자, 어느 날 그는 하지 말아야 할 일을 하고 말았다. 오로지 모모만을 위한 이야기 가운데 하나를 해 버린 것이었다.

이 이야기 역시 다른 모든 이야기들처럼 한숨에 꿀꺽 삼켜졌고, 이내 잊혀져 버렸다. 사람들은 여전히 지지에게 새로운 이야기를 요구했다. 지지는 이제까지와 똑같은 속도로, 오로지 모모만을 위해 만들어 냈던 모든 이야기들을 별 깊은 생각 없이 잇따라 쏟아내 버렸다. 그리하여 마지막 이야기를 해 버렸을 때, 그는 불현듯 자신이 밑바닥까지 긁어내 텅 비어 버렸다는 것을, 그리고 이제 다시는 새로운 이야기를 만들 수 없을 것 같았다.

지금까지 쌓은 탑이 무너져내릴 것 같은 불안 속에서, 그는 자기의 모든 이야기를 주인공의 이름만 바꾸고 약간 보태거나 빼서 다시 써먹기 시작했다. 놀랍게도 어느 누구도 이 점을 알지 못했다. 하여간 그를 향한 주문은 여전히 조금도 줄어들지 않았다.

물에 빠진 사람이 지푸라기에라도 매달리듯 지지는 이같은 주문에

간신히 응하고 있었다. 어쨌든 지금 그는 부와 명성을 갖게 되었다. 그것이야말로 지지가 항상 꿈꾸던 것이 아닌가?

하지만 밤이 되어 비단이불을 덮고 잠자리에 누워 있을 때면, 그는 곧잘 옛날의 생활, 모모와 베포 할아버지, 아이들과 어울릴 수 있고, 진실로 이야기할 줄을 알았던 그 시절로 되돌아가고 싶은 간절한 생각에 빠지곤 했다.

하지만 그 시절로 돌아갈 길은 없었다. 모모가 사라진 채 영 돌아오지 않기 때문이었다. 처음엔 지지도 몇 번 모모를 찾으려고 열심히 여기저기로 뛰어 봤지만 나중엔 그럴 시간이 없어져 버렸다. 지금 그는 유능한 여비서 셋을 거느리고, 그들로 하여금 계약을 맺게 하고, 자기의 이야기를 받아쓰게 하고, 광고며 시간 약속을 맡아 짜게 했다. 하지만 모모를 찾기 위한 시간은 한 번도 계획하지 않았다.

옛날 지지의 성격과 습관은 아주 조금밖에 남아 있지 않았다. 하지만 어느 날 그는 얼마 안 남은 옛날의 자신을 떠올려 자신에 대해 깊이 생각해 보기로 했다.

'어쨌든 나는 수백만이 귀기울여 듣는, 유명한 목소리의 주인이 아닌가.'

나말고 누가 사람들에게 진리를 말할 수 있겠는가! 나는 사람들에게 회색 무리에 관한 이야기를 해야겠다! 그러면서 이것은 결코 꾸며 낸 이야기가 아님을, 내 모든 청중에게 모모를 찾는 일을 도와 달라고 말해야겠다.

옛 친구들이 간절히 그리워지는 숱한 밤 가운데 어느 밤, 그는 이같이 결심했다. 그리고 해가 뜨자마자 일어나 커다란 책상 앞에 앉아 계획표를 만들려고 했다. 하지만 미처 한 줄도 써 내려가기 전에 전화벨이 울렸다. 그는 수화기를 들고 귀를 기울이다 깜짝 놀랐다.

야릇하게 억양 없는, 바로 그 잿빛 음성이 들려 왔다. 그와 동시에 그는 뒤통수를 얻어맞은 느낌이 들었다.

"그만 둬!"

그 목소리가 말했다.

"자네를 위한 충고다."

"누구요?"

지지는 물었다.

"잘 알고 있을 텐데."

목소리가 대답했다.

"새삼스레 우리를 소개할 필요는 없겠지. 당신이 직접 우리에게 가입한 일은 없지만, 당신은 이미 오래 전부터 완전히 우리 편이 되었어. 그 사실을 몰랐다고는 말 못하겠지!"

"너희들이 나에게 바라는 게 뭐지?"

"지금 너의 계획이 우리 마음에 안 들어. 그러니 얌전히 덮어 놓지 않겠나?"

지지는 있는 용기를 다해 마음을 가다듬었다.

"그럴 순 없어."

그는 말했다.

"그냥 덮어 놓을 수가 없다구. 나는 이제 애숭이가 아니야. 이름 없는 여행안내원 지지가 아니란 말이다. 나는 지금 유명인이 돼 있어. 너희들이 나랑 맞서 겨룰 수 있는지 어디 해보렴."

그 목소리는 억양 없이 웃었다. 그러자 갑자기 지지의 이빨이 딱딱 마주 치기 시작했다.

"너는 아무 것도 아니야."

음성이 말했다.

"우리가 너를 만들었어. 너는 고무 인형에 지나지 않아. 우리는 너를 크게 부풀도록 불었어. 그렇지만 네가 우리의 비위를 건드리면 다시 너에게서 바람을 빼낼 거야. 설마 너는 지금의 네가, 바로 너 자신의 힘으로, 하잘 것 없는 네 재주 덕분으로 이루어졌다고 정말 믿는 건 아니겠지?"

"그래, 당연히 그렇게 믿고 있다."

지지는 가라앉은 목소리로 대답했다.

"가엾은 애숭이, 지지"라고 목소리가 울려 왔다.

"너는 여전히 꿈을 꾸고 있구나. 옛날에 너는 가난한 떠돌이의 탈을 쓴 왕자 지로라모였지. 그럼 지금의 너는 누구냐? 왕자 지로라모의 탈을 쓴 가난한 떠돌이 지지인 거야. 그렇다 해도 너는 우리에게 감사해야 해. 어쨌든 너의 모든 꿈을 채워 준 것은 바로 우리들이었으니까."

"그것은 진실이 아니야!"

지지가 외쳤다.

"거짓말이야!"

"참!"

음성은 대답하며 다시 억양 없이 웃었다.

"하필 우리 앞에서 진실을 들먹일 셈이냐? 하긴 그 옛날에야 진실이냐 아니냐를 두고 그럴싸한 말들을 했었지. 하지만 이젠 어림없어, 한심한 지지. 진실을 끌어들이면 돈벌이가 안 돼. 너의 허풍선 노릇을 우리가 도와 준 덕분에 너는 유명해진 거야. 진실이란 말은 너에게 맞지 않아. 그러니 입 밖에 내지 마!"

"너희들 모모를 어떻게 했지?"

지지는 중얼거렸다.

"그런 일에 골머리를 썩다니, 그만둬! 네 힘으론 도저히 그 애를 구해 낼 수 없어. 더구나 우리에 대한 이야기를 털어놓는다는 건 어림없는 수작이야. 그런 일을 한다면 네 성공은 갑자기 찾아온 것 만큼이나 빨리 사라져버릴 거야. 물론 그건 너 자신이 결정할 일이지. 그것이 네게 그토록 중요하다면, 네가 영웅심을 발휘하여 스스로를 망치는 꼴을 우리는 보고 있겠어. 그렇지만 그렇게 우리의 은혜를 저버린다면, 앞으로도 우리의 보호의 손길이 계속 너를 받쳐 주리라고는 기대할 수 없을 거야. 그보다는 부귀와 명성을 누리는 편이 훨씬 편안하지 않아?"

"그렇긴 해."

지지는 볼멘 소리로 대답했다.

"자, 그것 봐! 그럼, 이것으로 얘기는 끝난 거야, 알겠지? 사람들에게는 그들이 듣고 싶어하는 이야기를 계속 들려 주는 게 좋아!"

"어떻게 그렇게 하지?"

지지는 안간힘을 쓰면서 항의했다.

"모든 사실을 알아 버린 지금."

"내가 근사한 충고를 하나 하지. 그렇게 심각하게 생각할 거 없어. 그것은 사실 너에게 달린 문제가 아니야. 그렇게 마음을 돌려 버리면 지금까지처럼 앞으로도 잘 해 나갈 수 있어!"

"알았어."

지지는 중얼거리며 물끄러미 앞을 바라보았다.

"그렇게 마음을 돌려 버리면……."

그러자 수화기 저편에서 찰칵 소리가 났다. 지지도 수화기를 내려놓았다. 그는 커다란 자기 책상에 엎드려 두 팔에 얼굴을 묻었다. 소리 없는 흐느낌으로 몸이 들썩였다.

그 곳에서는 하루, 이 곳에서는 한 해 237

이 날부터 지지는 자신에 대한 긍지를 완전히 잃어버렸다. 그는 새로 세웠던 계획을 내팽개치고 지금까지처럼 일을 계속했다.

하지만 그러면서도 자신이 사기꾼이라는 느낌은 어쩔 수 없었다.

하긴, 사실 그는 사기꾼이었다. 이전의 그의 말은 상상이었고, 그는 상상이 너울거리는 길을 따라 거침없이 걸어갔던 것이다. 하지만 지금의 그는 거짓말을 하고 있었다.

그는 대중의 어릿광대였고 꼭두각시였다. 자신도 그것을 알고 있었다. 그는 자기의 일을 증오하기 시작했다. 그러자 그의 이야기들은 점점 유치하고 촌스러워졌다. 그런데도 그것이 그의 성공을 깎아 내리지 않았다. 오히려 반대로 새로운 유행이라 일컬어지며 숱한 사람들이 그의 흉내를 내었다. 그는 유행을 만들어내고 큰 인기를 누렸다. 하지만 지지 자신은 거기서 아무런 기쁨도 느낄 수 없었다. 그는 이제 누구로 인하여 이 모든 일이 이루어졌는가를 알았던 것이다. 그는 결국 아무 것도 아니었다. 모든 것을 잃어버린 것이다.

하지만 그는 여전히 자동차를 타고 계획표에 따라 쉴새없이 쫓기었고, 가장 빠른 비행기를 타고 날아 다녔다. 어디를 가거나 끊임없이 여비서에게 그의 옛 이야기들에 덧칠을 하여 받아쓰게 했다. 그는 모든 신문에 보도되었듯이 놀라울 정도로 창작력이 풍부했다.

이렇게 몽상가 지지는 사기꾼 지로라모로 변해갔다.

회색 무리가 도로청소부 베포 노인을 수중에 넣는 데는 훨씬 힘이 들었다.

모모가 사라져 버린 그날 밤 뒤로 그는 일이 끝나기만 하면, 원형극장 옛터에 앉아 모모를 기다렸다. 걱정과 불안은 날이 갈수록 더해 갔다. 마침내 더 이상 견딜 수 없게 되었을 때 그는 지지가 늘어놓았던 온갖 타당한 반대에도 불구하고 경찰서로 갔다.

"어쨌든"

그는 혼잣말을 했다.

"경찰이 모모를 다시 창살 있는 고아원에 보내는 편이, 회색 무리에게 잡혀간 것보다 나아. 아무튼 살아 있기만 하다면. 모모는 그런 고아원에서 빠져나온 적이 있으니까 또 그럴 수도 있겠지. 모모가 고아원에 있지 않은 것을 오히려 걱정해야 할지 모르겠어. 어쨌든 우선 가서 찾아봐야겠어."

그는 제일 가까이 있는 도시 변두리 파출소로 갔다. 잠시 그는 문 앞에서 머뭇거리며 두 손으로 모자를 돌리며 서 있다가 마음을 굳히고 들어섰다.

"무슨 일이시죠?"

마침 고개를 숙인 채 길고 어려운 서류에 열심히 뭔가를 적고 있던 경찰관이 물었다.

베포가 입을 열기까지는 한참이 걸렸다.

"그러니까 어떤 무서운 일이 벌어졌음에 틀림없습니다."

"그래요?"

경찰은 여전히 적으면서 물었다.

"대체 무슨 일이죠?"

"그건,"

베포가 말했다.

"우리의 모모에 대한 일입니다."

"어린아이요?"

"예, 조그만 소녀입니다."

"당신의 아이인가요?"

"아뇨."

베포는 당황해서 말했다.

"그러니까, 제가 아버지는 아닙니다."

"그럼,"

경관은 짜증스럽게 말했다.

"대체 누구의 아이인가요? 부모가 누구죠?"

"아무도 모릅니다."

베포는 대답했다.

"그럼, 그 아이는 어디에 신고가 되어 있나요?"

"신고라니요?"

베포가 물었다.

"아, 저, 우리에게 되어 있지요. 우리는 모두 그 애를 알고 있습니다."

"그러니까 신고가 안 되어 있군요."

경찰은 한숨을 내쉬며 잘라 말했다.

"그것은 법에 어긋난다는 걸 아십니까? 그러니 우리가 어떻게 일을 하겠어요! 어린아이는 누구와 살고 있었죠?"

"자기 집에서 혼자 삽니다."

베포는 대답했다.

"그러니까 원형극장 옛터에서요. 그렇지만 지금은 없어요. 없어졌습니다."

"잠깐,"

경관은 말했다.

"내가 똑바로 알아들었다면, 지금까지 저기 변두리 폐허 속에서 떠돌이 꼬마가 살았었다는 말이죠? 뭐라더라…… 이름이 뭐라고 했죠?"

"모모."

베포는 대답했다.

경관은 모든 것을 기록하기 시작했다.

"……이름이 모모라. 모모, 그리고 또? 본명은 뭐죠!"

"모모, 그뿐입니다."

베포가 말했다.

경관은 턱 밑을 긁으면서 딱하다는 듯이 베포를 바라보았다.

"이걸로는 안 됩니다, 영감님. 도와 드리고 싶지만, 이걸로는 광고를 낼 수가 없어요. 그럼 일단 영감님 성함부터 말해 보세요."

"베포라고 합니다."

베포는 말했다.

"그리고 그 다음은?"

"도로청소부 베포입니다."

"이름이 뭐냐구요, 그건 직업이 아니잖아요!"

"그 두 가지가 다입니다."

베포는 끈기 있게 설명했다.

경관은 볼펜을 떨어뜨리고 두 손에 얼굴을 파묻었다.

"빌어먹을!"

그는 화가 나서 투덜거렸다.

"재수 없게 하필 지금이 근무 당번이람."

그는 몸을 똑바로 일으켜 어깨를 펴고는, 노인에게 용기를 북돋아 주려는 듯 미소를 지으면서 병자를 돌보듯이 상냥하게 말했다.

"신원에 관한 건 나중에 조사하지요. 우선 차근차근, 도대체 모든 게 어떻게 일어난 건지, 그 진행 과정을 말해 보세요."

"모든 거라니요?"

베포는 의아스럽게 물었다.
"이 사건에 관련된 모든 거요."
경관은 대답했다.
"나는 정말이지 시간이 없어요. 점심때까지 이 산더미 같은 서류를 모두 끝내야 해요. 피곤해서 신경이 곤두서 있다구요. 그렇지만 마음 놓고 차근차근 마음속에 있는 얘기를 해보세요."

그는 등을 기대고 순교자의 표정으로 눈을 감았다. 그러자 베포 할아버지는 특유의 이상하고 알아듣기 어려운 방식으로 모든 이야기를 하기 시작했다. 모모의 출현에서부터 그 아이의 특별한 재능, 그리고 자기가 엿들은 쓰레기 하치장에서의 회색 무리에 대한 이야기까지.

"그런데 바로 그날 밤,"
그는 이렇게 말을 맺었다.
"모모가 사라졌습니다."
경관은 뚱하니 한참 동안 베포를 바라보았다.
"바꿔서 말하면"
그가 드디어 입을 열었다.
"언젠가, 신원을 증명할 수 없는 별나게 이상한 한 어린 소녀가 있었다는 거지요. 그런데 그 소녀가 세상에는 알려지지 않은 알 수 없는 유령들에 의해, 어딘지 알 수 없는 곳으로 납치되어 갔다 이거군요. 더구나 그것도 확실치는 않구요. 그 일로 경찰이 신경을 써야 한다, 이건가요?"

"예, 부탁입니다!"
베포는 말했다.
경관은 몸을 앞으로 내밀고 험상궂게 소리쳤다.
"입을 벌리고 숨을 내쉬어 보세요!"

베포는 이 요구를 어떻게 받아들여야 할지 알 수 없었다. 하지만 어깨를 으쓱하고는 공손하게 경관의 얼굴에 입김을 내쉬었다.

경관은 코를 벌름거리더니 머리를 가로저었다.

"분명 취하지는 않으셨군요."

"아뇨."

베포는 당황하여 얼굴이 새빨개져서 중얼거렸다.

"나는 취해 본 적이 없습니다."

"그렇다면 왜 나에게 그런 터무니없는 이야기를 하죠?" 경관은 물었다. "그런 옛날 이야기에 넘어갈 만큼 경찰이 어리석다고 생각하세요?"

"그렇습니다."

베포는 악의없이 대답했다.

그러자 드디어 경관의 참을성이 한계를 넘어섰다. 그는 의자에서 벌떡 일어나, 까다롭게 긴 서류로 주먹을 내리쳤다.

"이젠 더 이상 참을 수 없어요!"

그는 얼굴이 벌겋게 달아올라 고함을 질렀다.

"당장 나가요! 안 그러면 공직 모독죄로 체포하겠어요!"

"죄송합니다."

베포는 두려워서 우물우물 말했다.

"그런 뜻으로 말씀드린 건 아니었습니다. 단지 저는……."

"썩 나가요!"

경관은 고함을 쳤다.

베포는 몸을 돌려 나왔다.

그리고 며칠 동안 그는 몇 군데 다른 경찰서를 찾아갔다. 그 곳에서 벌어진 장면들도 첫번째와 별 차이가 없었다. 어떤 곳에서는 쫓아 냈고, 어떤 곳에서는 친절하게 집으로 보내거나 또는 그를 떼어 버리기 위해 달콤한 말로 위로를 했다.

하지만 언젠가, 베포는 무척이나 까다로운 고위 관리에게 걸려들었다. 그는 냉담한 표정으로 이야기를 처음부터 끝까지 듣고 나더니 차갑게 말했다.

"이 영감이 돌았군. 이 영감이 질서를 어지럽힐 가능성이 있는지 확인을 해야겠어. 유치장에 처 넣어!"

베포는 유치장에서 반나절을 지낸 뒤 두 경관에 의해 자동차에 실렸다. 그들은 도시를 가로질러 창살이 있는 크고 흰 건물로 베포를 싣고 갔다. 그 곳은 베포가 생각했던 감옥이 아니라, 정신병자를 치료하는 병원이었다.

거기서 그는 철저한 검진을 받았다. 의사와 간호사들은 그를 친절히 대했다. 조롱하지도 않았고 욕을 하지도 않았다. 심지어는 그의 이야기에 상당히 흥미를 느끼는 것 같았다. 베포에게 끊임없이 이미 한 이야기를 되풀이시키는 걸 보면 말이다. 그들이 자기 이야기에 반대하지 않는데도 베포는 그들 역시 자기의 말을 진심으로 믿는다는 느낌이 들지 않았다. 그들의 속마음을 알 수 없었다. 아무튼 그들도 베포를 풀어 주지 않았다.

대체 언제쯤 나갈 수 있느냐고 베포가 물어 볼 때마다 그들은 이렇게 대답했다.

"곧 나가게 됩니다. 그렇지만 우리에겐 지금 당신이 조금 더 필요합니다. 조사가 아직 끝나지 않은 걸 이해해 주세요. 그렇지만 꽤 나아졌어요."

이 조사가 꼬마 모모의 행방과 관련된 것으로 믿고 베포는 끈기 있게 기다렸다.

다른 환자들과 여럿이 공동으로 쓰는 커다란 침실에 그의 침대가 정해졌다. 어느 날 밤 문득 잠에서 눈을 떴을 때, 그는 희미한 비상등 불빛 아래 웬 사람이 자기 침대 옆에 서 있는 것을 보았다. 처음에는 타들어 가는 담배의 빨간 불빛만 반짝이더니, 곧 어둠 속의 인물이 들고 있는 서류 가방과 중절모자가 눈에 띄었다. 베포는 그가 회색 무리 가운데 한 명이라는 걸 알았다. 그러자 온몸이 얼어붙어 살려 달라고 외치려 했다.

"잠자코 있으시오."

잿빛 목소리가 어둠 속에서 말했다.

"당신에게 제안을 전하라는 지시를 받고 왔소. 내 얘기가 끝나고 당신의 대답을 요구할 때 말을 하시오! 당신도 분명 우리의 힘이 벌써 얼마나 뻗쳐 있는가를 어느 정도 알았을 거요. 그 점에 대해 더 많이 알게 되는 건 오로지 당신에게 달려 있소. 당신이 우리에 관한 이야기를, 보는 사람에게마다 지껄인다 해도 사실 우리는 아무런 영향도 받지 않소. 하지만 그건 우리에게 불쾌한 일이오. 아무튼 당신의 꼬마 친구 모모가 우리에게 잡혀와 있을 거라는 당신의 추측은 맞소. 그러나 우리에게서 꼬마를 찾아 낼 희망은 포기하시오. 그건 어림없는 일이오. 그 아이를 풀어 주려고 당신이 아무리 애쓴다 한들, 그것이 불쌍한 꼬마를 오히려 편안하게 하지는 못할 거요. 당신이 어떤 일을 꾀하려거든, 해보시오. 그 때마다 꼬마가 그 대가를 받을 것이오. 그러니 앞으로는 당신의 말과 행동을 신중하게 생각해서 하시오."

회색 사나이는 담배 연기로 만든 동그라미를 몇 개 내뿜더니, 자기의 말이 베포 할아버지에게 주는 효력에 만족했는지 미소를 지었다. 베포 할아버지는 그 모든 말을 정말로 믿었던 것이다.

"나도 시간 낭비를 할 수 없으니까, 간단하게 딱 잘라 말하겠소."

회색 사나이는 말을 이었다.

"당신에게 다음과 같은 제안을 하겠소. 당신이 다시는 우리들의 정체와 활동 내용에 대해 입을 열지 않는다는 조건으로 꼬마를 내주겠소. 그뿐 아니라 풀어 주는 몸값으로, 10만 시간의 저축을 요구하오. 우리가 그 시간을 어떻게 우리 것으로 하는지는 걱정할 거 없소. 그건 우리 일이오. 당신은 10만 시간을 저축하기만 하면 되오. 어떻게 하느냐, 그것은 당신이 알아서 할 일이오. 당신이 여기에 동의한다면 우리는 당신을 며칠 안으로 여기서 풀려나도록 배려하겠소. 동의하지 않는다면 당신은 언제까지나 여기 있게 되고, 모모는 영원히 우리에게 잡혀 있게 되는 거요. 신중히 생각하시오. 이 관대한 우리의 제의는 지금이 처음이자 마지막이오. 그러면 어떻게 하겠소?"

베포는 두 번 침을 꿀꺽 삼키고 풀 죽은 목소리로 말했다.

"동의합니다."

"아주 현명하오."

회색 사나이는 기분이 좋아 말했다.

"그러면 이 점을 잊지 마시오. 입을 다물 것과 10만 시간. 그만한 저축을 받는 대로 꼬마 모모를 내놓아 주겠소. 안녕히 계시오, 선생."

그리고 회색 사나이는 침대 곁을 떠났다. 그가 남기고 간 담배 연기가 어둠 속에서 도깨비 불처럼 희미하게 빛났다.

그날 밤 뒤로 베포는 모모의 이야기를 다시는 꺼내지 않았다.

그리고 왜 전에는 그런 이야기를 했느냐는 질문을 받으면, 다만 서글픈 표정을 띠고 어깨를 으쓱할 뿐이었다. 며칠 안 가서 그는 집으로 보내졌다.

하지만 베포는 집으로 가지 않고 자기와 동료들이 늘 빗자루와 수레를 배급받던 마당이 있는 큰 건물로 갔다. 그는 빗자루를 갖고 큰 도시로 가서 쓸기 시작했다.

 하지만 이제 그는 옛날처럼 한 발짝마다 숨 한 번 쉬고, 숨 한 번마다 한 번 비질하는 식으로 쓸지 않고 성급하게, 일에 애착이 없이, 오로지 시간을 절약하기 위해 쓸었다. 그것이 자신의 마음 밑바닥의 확신을, 곧 자신의 지금까지의 삶을 부정하며 배반하는 것임을, 그는 뼈저리게 느끼고 있었다. 이렇게 자신의 행동에 대한 혐오감에 사로잡혀 베포는 괴로워했다.

 그것이 자기 혼자만의 문제였다면, 그는 스스로에게 정직하지 않기보다는 차라리 죽음을 택했으리라. 하지만 그것은 모모와 관련된 것이었다. 모모를 자유롭게 풀어 주어야 했던 것이다. 그리고 이러한 행동이 그가 알고 있는 유일한 시간 절약의 방법이었다.

 그는 집에도 가지 않고 밤낮으로 청소를 했다. 견딜 수 없이 피로가 몰려오면 공원의 벤치나, 때로는 하수구 덮개 위에 앉아 졸았다. 그리고 잠시 뒤 다시 벌떡 일어나 계속 쓸었다. 마찬가지로 음식도 성급히 아무거나 꿀꺽 삼켰다. 원형극장 옆에 있는 그의 오두막으로는 다시 돌아가지 않았다.

 몇 주일이 지나고 몇 달이 지나도록 그는 청소만 했다. 가을이 오고 겨울이 왔다. 베포는 마냥 쓸기를 계속했다.

 그리고 봄이 오고 다시 여름이 왔다. 베포는 계절의 변화조차 느끼지 못했다. 그는 10만 시간의 몸값을 절약하기 위해 쓸고 또 쓸기만을 계속했다.

 큰 도시의 사람들 가운데 이 조그만 노인에게 시선을 돌릴 만한 시간이 있는 사람은 아무도 없었다. 그리고 어쩌다가 아주 드물게 그에게 시선을 돌리는 사람들도, 그 일에 목숨이라도 걸린 양 빗자루를 휘두르며 헐레벌떡 휙 지나치는 이 노인을 보고는 등뒤에서 조롱하며 고개를 흔들었다. 하지만 바보 취급을 당하는 것은 베포에게 새삼스러울 것도 없는 일이어서, 아무런 동요도 받지 않았다. 다만, 대체 그렇게 서두르는 이유가 무어냐고 묻는 사람이 있으면, 그는 잠시 일을 중단하고, 묻는 사람을 슬픔에 찬, 겁먹은 표정으로 바라보며 입에다 손가락을 대었다.

회색 무리들의 가장 어려운 과제는 모모의 친구인 아이들을 자기네 계획대로 조종하는 일이었다. 모모가 사라진 뒤에도 아이들은 틈만 나면 원형극장 옛터에 모여들었다. 그들은 언제나 새로운 놀이를 생각해 냈다. 환상적인 세계 여행을 떠나거나, 성곽과 궁전을 짓기 위해 그들에겐 몇 개의 낡은 상자와 궤짝만 있으면 충분했다. 그들은 여전히 열심히 머리를 짜내 계획을 세우고 서로 이야기를 주고받았다. 이를테면 아이들은 모모가 마치 변함없이 자기네들과 함께 있는 것처럼 행동했던 것이다. 그리고 놀랍게도, 그렇게 마음 먹으니까 실제로 모모가 그들 곁에 있는 것과 다름이 없었다.

뿐만 아니라 이 아이들은 모모가 다시 돌아오리라는 것을 조금도 의심하지 않았다. 그 점에 대한 얘기가 화제에 오른 적은 없었지만, 굳이 말로 할 필요도 없었다. 말없는 확신이 아이들을 서로 굳게 묶어 놓았다. 모모는 그들 안에 있었고, 지금 여기에 있든 없든 전혀 상관없이 그들의 마음속 깊은 곳에 자리 잡고 있었던 것이다.

회색 무리도 어떻게 해 볼 도리가 없었다.

아이들에게 모모와 떼어 놓도록 영향력을 직접 행사할 수 없게 되자, 회색 무리들은 결국 간접적인 방법을 생각해 냈다. 그것은 바로 어린이에 대해 결정권을 갖고 있는 어른들을 이용하는 것이었다. 물론 모든 어른들은 아니고 협력자로서 적합한 어른들이었다. 그런데 유감스럽게도 이런 어른들이 꽤 많았다. 게다가 아이들이 쓴 무기를 이번엔 회색 무리가 아이들에게 사용했다.

즉, 몇몇 사람이 불현듯 지난 날의 행진을, 그리고 아이들의 그림과 팻말을 생각해 낸 것이다.

"우리는 무슨 조치를 취해야 합니다."

어떤 어른이 제의했다.

"보살핌을 받지 못해 외토리가 되는 아이가 점점 늘고 있습니다. 하지만 부모들만을 탓할 수는 없어요. 현대 생활이라는 것이 부모들이 아이들과 충분히 함께할 시간을 허용하지 않으니까요. 시 행정당국에서 이 점을 배려해야 합니다."

"이 상태가 계속될 수는 없지요."

다른 사람들이 말했다.

"떠돌아다니는 아이들 때문에 교통 소통도 원활치가 못해요. 길거리의 어린아이들 때문에 발생하는 사고의 증가는 점점 많은 손해를 낳고 있습니다. 이 금액을 좀더 현명하게 다른 데 쓸 수 있을 겁니다."

"감독을 받지 못하는 아이들은,"

또 다른 사람이 잘라 말했다.

"도덕적으로 퇴폐하고 범죄자로 자라납니다. 시 당국은 모든 어린아이들을 관리하도록 배려해야 합니다. 아이들이 쓸모 있고 유능한 사회인으로 자랄 수 있는 기관을 만들어야 합니다."

그리고 또 다른 사람들도 의견을 제시했다.

"아이들은 미래의 인적 자원입니다. 미래는 제트기와 전자 두뇌의 시대입니다. 이 모든 기계를 조작할 수 있는 수많은 전문가와 숙련공이 필요합니다. 그런데 우리는, 우리의 아이들에게 내일의 세계를 위한 준비를 시키는 대신, 수많은 아이들의 소중한 시간을 쓸데없는 놀이로 낭비하도록 두고 있습니다. 이것은 우리 문명의 수치요, 미래의 인류에 대한 범죄입니다."

이 모든 의견은 시간 절약가들에게 기막힌 공감을 자아 냈다. 게다가 이미 이 큰 도시에는 상당수의 시간 절약가가 있었기 때문에 방치되어 있는 수많은 아이들을 위한 조처의 필요성을 시 행정당국에 납득시키는 데 시간도 많이 걸리지 않았다.

이어서 도시의 모든 구역마다 이른바 '탁아소'가 세워졌다. 그것은 보살핌을 받을 수 없는 아이들이 맡겨졌다가 시간이 나는 대로 다시 데려갈 수 있는 커다란 집이었다. 아이들이 거리에서나 공원, 또는 아무데서나 노는 일은 엄격히 금지되었다. 어떤 아이든 그런 데서 놀다가 들키면, 그것을 본 어른은 당장 가까이 있는 탁아소로 데려갔다. 게다가 부모는 그에 해당하는 벌금을 물어야 했다.

모모의 친구들도 이 새로운 규정을 따라야 했다. 그들은 각기 속한 구역에 따라 서로 갈라져 여러 탁아소로 보내졌다. 여기에서 스스로 놀이를 창안해 놀 수는 물론 없었다. 놀이는 감독하는 사람이 정해주었는데, 한결같이 어떤 유용한 것을 배우는 놀이들이었다. 그러는 가운데 자연스레 그들은 다른 무엇을 잊어 갔다. 그것은 기뻐하고, 열광하며, 꿈을 갖는 일이었다.

점점 아이들도 꼬마 시간 절약가의 얼굴을 띠게 되었다. 시키는 일을 억지로, 짜증을 내며, 지루하게 했다. 어쩌다 혼자 있게 되면 무엇을 해야 할지 좋은 생각들이 하나도 떠오르지 않았다.

그 모든 것 중에 아이들이 지금까지 할 수 있는 유일한 장기는 떠드는 일이었다. 하지만 물론 즐겁게 떠드는 것이 아니라 악을 쓰고 화를 내며 지껄이는 일이었다.

하지만 회색 그물은 아이들에게 직접 모습을 드러내지 않았다. 그들이 큰 도시 위로 쳐놓은 그물은 이제 빈틈 없이 촘촘하고—겉으로 보기에는—찢어 낼 수 없이 견고했다. 아무리 꾀많은 아이라 해도 이 그물의 코를 뚫고 빠져 나가지는 못했다. 회색 무리의 계획은 성공했다. 모모가 돌아올 것에 대비한 만반의 준비가 갖추어진 것이다.

그 때부터 원형극장 옛터는 버림받은 채 텅 비어 있었다.

한편, 돌아온 모모는 돌계단에 앉아 친구들을 기다리고 있었다. 하루 종일 꼼짝도 하지 않고 앉아서 기다렸다. 하지만 아무도 찾아오지 않았다. 누구도. 해가 서쪽 지평선으로 뉘엿뉘엿 넘어가고 있었다. 그림자가 길게 드리워지고 추워졌다.

이윽고 모모는 일어섰다. 배가 고팠다. 모모에게 음식을 갖다 줄 생각을 하는 사람이 아무도 없기 때문이었다. 이런 일은 한 번도 없었다. 지지와 베포까지도 오늘은 모모를 잊은 모양이었다. 그렇지만 분명히 뭔가 잘못된 걸 거야, 내일이면 밝혀질 어이없는 우연일 거야, 모모는 그렇게 생각했다.

모모는 거북이에게로 내려갔다. 거북이는 벌써 잠을 자려고 껍질 속에 기어들어가 있었다. 모모는 그 옆에 웅크리고 앉아 망설이다가 손마디로 거북이의 등을 톡톡 쳤다. 거북이는 머리를 내밀고 모모를 바라보았다.

"미안해."

모모는 말했다.

"내가 잠을 깨웠다면, 정말 미안해. 그렇지만, 왜 오늘 하루 종일 내 친구들이 한 명도 안 왔는지 말 해 줄 수 있겠니?"

거북이의 등이 번쩍거렸다.

"이제 아무도 없어."

모모는 글씨를 읽었지만 도무지 무슨 뜻인지 알 수 없었다.

"그래, 좋아."

모모는 자신 있게 말했다.

"내일이면 밝혀질 거야. 내일은 내 친구들이 꼭 올 거야."

"다시는 안 와."

거북이의 대답이었다.

모모는 희미하게 사라져 가는 글씨를 한참 뚫어지게 바라보았다.

"무슨 뜻이니?"

드디어 모모는 불안스럽게 물었다.

"대체 내 친구들에게 무슨 일이 일어났니?"

"모두 떠났어."

모모는 글자를 읽었다.

그리고 고개를 가로저으며 조그맣게 말했다.

"아니야. 네가 잘못 안 게 틀림없어, 카시오페이아. 어제만 해도 친구들이 모두 시위에 왔었는걸. 비록 실패했지만."

"넌 오랫동안 잠을 잤어."

카시오페이아의 대답이었다.

모모는 자기에게 땅속의 씨앗처럼 태양이 한 바퀴 돌 동안 잠을 자야 한다고 한 호라 박사의 말을 떠올렸다. 그 말에 긍정을 하면서도 모모는 그것이 얼마나 긴 시간인지 미처 깨닫지 못했다. 그런데 이제 어렴풋이 그 말이 짐작이 가기 시작했다.

"얼마나 오래?"

모모는 속삭이듯 물었다.

"한 해하고 하루."

모모는 한참 이 말을 골똘히 생각했다.

"그렇지만 베포와 지지는,"

드디어 모모는 더듬거리며 말했다.

"두 친구는 분명히 나를 기다리고 있을 거야!"

"이제 아무도 없어."

거북이 등 위에 나타났다.

"어떻게 그럴 수 있지?"

모모의 입술이 떨렸다.

"이렇게 쉽게 모두 떠나 버릴 리가 없어. 이렇게 모두······."

그러자 서서히 카시오페이아의 등에 한 단어가 비쳤다.

"흘러 갔어."

생전 처음으로 모모는 온몸으로 이 단어의 의미를 느꼈다. 가슴이 전에 없이 무거워졌다.

"그렇지만 나는,"

모모는 당황스러워하며 중얼거렸다.

"나는 여전히 여기 와 있는데······."

울고 싶었지만 그럴 수는 없었다.

잠시 뒤 모모는 거북이가 자기의 맨발을 건드리는 감촉을 느꼈다.

"내가 네 곁에 있잖아!"

거북이 등에 쓰여 있었다.

"그래."

모모는 용기를 얻어 미소를 지으며 말했다.

"네가 내 곁에 있구나, 카시오페이아. 정말 기뻐. 이리 와, 우리 자러 가자."

모모는 거북이를 안고 성벽 구멍을 지나 방으로 내려갔다. 기울어 가는 햇살이 비추는 방 안은 모든 것이 떠날 때의 모습 그대로 있었다 (베포가 그때 방을 깨끗이 청소했었다). 다만 온통 두터운 먼지가 내

그 곳에서는 하루, 이 곳에서는 한 해 253

려앉고 거미줄이 쳐져 있었다.
 상자 널빤지로 만든 작은 탁자 위 양철 상자에 편지가 하나 놓여 있었다. 편지 역시 거미줄로 뒤덮여 있었다.
 '모모에게'라는 봉투 위의 글자가 보였다.
 모모의 가슴은 두근거리기 시작했다. 편지를 받는 일은 생전 처음이었다. 모모는 편지를 손에 들고 이리저리 살펴보고는 봉투를 찢어 쪽지를 꺼냈다.

 사랑하는 모모!
 나는 이사를 했어. 돌아오면 바로 연락해 줘.
 네가 너무 걱정스럽고 정말 보고 싶어. 너에게 아무 일도 없었으면 좋겠어. 배가 고프면 니노를 찾아가. 니노가 나에게 청구서를 보내면 내가 다 계산을 할게. 그러니까 먹고 싶은 대로 먹어, 알았지? 자세한 얘기는 니노가 해 줄 거야. 나를 여전히 사랑하고 있길 바래. 사랑해!
　　　　　　　　　　　　　　언제나 너의 것인 지지

 분명히 지지가 무척 애를 써 보기 좋고 똑바르게 쓴 것 같은데, 모모가 이 편지 내용을 알기까지는 많은 시간이 걸렸다. 마침내 편지를 다 읽었을 때 마지막 한 줄기 햇살이 사라졌다.
 모모는 위안을 받았다.
 모모는 거북이를 들어 자기 옆 침대 위에 뉘었다. 그리고 먼지 투성이의 이불을 끌어올리면서 조그만 소리로 말했다.
 "이것 봐, 카시오페이아. 난 혼자가 아냐."
 하지만 거북이는 벌써 잠든 모양이었다. 편지를 읽으면서 눈앞에서 지지를 생생하게 보았던 모모는, 이 편지가 거의 일 년 전부터 여기에 놓여 있었다는 사실은 생각하지 못했다.

모모는 편지를 얼굴 옆에 놓고 살포시 뺨을 얹었다. 이제는 춥지 않았다.

많은 음식과 적은 말

다음 날 낮에 모모는 거북이를 옆에 안고 니노의 작은 술 집을 향해 나섰다.

"이제 보라고, 카시오페이아."

모모는 말했다.

"곧 모든 것이 밝혀질 거야. 니노 아저씨는 지지랑 베포 할아버지가 있는 곳을 다 알고 있어. 그럼 찾아가서 아이들을 모아 오면 우리는 전처럼 다시 한데 모이게 돼. 아마 니노 아저씨랑 아줌마도 같이 올지도 몰라. 또 다른 사람들도. 분명히 너도 좋아할 거야. 내 친구들을 말이야. 오늘 저녁 작은 잔치를 벌일까봐. 나는 꽃들에 대해서, 음악에 대해서, 호라 박사님과 그 모든 것에 대해서 얘기하겠어. 아, 모두들 다시 만날 생각을 하니까 벌써부터 가슴이 뛰어. 하지만 지금 당장은 맛있는 점심을 먹을 생각에 즐거워. 정말 배가 고프다구."

이렇게 신이 나서 모모는 재잘거렸다. 그리고 몇 번이고 웃옷 속에 넣어 둔 지지의 편지를 더듬었다. 하지만 거북이는 그 깊은 눈으로 모모를 바라볼 뿐, 아무런 대답이 없었다.

모모는 걸으면서 입 속으로 흥얼거리다가 나중엔 소리내어 노래를 부르기 시작했다. 어제 불렀던 기억 속의 가락과 노랫말이 지금도 여전히 생생하게 되살아 흘러 나왔다. 모모는 그 가락과 노랫말을 다시는 잊어버리지 않으리라고 마음먹었다.

갑자기 모모는 노래를 뚝 그쳤다. 니노의 술집 앞에 닿은 것이다. 처음에 모모는 길을 잘못 들어선 게 아닌가 생각했다. 비바람에 얼룩진 회벽의 낡은 집과 문 앞의 작은 정자 대신에, 이제는 길거리 쪽의 벽면이 커다란 유리창으로 온통 뒤덮인 높다란 건물이 콘크리트 상자처럼 서 있었다. 도로도 아스팔트 포장으로 깔려 있고 그 위로 수많은 자동차들이 달리고 있었다. 길 건너편 쪽으로는 '커다란 주유소와 그 옆에 사무실 건물이 빽빽하게 들어서 있었다. 수많은 차들이 새 술집 앞에 세워져 있었고, 술집 문 위에는 큰글씨로 새겨진 간판이 번쩍였다.

니노의 제일 빠른 식당

모모는 들어서서 처음엔 어떻게 해야 할지 몸둘 바를 몰랐다. 창가를 따라서 마치 이상스런 버섯 모양의, 높은 막대기 위에 조그만 판이 얹혀진 식탁이 여러 개 놓여 있었다. 식탁은 어른이 서서 먹을 수 있을 만큼 높았고, 의자는 찾아볼 수 없었다.

반대편으로는 번쩍이는 금속 막대로 된 긴 철책이, 일종의 울타리처럼 쳐져 있었다. 그 뒤로 좁은 간격을 두고 유리 상자들이 나란히 놓여 있었는데, 그 안에 햄빵, 치즈빵, 소시지, 샐러드 접시, 푸딩, 케익 등 모모로서는 알 수도 없는 음식이 담겨 있었다.

모모가 그 모든 것을 알아보는 데는 많은 시간이 걸렸다. 식당 안은 사람들로 꽉 차 있어서 이리저리 사람들과 끊임없이 부딪쳤기 때문이었다. 그래서 아무리 들어서려 해도 옆으로 밀쳐지거나 계속 떠밀려졌다. 대부분의 사람들은 접시와 병이 놓인 쟁반을 아슬아슬하게 들고 비좁은 식탁 사이로 비비고 들어서려고 애를 쓰고 있었다. 자리를 차지하고 급하게 먹고 있는 사람들 뒤로는 벌써 다른 사람들이 자리가 나기를 기다리고 있었다.

기다리는 사람과 먹고 있는 사람들 사이에 불친절한 말이 여기저기서 오갔다. 대부분의 사람들이 상당히 불만스러운 표정이었다.

금속 울타리와 유리 상자 사이로 사람들의 긴 줄이 서서히 밀리며 움직이고 있었다. 모두들 여기저기 유리 상자 속에서 접시, 음료수병, 종이컵을 집어들었다.

모모는 깜짝 놀랐다. 여기서는, 그러니까 누구나 마음대로 다 가질 수 있구나! 그러는 것을 못하게 하거나, 최소한 돈을 요구하는 사람도 보이지 않았다. 어쩌면 여기 있는 모든 것은 공짜인지 몰라! 그러니까 사람이 이렇게 몰리는 것도 당연한 일이겠지.

한참 뒤 모모는 니노를 찾아 냈다. 니노는 수많은 사람들에게 가려진 채 유리 상자의 긴 대열 맨 끝 계산대 뒤에 앉아 있었다.

그리고 계산기를 끊임없이 두들겨 대며 돈을 받고 잔돈을 거슬러 주고 있었다. 아, 니노에게 사람들은 돈을 내는구나! 알고 보니 누구든지 금속 울타리를 지나 니노를 거치지 않고는 식탁 쪽으로 갈 수가 없게 되어 있었다.

"니노 아저씨!"

모모는 소리를 지르며 사람들 틈을 헤집고 빠져 나가려 했다. 그리고 지지의 편지를 들고 흔들었지만 니노는 알아듣지 못했다. 계산기가 요란한 소리를 내는데다가, 그것을 다루는 데는 대단한 주의력이 필요했기 때문이다.

모모는 마음을 가다듬고 울타리를 타고 넘어 길게 늘어선 사람들을 헤치고 니노에게 다가갔다. 니노는 고개를 들었다. 몇 사람인가 큰 소리로 투덜거리기 시작했기 때문이었다.

모모를 보자, 니노의 얼굴에서는 불쾌한 표정이 씻은 듯 사라졌다.

"모모!"

그는 소리치며 예전처럼 반가운 표정을 지었다.

"다시 왔구나! 정말 뜻밖이야!"

"차례대로 나갑시다!"

줄지어 선 사람들이 소리쳤다.

"저 꼬마도 우리처럼 저 뒤에 가서 줄을 서야 해요. 새치기는 안 돼요! 원, 뻔뻔한 계집애 같으니!"

"잠깐만요!"

니노는 큰 소리로 말하며 사람들을 진정시키려는 듯 손을 들었다.

"잠깐만 참아 주세요, 부탁입니다!"

"그럼 누구나 새치기를 할 거요!"

기다리는 줄에서 한 사람이 소리쳤다.

"저리 가요, 저리로! 어린아이는 우리보다 시간이 많아요."

"지지가 네 몫을 전부 지불할 거야, 모모."

니노는 꼬마에게 재 빨리 소곤거렸.

"그러니까 마음대로 먹어. 그렇지만 다른 사람들처럼 저 뒤에 가서

많은 음식과 적은 말 261

서. 너도 들었지?"

무슨 말을 더 물을 틈도 없이, 사람들이 모모를 떠밀어 버렸다. 결국 모모도 다른 사람들처럼 똑같이 하는 수밖에 없었다. 기다란 줄 맨 뒤에 서서 선반에서 쟁반을 집어 들고, 상자 속에서 나이프와 포크와 숟가락을 꺼냈다. 그리고 서서히 한 발짝씩 떠밀려 갔다. 두 손으로 쟁반을 들어야 했기 때문에 모모는 카시오페이아를 할 수 없이 쟁반 위에 앉혔다. 그리고 그렇게 지나가면서 유리 상자 속에서 이것저것 끄집어 내어 거북이 옆에 놓았다.

모모는 어리둥절해 있었기 때문에 정말 괴상하게 음식을 주워 모아 왔다. 구운 생선 한 토막, 잼을 바른 빵 한 개, 소시지 한 쪽, 작은 고기만두 한 개, 그리고 종이컵에 든 레몬 주스였다. 한가운데의 카시오페이아는 껍질 속에 완전히 기어들어 간 채 아무런 말도 하고 싶지 않은지 가만히 있었다.

드디어 계산대 앞으로 오게 되자, 모모는 재빨리 물었다.

"지지가 있는 곳을 아세요?"

"그래,"

니노는 말했다.

"우리의 지지는 유명해졌어. 우리 모두가 그를 자랑스러워하지. 어쨌든 지지는 우리 가운데 속해 있었으니깐! 지지는 텔레비전에도 자주 나오고 라디오 방송도 해. 신문에는 노상 지지의 기사가 실리지. 얼마 전에는 두 사람의 기자가 나에게까지 찾아와서 옛날의 얘기를 해 달라고 했어. 나는 기자들에게 얘기해 줬어. 옛날에 지지가 어떻게……."

"빨리 갑시다!"

행렬 속에서 몇 사람이 외쳤다.

"그렇지만, 왜 지지는 안 오는 거죠?"

모모는 물었다.

"아, 저…… 말이야."

어느 새 신경이 좀 날카로워진 니노가 소곤거렸다.

"지지는 시간이 없단다. 그는 지금 훨씬 중요한 일을 하고 있고 원형극장에는 별 볼 일이 없어졌으니까."

"대체 뭘 하고 있소?"

뒤에서 여러 사람의 불쾌한 음성이 들려 왔다.

"여기서 이렇게 마냥 죽치고 기다리면 어떻게 해요?"

"대체 지지는 어디 살아요?"

모모는 끈질기게 캐물었다.

"초록빛 언덕 위 어딘가 살아."

니노는 대답했다.

"들리는 얘기로는 지지는 정원으로 둘러싸인 근사한 별장을 갖고 있대. 하지만 우선 지금은 그냥 지나가거라, 응!"

모모는 아직도 물을 것이 너무도, 너무도 많았기 때문에 도저히 물러날 마음이 아니었다. 하지만 별수없이 계속 떠밀려졌다. 그래서 쟁반을 든 채 버섯 모양의 식탁 가운데의 하나에 다가가 잠시 기다린 뒤 날쌔게 자리를 잡았다. 당연히 식탁은 바로 모모의 코에 와서 걸리도록 너무 높았다.

모모가 쟁반을 식탁 위에다 밀어 올려놓자, 주위에 있던 사람들은 역겨운 표정으로 거북이를 바라보았다.

"저런 건,"

어떤 사람이 옆 사람에게 말했다.

"이제는 못 하게 해야 해요."

그러자 다른 사람이 투덜거렸다.

"어쩌자는 건지……, 요즘 애들은!"

하지만 그 밖에는 아무 말이 없었고, 더 이상 모모에게 신경쓰지 않았다. 하지만 먹는 일 역시 모모에게는 여간 난처한 일이 아니었다. 도무지 쟁반을 들여다볼 수 없었다. 하지만 너무 배가 고파 모모는 하나도 남김없이 먹어치웠다.

이제는 배가 불렀지만 베포가 어떻게 되었는지는 무슨 일이 있어도 알아보고 싶었다. 그래서 모모는 다시 한 번 줄 뒤에 가서 붙어섰다. 그러면서도 일없이 그 사이에 끼어서 가면 사람들이 혹시나 또 화를 낼까 봐 겁이 나서, 지나가면서 다시 한 번 유리 상자에서 아무 거나 집어들었다.

마침내 다시 니노에게 왔을 때 모모는 물었다.

"그럼 베포 할아버지는 어디 계세요?"

"그는 너를 무척 오래 기다렸어."

니노는 고객들이 다시 짜증을 낼까봐 급하게 설명했다.

"그는 너에게 무슨 끔찍한 일이 일어났다고 생각했어. 매일 회색 무리가 어쩌고저쩌고 하는 얘기를 했어. 무슨 소리인지 나도 모르겠어. 하긴 너도 그를 잘 알잖니. 그 노인은 늘 약간 괴짜였잖아."

"어이, 앞에 두 사람!"

사람들 속에서 누군가 외쳤다.

"졸고 있는 거야?"

"곧 끝납니다, 손님!"

니노는 그를 향해 소리쳤다.

"그러고 나서는요?"

모모가 물었다.

"그러고 나서 그는 경찰에게 걸렸어."

니노는 말을 이으면서 신경질적으로 얼굴을 손으로 쓸었다.

"그는 경찰에게 막무가내로 너를 찾아 내놓으라고 했어. 내가 알기로는 경찰이 그를 무슨 요양원에 보냈대. 그 이상은 나도 몰라."

"제기랄!"

이번에는 저 뒤쪽에서 격분한 음성이 들려 왔다.

"여기가 대체 제일 빠른 식당이오, 아니면 대합실이오? 거기 무슨 가족끼리 만난 모양인데 뭐요?"

"그렇다고 할 수 있지요!"

니노는 사정하듯이 외쳤다.

"할아버지는 아직 거기 계시나요?"

모모가 물었다.

"아닐 거야."

니노는 대답했다.

"말하자면 아무 죄가 없어서 다시 풀려 나왔다나."

"예, 그럼 대체 지금은 어디 계세요?"

"전혀 몰라. 정말이야, 모모. 지금은 제발 앞으로 가 줘!"

다시 또 모모는 별수없이 뒤에서 밀치는 사람들에게 떠밀려 버섯 식탁으로 가서 기다렸다가 자리를 차지하고 쟁반에 놓인 음식을 먹어치웠다. 이번에는 아까보다 훨씬 맛이 덜했다. 음식을 그냥 남긴다는 일은 모모에겐 전혀 있을 수도 없는 일이었다. 하지만 이번에는 늘 자기를 찾아왔던 아이들이 어떻게 되었는지 알아봐야 했다. 별 도리 없이 모모는 사람들이 화내지 않도록 다시 줄을 서서 유리 상자 앞으로 가 또 쟁반에 음식을 얹었다.

드디어 다시 계산대 앞의 니노에게까지 왔다.

"그럼 아이들은요?"

모모가 물었다.

"대체 아이들은 어떻게 됐어요?"

"이젠 모든 상황이 변했어."

니노는 모모를 다시 보자 이마에 진땀을 흘리면서 설명했다.

"지금은 너에게 그걸 설명할 시간이 없어. 여기 형편이 어떤지 너도 보잖니!"

"그렇지만 왜 아이들이 다시 안 오는 거죠?"

모모는 끈기 있게 질문을 계속했다.

"보살펴 줄 사람이 없는 아이들은 이제 탁아소에 맡겨야 해. 그래서 아이들은 마음대로 놀러 다닐 수 없게 되었어. 왜냐 하면…… 자, 간단히 말해서 아이들은 이제 보호 감독을 받게 된 거야."

"앞의 굼벵이들, 빨리 끝냅시다!"

다시 기다란 줄에서 높은 음성이 들려 왔다.

"우리는 먹으러 왔으니 어서 좀 먹어야겠소."

"내 친구들도요?"

모모는 믿을 수 없다는 투로 물었다.

"정말 아이들이 그걸 원했나요?"

"아이들의 의견 같은 건 묻지 않았어."

니노는 대답하면서도 안절부절 못하며 계산대의 누름단추를 손으로 더듬었다.

"아이들은 결정권을 갖고 있지 않아. 그건, 아이들이 길거리에서 놀지 못하게 하려고 마련된 거야. 결국은 그게 제일 중요하니까. 안 그래?"

그 말에 모모는 아무 말도 않고, 다만 따지듯 니노를 찬찬히 바라보앉다.

그러자 니노는 완전히 난처해졌다.

"원, 빌어먹을!"

또 다시 저 뒤쪽에서 잔뜩 화난 음성이 들렸다.

"여기 오늘 어쩌자고 이렇게 늑장인지, 도저히 참을 수가 없군. 당신네들의 아기자기한 수다를 하필이면 지금 여기서 해야 옳겠소?"

"그럼 이제 친구들 없이 나는 어떻게 하죠?"

모모는 조그만 소리로 물었다.

니노는 어깨를 추켜 보이고는 손가락을 비볐다.

"모모!"

그는 말하며 애써 마음을 가라앉히려는 사람처럼 깊은 숨을 들이쉬었다.

"정신 차리고 언제 다시 한번 와. 지금 나는 네가 어떻게 해야 할지를 의논하고 있을 시간이 정말 없어. 너는 언제든지 여기 와서 먹을 수 있어, 알겠니? 그렇지만 내가 너라면, 딴 생각 않고 고아원에 가겠어. 거기 가면 다 보살펴 주고, 대우도 해주고, 또 무엇을 배울 수도 있을 거야. 어쨌든 그렇게 혼자 아무 데나 돌아다니면 너도 결국은 그리로 보내지게 될 거야."

모모는 다시 아무 말 않고 니노를 바라보았다. 뒤에서 사람들이 자꾸만 모모를 앞으로 밀었다. 모모는 저절로 식탁 앞으로 밀려 가서, 이제는 아무런 식욕도 없고 나무 토막이나 대패 밥처럼 아무 맛도 없어져 버린 음식을 세 번째 먹어치웠다. 그러자 모모는 자신이 비참하게 느껴졌다.

모모는 카시오페이아를 겨드랑이에 껴안고 소리 없이 뒤도 돌아보지 않고 밖으로 나왔다.

"어이, 모모!"

모모의 뒷모습을 놓치지 않은 니노가 등 뒤에서 외쳤다.

"잠깐만! 그 동안 네가 어디 있었는지는 말하지 않았잖니?"

하지만 어느 새 다음 번 손님들이 들이닥쳤고, 니노는 계산기를 탁탁 두들기며 돈을 받고 거스름 돈을 내주어야 했다. 그의 얼굴에서 웃음기는 어느 새 씻은 듯이 사라졌다.

"너무 많은 음식을,"

모모는 다시 원형극장에 와서 카시오페이아에게 말했다.

"너무 많은 음식을 먹어치웠어. 너무 많은 음식을. 그런데도 전혀 배부른 느낌이 안 들어."

그리고 조금 있다가 덧붙였다.

"니노에게 꽃과 음악에 대한 이야기를 들려 줄 수도 없었어."

잠시 뒤 다시 말했다.

"그렇지만 우리 내일은 나가서 지지를 찾자. 지지는 분명 네 마음에도 들 거야, 카시오페이아. 두고 봐."

그러나 거북이의 등에는 커다란 의문표가 하나 나타났을 뿐이었다.

다시 만남, 그리고 머나먼 헤어짐

 다음 날 모모는 아침 일찍 지지의 집을 찾아 나섰다. 물론 거북이도 함께였다.
 모모는 초록빛 언덕이 어디에 있는지를 알고 있었다. 그 곳은 원형 극장 옛터가 있는 지역과는 멀리 떨어진 교외의 별장 지대였다. 즉 닮은꼴의 주택이 세워져 있는 구역, 그러니까 큰 도시의 반대편에 있는 동네였다.
 참 먼 길이었다. 맨발로 걷는 데 익숙해져 있는 모모였는데도 마침내 초록빛 언덕에 닿았을 때는 발이 아팠다.
 모모는 잠시 다리를 쉬기 위해 하수구 돌뚜껑 위에 앉았다.
 과연 으리으리한 고급 주택가였다. 도로는 이를 데 없이 깨끗하고 넓은데다 사람은 거의 눈에 띄지 않았다. 높은 돌담과 쇠로 만든 울타리 안의 정원에는 오래된 큰 나무들이 하늘을 향해 높이 솟아 있었다. 정원에 둘러싸인 집들은 대개가 유리와 콘크리트로 지어진, 편평한 지붕이 길다랗게 뻗어 있었다. 집 앞의 잔디들은 윤기가 나도록 매끈하게 손질되어 있어서 공중제비라도 넘고 싶은 충동을 일으키게 하였다. 그렇지만 정원을 산책하거나 잔디 위에서 노는 사람은 아무데서도 볼 수 없었다. 아마도 집 주인들은 그럴 시간이 없는 모양이었다.

"어떻게 하면 좋담."

모모는 거북이에게 말했다.

"지지의 집이 어딘지를 어떻게 알아 낼 수 있지?"

"곧 알게 돼."

카시오페이아의 등에 글자가 나타났다.

"그렇게 생각하니?"

모모는 희망에 차서 물었다.

"야, 꼬맹아!"

별안간 뒤에서 웬 목소리가 들렸다.

"대체 여기서 왜 두리번거리고 있니?"

모모는 돌아보았다. 괴상스런 줄무늬 조끼를 입은 남자가 서 있었다. 부자집 하인들이 입는 조끼임을 모모가 알 리 없었다. 모모는 일어나 말했다.

"안녕하세요. 나는 지지의 집을 찾고 있어요. 니노 아저씨가 그러는데, 지지가 지금 이 동네에 산대요."

"누구네 집을 찾는다구?"

"여행안내원 지지의 집요. 지지는 내 친구거든요."

줄무늬 조끼의 남자는 의심스럽다는 듯 꼬마를 찬찬히 훑어봤다. 그의 뒤로 정원 문이 약간 열려 있어서 모모는 안을 슬쩍 들여다보았다.

널찍한 잔디 위에서 사냥개 몇 마리가 놀고 있고, 분수가 물줄기를 내뿜고 있었다. 그리고 꽃이 활짝 핀 나무 위에 한 쌍의 작은 공작새가 앉아 있었다.

"어머나!"

모모는 탄성을 질렀다.

"저 새 좀 봐, 예쁘기도 해라!"

모모는 가까이서 새를 보려고 안으로 들어가려 했다. 하지만 조끼 입은 남자가 모모의 목덜미를 잡아 끌었다.

"여기 있어!"

그는 말했다.

"이 더러운 꼬맹이가 어쩌려는 거야!"

그는 모모를 놓아주고 무슨 못 만질 것이라도 만진 듯이 손수건을 꺼내 손을 닦았다.

"이게 전부 아저씨 거예요?"

모모는 대문 안을 가리키며 물었다.

"아니야."

조끼 입은 남자는 한층 더 퉁명스럽게 말했다.

"당장 꺼져! 네가 여기서 볼 일은 없어."

"있어요."

모모는 힘을 주어 말했다.

"여행안내원 지지를 찾아야 해요. 지지도 나를 기다리고 있을 거예요. 아저씨는 그를 모르세요?"

"여기 여행안내원 같은 사람은 안 살아."

조끼 입은 남자는 그렇게 말하고는 돌아서 버렸다. 그리고 정원으로 들어가 대문을 잠그려고 하다가, 무슨 생각이 떠오른 모양이었다.

"혹시 너 지로라모 씨를 찾는 게 아니니? 유명한 소설가 말이다."
"아, 그래요. 그가 바로 여행안내원 지지예요."
모모는 기뻐서 대답했다.
"그렇게도 불러요. 지지의 집이 어딘지 아세요?"
"그런데 그 사람이 정말 너를 기다리니?"
남자는 궁금한 모양이었다.
"그래요."
모모는 말했다.
"분명해요. 그는 내 친구이고, 내가 니노 아저씨네 가게에서 먹는 음식 값도 전부 지불해 줘요."
조끼 입은 남자는 눈살을 찌푸리고 고개를 가로저었다.
"예술가들이란!"
그는 언짢은 투로 말했다.
"도대체 종 잡을 수 없는 기분파들이라니깐! 아무튼 그 사람이 네가 찾아오는 걸 대단하게 여길거라고 정말로 믿는다면 가 봐라. 그 사람 집은 저 꼭대기 길가 막다른 데야."
그러고 나서 정원문은 잠겼다.
"치사한 녀석!"이라고 카시오페이아의 등에 글씨가 나타나더니 곧 사라졌다.

꼭대기 길가 막다른 집은 사람 키보다 훨씬 높은 담장이 둘러쳐져 있었다. 그리고 정원문도, 조끼 입은 남자 집의 것과 비슷하게 철판으로 되어 있어서, 안을 들여다볼 수 없었다. 모모는 초인종 단추나 문패를 찾을 수 없었다.

"이게 정말 지지의 새 집일까?"
모모가 말했다.

"도대체 지지의 집 같지가 않아."

"그렇지만 맞아."

거북이의 등에 글씨가 나타났다.

"왜 이렇게 모두 잠겨 있지?"

모모가 물었다.

"들어갈 수가 없잖아."

"기다려!"

거북이 등에 대답이 나타났다.

"그래, 할 수 없지."

모모는 한숨을 내쉬었다.

"하긴 기다리는 거야 얼마든지 가능해. 지지가 안에 있다면 내가 여기 바깥에 있는 걸 어떻게 알지?"

"지지는 곧 와."

거북이 등의 글자가 말했다.

이렇게 모모는 대문 앞에 앉아서 참을성 있게 기다렸다.

한참이 지났으나 아무 일도 일어나지 않았다. 그래서 모모는 혹시 카시오페이아가 어쩌다가 잘못 짐작한 게 아닌가 하는 생각이 들기 시작했다.

"정말 자신 있게 장담할 수 있니?"

잠시 뒤 모모는 물었다.

기다리라는 대답 대신에 거북이의 등판에는 "잘 있어!"라는 말이 나타났다.

모모는 깜짝 놀랐다.

"무슨 뜻이야, 카시오페이아? 그럼 너도 나를 떠날 거야? 왜? 어디 가는데?"

"너를 찾으러 가는 거야!"

더욱 수수께끼 같은 카시오페이아의 통보였다.

그 순간 갑자기 대문이 활짝 열리더니 미끈한 고급 승용차 한 대가 쏜살같이 빠져 나왔다. 모모는 뒤로 훌쩍 뛰어서 겨우 피하긴 했지만 그만 나자빠져 버렸다.

자동차는 몇 바퀴 재빨리 굴러가더니 끼익 바퀴 소리를 내며 멈추었다. 차문이 활짝 열리고 지지가 뛰쳐나왔다.

"모모!"

그는 소리치며 두 팔을 벌렸다.

"이거 정말 나의 꼬마 모모로구나!"

모모는 벌떡 일어나 지지에게 달려갔다. 지지는 모모를 번쩍 안아올려 두 뺨에 수백 번이나 키스를 하고 길거리에서 모모와 춤을 추었다.

"어디 다친 데는 없니?"

그는 숨가쁘게 물었다. 하지만 그는 모모의 대답을 기다리지도 않고 몹시 들떠 계속 떠들었다.

"너를 놀라게 해서 미안해. 그렇지만 굉장히 시간이 촉박해, 알겠니? 또 지각하게 생겼어. 그 동안 대체 어디 있었던 거야? 전부 얘기해 줘야 해. 네가 다시 돌아올 거라고는 생각도 못했는데. 내 편지는 봤니? 그래? 아직도 거기 있었어? 좋아, 그래서 니노에게 먹으러 갔니? 맛이 있었어? 아, 모모. 우리는 얘기할 게 산더미처럼 많아. 그 동안 너무나 많은 일이 있었어. 대체 어떻게 지냈니? 말 좀 해봐! 그리고 우리 베포 아저씨는 뭘 하시니? 정말 아저씨를 본 지가 너무 오래 되었어. 그리고 아이들은? 아, 저 말이야, 모모. 나는 우리가 모두 같이 모여서 내가 너희들에게 이야기를 들려 주던 그 시절을 아주 자주 생각한단다. 참 좋은 시절이었지. 그렇지만 이젠 모든 것이 달라졌

어. 완전히 딴판이야."

모모는 지지의 물음에 대답을 하려고 여러 번 시도를 했었다. 그렇지만 줄줄 흘러나오는 그의 얘기가 끊일 줄을 몰랐기 때문에 별 수 없이 기다려야 했다. 그는 옛날과 다른 모습이었다. 아주 멋진 몸단장에 좋은 향기가 났다. 그러나 어딘지 모르게 지지가 낯설게 느껴졌다.

그 사이에 자동차에서 네 사람이 내려와 다가왔다. 가죽으로 된 운전기사 제복을 입은 한 남자와, 굳은 표정의, 하지만 진하게 화장을 한 얼굴의 세 숙녀들이었다.

"어린아이가 다쳤나요?"

한 여자가 걱정스럽다기보다는 책망하는 투로 물었다.

"아니요, 아니. 전혀 다친 덴 없어요."

지지가 확신한다는 투로 말했다.

"좀 놀랐을 뿐이에요."

"대체 어쩌자고 대문 앞에서 얼정거리고 있담!"

두 번째 여자가 말했다.

"바로 이 꼬마가 모모예요!"

지지는 웃으면서 말했다.

"내 옛 친구 모모!"

"아, 그 소녀가 그럼 실제로 있었단 말인가요?"

세 번째 여자가 놀라워하며 물었다.

"저는 그 소녀는 선생님이 만들어 냈다고만 생각했었어요. 그렇다면 이것 역시 당장 신문에 낼 수 있겠네요! '동화 속 공주와의 재회'라든가, 그런 게 사람들에겐 전설처럼 솔깃할 거예요! 제가 당장 시작하겠어요. 크게 성공할 거예요!"

"아니,"

지지가 말했다.
"그러고 싶지 않아요."
"그렇지만 애, 꼬마야."
첫번째 숙녀가 이번에는 모모를 향해 미소지었다.
"너는 신문에 나고 싶겠지? 안 그러니?"
"아이를 내버려 둬요!"
지지는 불쾌하게 말했다.
두 번째 숙녀는 손목시계를 들여다보았다.
"지금 전속력으로 가지 않으면 코앞에서 비행기를 놓치게 돼요. 그렇게 되면 일이 어떻게 되는지 선생님도 아시겠지요?"
"원,"
지지는 짜증스럽게 말했다.
"이렇게 오랜만에 만났는데 모모랑 조용히 몇 마디 말도 나눌 수가 없다니! 하지만 꼬마야, 너도 보다시피 저 사람들이 나를 안 놔 주는구나. 저 노예 몰이꾼 같은 사람들이 나를 가만히 내버려 두지 않아!"
"어머나!"
두 번째 숙녀가 날카롭게 대꾸했다.
"우리야 아무래도 상관없어요. 우리는 맡은 일을 하는 것 뿐이니까요. 선생님의 계획표를 조정하는 일로 우리는 선생님에게서 보수를 받고 있어요, 선생님."
"그래 옳아요, 옳아!"
지지는 양보를 했다.
"그럼 떠납시다! 이봐, 모모! 너도 비행장까지 같이 가자. 그럼 가는 동안에 얘기를 할 수 있잖아. 그리고 나서 운전기사가 너를 집까지 데려다 주면 되겠지?"

그는 모모의 대답도 기다리지도 않고 꼬마의 팔을 끌어서 자동차로 데려갔다. 세 숙녀는 뒷좌석에 앉았다. 지지는 운전기사 옆에 앉아 모모를 무릎에 앉혔다. 그러자 차는 출발했다.

"자,"

지지가 말했다.

"이제 얘기해 봐, 모모! 차례대로 차근 차근. 어떻게 그때 그렇게 갑자기 사라졌니?"

모모가 호라 박사와 시간의 꽃들에 관해 막 입을 열려고 할 때, 숙녀들 가운데 한 사람이 앞으로 몸을 굽혔다.

"실례해요."

그녀는 말했다.

"지금 막 굉장히 근사한 생각이 떠올랐어요. 모모를 공공 영화협회로 데려가는 거예요. 이번에 영화화될 선생님의 방랑아 이야기에 꼭 맞는 어린이 스타가 될 거예요. 그 충격을 한번 상상해 보세요! 모모가 모모의 역할을 하는 거예요!"

"아직 못 알아들었어요?"

지지는 날카롭게 말했다.

"무슨 일이 있어도, 이 꼬마를 거기에 끌어들이는 걸 나는 바라지 않아요!"

"선생님의 마음을 정말 알 수 없군요."

숙녀는 기분이 상해서 대꾸했다.

"누구라도 그런 기회라면 잡으려고 할 텐데요."

"나는 다른 누구가 아니오!"

지지가 갑자기 격분해서 언성을 높였다. 그러고는 모모를 향해 덧붙였다.

"미안해, 모모. 혹시 너는 이해가 잘 안 갈는지 모르지만, 나는 이들이 너에게까지 손을 뻗치는 걸 어쨌든 원치 않아."

그러자 세 숙녀 모두가 기분이 상했다.

지지는 신음소리를 내며 머리를 움켜쥐더니 조끼 주머니에서 조그만 은빛 상자를 꺼내어 알약을 집어 꿀꺽 삼켰다.

몇 분 동안 아무도 입을 열지 않았다.

이윽고 지지가 뒤의 숙녀들에게 몸을 돌렸다.

"미안해요."

그는 의기소침해서 중얼거렸다.

"당신네들을 두고 한 말은 아니었어요. 신경이 너무 날카로워 있어서."

"이해해요, 그러시다는 것쯤 알고도 남아요."

첫번째 숙녀가 대답했다.

"자, 그럼,"

지지는 말을 이으며 슬며시 곁눈질로 모모를 향해 미소지었다.

"이제 우리의 이야기를 하자, 모모."

"그 전에 한 가지만 물어 보겠어요."

이번엔 두 번째 숙녀가 끼어들었다.

"이제 곧 도착하게 되는데요. 저에게 잠시만 이 꼬마와 인터뷰를 하게 해주시지 않겠어요?"

"그만 하라니까!"

지지는 화가 머리 끝까지 올라 고함을 쳤다.

"나는 지금 모모랑, 개인적인 얘기를 하고 싶소! 나에게는 중요한 일이에요. 몇 번이나 그걸 설명해야 해요?"

"그렇지만 선생님이 늘 저를 탓하셨잖아요."

이번엔 숙녀도 똑같이 화가 나서 대꾸했다.
"선생님을 위해 효과적인 광고를 못한다고요!"
"맞아요!"
지지는 신음을 했다.
"그렇지만 지금은 안 돼요! 지금은 안 돼요!"
"유감이에요!"
숙녀가 말했다.
"그렇게 하면 사람들에게 눈물이 쏟아지게 감동을 줄 텐데요. 선생님 뜻대로 하세요. 어쩌면 나중에라도 할 수 있겠지요, 만일……."
"안 돼요!"
지지는 말을 막았다.
"지금도 나중에도 언제라도 안 돼요. 그리고 이제 제발 입 좀 다물어 주시오. 내가 모모랑 말하는 동안!"
"좋아요, 한 마디만 더 하겠어요!"
숙녀도 못지않게 거칠게 대꾸했다.
"결국 이것은 선생님의 광고에 관계되는 것이지, 저의 광고가 아니예요! 선생님이 지금 이런 기회를 무시할 처지인지 깊이 생각해 보세요!"
"아니,"
지지는 어쩔 줄 몰라하며 소리쳤다.
"나는 그것을 무시 할 처지가 아니지요! 그렇지만 모모를 끌어들일 수는 없어요! 그리고 이제, 제발 부탁이니 우리들을 5분만 가만 내버려 둬요!"
숙녀들은 침묵을 지켰다. 지지는 지친 듯 손으로 두 눈을 비볐다.
"그래, 나는 이꼴이 되어 버렸어."

그는 잠시 소리내어 쓸쓸히 웃었다.

"이젠 원해도 되돌아갈 수 없어, '지지는 어디까지 지지야!' 하던 말은 흘러간 얘기야. 아직도 그말 기억하니? 그런데 보다시피 지지는 지지로 머물러 있지를 못했어. 모모, 얘기 하나 해 줄까? 우리 인생에서 가장 위험한 건 꿈이 이루어지는 거야. 나처럼 된다면 말야. 이제 난 꿈이 없어. 너희들에게 꿈꾸는 걸 다시 배울 수도 없을 거야."

그는 우울한 시선으로 차창 밖을 물끄러미 내다보았다.

"이제 나에게 남아 있는 유일한 가능성이라면, 아마도…… 입을 다무는 일일 거야. 이야기를 더 이상 안하고 침묵하는 일일 거야. 아마도 남아 있는 내 평생 동안. 아니면, 적어도 세상이 나를 잊어버리고, 내가 이름 없는 가난한 떠돌이로 되돌아 갈 때까지 말이야. 그렇지만 꿈없이 가난하다는 것은—그럴 수가 없어, 모모. 그것은 지옥이야. 그래서 나는 지금의 내 자리에 머물러 있기로 한 거야. 이것 역시 사실은 지옥이야. 하지만 적어도 편안한 지옥이야. 아, 내가 뭘 떠들고 있지? 당연히 너는 이 모든 것을 이해하지 못할 거야."

모모는 다만 그를 바라볼 뿐이었다. 모모는 무엇보다도, 지지가 괴로워하고 있음을, 죽도록 괴로워하고 있음을 알 수 있었다.

회색 무리가 그에게 손길을 뻗쳤다고 짐작이 갔다. 하지만, 지지 스스로가 전혀 원하지 않는 데 어떻게 도와줄 수 있을지 도무지 알 수 없었다.

"이런, 내내 내 얘기만 했군."

지지는 말했다.

"그 동안 지냈던 일 얘기 좀 해봐, 모모!"

그 순간 자동차가 비행장에 닿았다. 모두들 서둘러 내려 급히 들어갔다. 벌써 거기엔 제복을 입은 여자 승무원들이 대기하고 있었다. 몇

다시 만남, 그리고 머나먼 헤어짐

몇 신문기자가 그의 사진을 찍고 질문을 했다. 하지만 여자 승무원들이 비행기 출발 시간이 몇 분 남지 않았다고 그를 재촉했다.

지지는 몸을 굽히고 모모를 바라보았다. 그 때 그의 눈엔 눈물이 고였다.

"이봐, 모모."

그는 주위에 서 있는 사람이 못 알아듣게 조그만 소리로 말했다.

"나랑 같이 있어! 이번 여행길에 어디든지 너를 데려갈게. 아름다운 내 집에서 같이 살면서 진짜 꼬마 공주처럼 비로드와 비단옷을 입고 다니는 거야. 너는 그냥 내 옆에 있으면서 내 얘기를 귀기울여 들어 주면 돼. 그러면 아마 그 때처럼, 내게 다시 진정한 이야기들이 떠오르겠지, 응? 그냥 그러겠다고 대답만 해, 모모. 그럼 모든 것이 제대로 되는 거야. 부탁이야, 나를 도와 줘!"

모모는 지지를 진심으로 도와 주고 싶었다. 그래서 가슴이 아파 왔다. 하지만 모모는 그것이 옳은 길이 아니라는 것을, 지지는 다시 지지로 돌아와야 한다는 것을, 그리고 모모 자신이 이미 모모가 아니라면 지지에게 아무런 도움이 안 된다는 걸 느꼈다. 모모의 눈에도 눈물이 가득 고였다. 모모는 고개를 살랑 살랑 저었다.

지지는 모모를 이해한 모양이었다. 그는 슬픈 표정으로 고개를 끄덕이고, 그런 일을 하라고 자기가 돈을 지불하는 숙녀들에 의해 끌려갔다. 멀리서 지지는 다시 한 번 손을 흔들었고, 모모도 답을 했다. 그리고 그는 곧 사라졌다.

모모는 지지와 만나는 동안 내내 한 마디 말도 할 수 없었다. 사실 그에게 할 말이 많았는데. 모모는 지지를 다시 찾았지만, 이번에야말로 정말 그를 잃어버린 것 같은 느낌이 들었다.

모모는 천천히 몸을 돌려 대합실 밖으로 나갔다.

그 순간 무서운 충격이 온몸을 꿰뚫었다. 카시오페이아 역시 잃어버린 게 아닌가!

풍요 속의 괴로움

"자, 어디로 가지?"

모모가 다시 지지의 멋진 승용차로 돌아 와 옆에 앉자, 운전기사가 물었다.

모모는 넋을 놓은 듯 멍하니 앞을 보고 있었다. 뭐라고 대답해야 할까? 대체 어디로 가려고 했지? 카시오페이아를 찾아야 했다. 그런데 어디서? 언제 어디서 잃어버렸지? 지지와 함께 차 안에 있던 시간 내내, 거북이는 없었다. 그것만은 모모도 확실히 알고 있었다. 그러니까 지지의 집 앞에서였다! 그제야 모모는 거북이의 등 위에 "잘 있어!" 또 "너를 찾으러 가는 거야"라고 쓰여 있던 말을 떠올렸다. 물론 카시오페이아는 모모가 곧 자기를 잃어버리게 되리라는 것을 미리 알고 있었다. 그러니까 거북이는 모모를 찾으러 간 것이었다. 하지만 모모는 어디서 카시오페이아를 찾아 낸단 말인가?

"자, 오래 걸리니?"

운전기사는 말하며 손가락으로 운전대를 탁탁 쳤다.

"너를 데려다 준 뒤에도 나는 또 할 일이 있어."

"지지의 집으로 가 주세요."

모모가 대답했다.

운전기사는 좀 놀란 듯 돌아보았다.

"나는 너를 너의 집으로 데려다 주는 줄 알았어. 이제 너도 우리 집에서 살 거니?"

"아니요,"

모모는 대답했다.

"길에서 무엇을 잃어버렸어요. 그걸 찾아야 해요."

운전기사에게는 잘된 일이었다. 어찌 되었든 그리로 가야 했으니까.

지지의 별장 앞에 닿자, 모모는 당장 내려서 언저리를 샅샅이 뒤지기 시작했다.

"카시오페이아!"

외치는 모모의 음성이 점점 작아졌다.

"카시오페이아!"

"대체 뭘 찾는 거니?"

운전기사가 차창으로 내다보며 물었다.

"호라 박사님의 거북이예요."

모모는 대답했다.

"이름이 카시오페이아인데 언제든지 반 시간 전에 미래를 내다봐요. 그리고 등판에다가 글씨를 써요. 무슨 일이 있어도 거북이를 찾아야 해요. 도와 주실래요?"

"그런 엉터리 같은 장난을 하고 있을 시간이 없어!"

그는 투덜거리면서 차를 대문으로 몰고 들어갔다. 대문은 바로 닫혔다.

모모는 혼자서 찾았다. 거리를 온통 샅샅이 뒤졌는데도 카시오페이아는 눈에 띄지 않았다.

'어쩌면' 모모는 생각했다.

'거북이는 원형극장으로 가고 있을 지도 몰라.'

그래서 모모는 아까 왔던 길을 터덜터덜 되돌아 걸었다. 그러면서 담 모퉁이마다 살펴보고, 거리의 개천마다 들여다보았다. 줄기차게 거북이를 부르면서. 그러나 헛일이었다.

한밤중이 되어서야 모모는 원형극장 옛터에 이르렀다. 여기에서도, 어둠을 무릅쓰고 찾아볼 수 있는 한 샅샅이 모든 곳을 뒤졌다. 그리고 기적이라도 일어나서 자기보다 앞서 거북이가 집 안에 돌아와 있다면, 하는 조마조마한 희망을 품었다. 그러나 느림보 거북이에게는 당연히 기대할 수 없는 일이었다.

모모는 침대로 기어들어갔다. 난생 처음으로 모모는 진정한 외토리가 된 것이었다.

그리고 그 뒤 몇 주일 동안 모모는 정처없이 큰 도시 안을 헤매며, 도로청소부 베포를 찾았다. 그의 행방을 알고 있는 사람이 아무도 없었기 때문에, 모모로서는 우연히 길에서 마주치길 바라는 수밖에 없었다. 물론 이 엄청나게 큰 도시 안에서 두 사람이 우연히 만날 가능성이란, 난파된 배의 선원이 넓은 바다에 던진 편지 담긴 병을 먼 해안가 어선이 발견하는 것만큼이나 희박한 일이었다.

그런데도 어쩌면 서로 아주 가까이 있을는지 모른다고 모모는 생각했다. 베포가 바로 1시간 전에, 아니 1분 전에, 어쩌면 방금 전에 있었던 장소를 자기가 지나가고 있는 일이 얼마나 자주 일어날지, 아무도 모를 일이었다. 아니면 반대로, 이 장소나 이 길모퉁이를 금방, 또는 잠시 뒤에 베포가 얼마나 자주 지나가게 될는지도 모를 일이었다. 그래서 모모는 여러 차례 한 장소에서 몇 시간씩 기다렸다. 그렇지만 결국 언제나 장소를 옮길 수밖에 없었다. 그래야만 어긋날 확률을 줄일 수 있기 때문이었다.

카시오페이아가 있다면 지금 얼마나 도움이 될까!

"기다려!" 또는 "그냥 가!"라고 가르쳐 주었을 텐데. 모모는 어떻게 해야 할지를 도저히 알 수가 없었다. 기다리고 있을 때는, 그러느라고 베포와 어긋날 것이 걱정스러웠고, 기다리지 않을 때는 그래서 또 어긋날 것이 걱정스러웠다.

모모는 혹시나 옛날에 늘 찾아오던 아이들을 다시 만나지 않을까 찾아보았다. 그러나 한 명도 만날 수 없었다. 도대체 거리에는 어린이라고는 보이지 않았다. 그러자 아이들은 이제 보호 감독을 받고 있다고 하던 니노의 말이 떠올랐다.

모모가 한 번도 경관이나 어른에게 잡혀서 탁아소로 끌려가지 않은 까닭은, 몰래 숨어서 끊임없이 지키는 회색 무리의 감시 탓이었다. 그렇게 하지 않으면 그들의 계획이 어긋나 버리기 때문이었다. 하지만 모모가 그런 일을 알 리 없었다.

매일 한 번씩 모모는 니노의 식당에 밥을 먹으러 갔다. 그러나 처음 만났을 때보다 더 많은 얘기를 나눌 수는 없었다. 니노는 언제나 쉴 새 없이 바빴다.

몇 주일이 지나고 몇 달이 흘러갔다. 그런데도 모모는 여전히 외토리였다.

언젠가 딱 한 번, 해질녘 어스름한 빛 속에서 어느 다리의 난 간에 앉아 있을 때, 모모는 멀리 다른 다리 위에서 등이 구부정 한 형체를 발견했다. 그 형체는 무슨 목숨이라도 걸린 일인 듯, 성급하게 빗자루를 휘두르고 있었다. 모모는 베포인가보다 생각하고 소리를 치고 손짓을 했지만 그 형체는 쉴 새 없이 비질만 계속해 댔다. 모모가 달려갔을 때는 그쪽 다리에 이미 아무도 없었다.

"아마 베포 할아버지가 아니었을 거야."

모모는 혼잣말로 자신을 위로했다.

"아냐. 그럴 리가 없어. 나는 베포 할아버지의 비질하는 모습을 기억하고 있어."

또 모모는 원형극장 옛터 안의 집에 머물러 있는 날도 많았다. 혹시 자기가 돌아왔나 살펴보러, 베포 할아버지가 들를지도 모른다는 희망이 솟아나기 때문이었다. 하필 그 때 자기가 없다면 그는 여전히 자기가 돌아오지 않았다고 생각할 것이다. 이 일도, 어쩌면 일 주일 또는 바로 어제 벌어졌을지 모른다는 걱정이 모모를 괴롭혔다. 그래서 모모는 기다렸다. 물론 기다려야 헛일이었다. 마침내 모모는 방벽에 '내가 다시 왔어요'라고 크게 써 놓았다. 그렇지만 모모 자신 이외의 다른 누가 그것을 읽은 적은 한 번도 없었다.

그러나 이러한 시간에서도 모모가 간직하는 것이 있었다. 그것은 호라 박사 집에서의 체험과 꽃들과 음악에 대해 생생히 떠오르는 기억이었다. 두 눈을 감고 자기 안으로 귀를 기울이기만 하면 타오르는 듯한 찬란한 빛깔의 꽃들이 눈앞에 떠올랐고 다양한 소리가 만들어내는 음악이 들려 왔다. 이 음악은 끊임없이 새로 만들어지고 한 번도 똑같은 적이 없었지만, 첫날과 마찬가지로 모모는 모든 노랫말을 따라 말하고 가락을 따라 불렀다.

곧잘 모모는 하루 종일 돌계단에 앉아 혼자서 말하고 노래를 했다.

나무와 새들, 옛 돌들밖에는 모모의 노래에 귀기울이지 않았다.

세상에는 여러 종류의 고독이 있다. 그렇지만 모모가 체험한 고독은 불과 몇 안 되는 사람이 알고 있는 고독이요, 더욱이 그와 같은 큰 힘을 지닌 고독을 알고 있는 사람은 거의 없었다.

모모는 자신이, 마치 숨을 쉬지 못할 것처럼 점점 불어나고 있는 많은 보물로 꽉 찬 동굴 속에 갇혀 있는 느낌이 들었다. 그런데 나갈 길이 없지 않은가! 아무도 모모가 있는 곳까지 뚫고 들어올 수 없고, 모모가 있는 곳 조차 누구에게도 알려 줄 수 없는 노릇이었다. 그렇게 시간의 동굴 속에 깊이 갇혀진 듯이 느껴졌다.

차라리 이 음악을 다시는 듣고 싶지 않은, 이 색채들을 다시는 보고 싶지 않은 시간들도 이따금 있었다. 그럼에도 불구하고 결단을 내려야 할 상황에 처한다면, 모모는 이 기억을 세상의 어느 것과도 바꿀 수 없었으리라. 그로 인하여 목숨을 잃는다 해도 말이다. 이제 모모는 깨달았다. 세상에는 다른 사람들과 나누어 가지지 않으면 그로 인해 파멸에 빠지는 보물이 있다는 것을…….

하루가 멀다 하고, 모모는 지지의 집으로 가서 정원문 앞에서 몇 시간씩 기다리곤 했다. 지지를 다시 한 번 보고 싶었다. 모모는 그 동안 무엇이든지 받아들이기로 작정했던 것이다. 지지의 집에 머물면서 그의 이야기에 귀를 기울이고 그에게 이야기를 들려 주고 싶었다. 옛날처럼 되돌아갈 수 있든 없든 간에. 그렇지만 대문은 다시는 열리지 않았다.

사실 이렇게 흘러간 시간은 몇 달에 불과했다. 그런데도 이 시간은 모모가 겪었던 어느 때보다도 긴 시간이었다. 사실 시간이란 시계와 달력으로 잴 수 있는 것은 아니다.

이런 종류의 고독에 대해서는 정확하게 이야기하는 것이 전혀 불가능한 일이다. 다만 한 가지 사실을 더 얘기하는 것으로 족할는지 모른다. 즉, 호라 박사에게로 가는 길을 찾을 수만 있었더라면—아닌 게 아니라 모모는 수없이 되풀이해서 시도했었다—모모는 그에게 가서, 이제는 더 이상 자기에게 시간을 나눠 주지 말도록, 아니면 호라 박사의 집에 머물도록 허락해 달라고 부탁했으리라. 하지만 카시오페이아 없이는 그 길을 다시 찾을 수 없었다. 그리고 카시오페이아는 사라진 채 나타나지 않았다. 어쩌면 거북이는 오래 전에 호라 박사에게로 돌아가 버렸는지 모를 일이었다. 아니면 세상 어딘가에서 길을 잃었는지도 모를 일이었다. 어쨌든 거북이는 다시 돌아오지 않았다.

그 대신 전혀 엉뚱한 일이 벌어졌다.

어느 날 모모는 시내에서, 옛날에 늘 자기를 찾아오던 세 아이를 만났다. 파올로와 프랑코, 그리고 옛날에 늘 꼬마 동생 데데를 데리고 오던 소녀 마리아였다. 세 아이의 모습이 모두 전혀 딴판이었다. 한결같이 회색 제복 같은 것을 입고 있고, 얼굴은 이상하게 마비된 듯 핏기가 없었다. 모모가 환성을 지르며 인사를 해도, 아이들은 웃지도 않았다.

"너희들을 얼마나 찾았다구."

모모가 숨가쁘게 말했다.

"지금 다시 내 집으로 안 갈래?"

세 아이들은 눈길을 주고받더니, 한결같이 고개를 가로저었다.

"그럼 내일 올래?"

모모는 물었다.

"아니면 모레?"

다시 세 아이들은 고개를 살래살래 흔들었다.

"아, 다시 와."

모모는 졸랐다.

"옛날엔 늘 오지 않았었니?"

"옛날엔 그랬지!"

파올로가 대답했다.

"그렇지만 지금은 모든 게 달라졌어. 우린 이제 시간을 쓸데없이 낭비해서는 안 돼."

"우리는 그러지 않았어."

모모가 말했다.

"그래, 그 때가 참 재미있었어."

마리아가 말했다.

"그렇지만 이젠 달라졌어."

세 어린이는 성급하게 계속 걸었다. 모모는 그들 옆에서 따라 걸었다.

"지금 대체 어디 가는 거니?"

모모가 말했다.

"탁아소에."

프랑코가 대답했다.

"거기서 놀이를 배워."

"무슨 놀이인데?"

모모가 물었다.

"오늘은 펀치 카드 놀이를 배울 거야."

파올로가 설명했다.

"굉장히 유익한 놀이야. 그렇지만 정신을 바짝 차려야 해."

"어떻게 하는 건데?"

"우리 모두가 각기 펀치 카드를 제시해. 모든 펀치 카드에는 굉장히 여러 가지 것이 적혀 있어. 키, 나이, 무게 등. 그렇지만 물론 실제 자기 것은 절대 아니야. 그러면 너무 쉬우니까 말이야. 어떨 땐 그냥 긴 숫자로 표시하기도 해. 예를 들면 MUX/763/Y처럼 말이야. 그러고 나면 우리가 낸 카드들은 뒤섞여져서 카드함 속에 들어가지. 그 다음엔 우리들 가운데 한 아이가 어떤 특정한 카드를 알아맞혀야 하는 거야. 그 아이는 계속 질문을 해. 그러는 가운데에 맞지 않는 다른 카드는 하나씩 빼내어지고 맨 나중엔 맞는 카드 한 장만 남게 되는 거야. 이걸 제일 빨리 하는 아이가 이기게 되는 거야."

"그게 재미있니?"

모모는 의아스럽게 물었다.

"그건 중요하지 않아."

마리아가 겁난다는 듯이 말했다.

"그렇게 말하면 안 돼."

"그럼 뭐가 중요한데?"

모모는 궁금해했다.

"중요한 건"

파올로가 대답했다.

"앞으로 필요한 거야."

그러는 동안 그들은 커다란 회색 건물 정문 앞에 닿았다. 문 위에 '탁아소'라고 쓰여 있었다.

"너희들에게 할 말이 참 많았는데."

모모가 말했다.

"언제 다시 만날 수 있을 거야."

마리아가 서글프게 말했다.

굉장히 많은 아이들이 한결같이 그 문으로 들어가고 있었다. 그들은 모두 모모의 세 친구들과 닮아 있었다.

"너와 놀 때가 훨씬 재미있었어."

프랑코가 불쑥 말했다.

"그땐 우리끼리 굉장히 여러 가지 근사한 생각을 해냈지. 하지만 그러면 아무 것도 못 배운대."

"그럼 그냥 도망쳐 나올 수 없니?"

모모가 제안을 했다.

세 어린이는 고개를 흔들며 누가 듣지 않았나 두리번거렸다.

"벌써 몇 번 그래 봤어, 처음에는."

프랑코가 조그맣게 말했다.

"그래도 소용없어, 항상 다시 잡혀 왔거든."

"그렇게 말하면 안 돼."

마리아가 말했다.

"지금 우리는 보호 감독을 받고 있어."

모두들 잠자코 멍하니 앞을 바라보았다. 마침내 모모는 마음을 굳히고 물었다.

"너희들 나도 같이 데려가 줄 수 없니? 지금 나는 늘 혼자야."

하지만 그때 알 수 없는 일이 벌어졌다. 뭐라고 대답을 하기도 전에 마치 강력한 자석에 끌린 듯이 아이들이 문 안으로 빨려 들어가 버린 것이다. 그들 뒤에서 문이 쾅하며 닫혔다.

모모는 깜짝 놀라 그 장면을 바라보았다. 잠시 뒤, 초인종을 누르든지 문을 두드려 보려고 문 쪽으로 다가서려 했다.

어떤 놀이든 자기도 같이 놀게 해 달라고 이야기해 볼 작정이었다. 그렇지만 미처 문을 향해 한 발짝 떼어 놓기도 전에, 모모는 깜짝 놀라 얼어붙었다. 문과 자기 사이에 갑자기 회색 무리의 한 사나이가 막고 서 있는 게 아닌가.

"소용없어!"

그 사나이는 엷은 미소를 띄며 입에 담배를 물고 말했다.

"이제 그런 짓은 하지 마! 네가 저 안에 들어가는 건 우리 계획이 아냐."

"왜요?"

모모가 물었다. 다시 얼어붙는 듯한 냉기가 몸속에 파고드는 것이 느껴졌다.

"우리는 네가 다른 걸 하기를 바라거든."

회색 사나이는 이렇게 말하고 담배 연기를 동그랗게 내뿜었다. 그것은 올가미처럼 모모의 목을 감고 있다가 한참만에 날아갔다.

사람들이 오가고 있었다. 그들은 한결같이 무섭도록 서둘러 걷고 있었다. 모모는 회색 사나이를 손가락으로 가리키며 도움을 청하려고 했지만 한 마디도 입 밖에 나오지 않았다.

"집어 치워!"

회색 사나이는 말하며 기쁨이 전혀 없는 잿빛 웃음소리를 내었다.

"아직도 그렇게 우리를 모르겠니? 우리의 힘이 얼마나 막강한가를 여전히 몰라? 우리는 너의 모든 기쁨을 빼앗았어. 너를 도와 줄 사람은 아무도 없어. 게다가 너도 이제는 우리 뜻대로 할 수 있어. 그렇지만 보다시피 우리는 너를 아끼고 있어.

"왜요?"

모모는 가까스로 입을 열었다.

"네가 우리에게 조그만 일을 하나 해주었으면 해서."

회색 사나이는 대답했다.

"현명하게만 굴면, 너는 그 일로 많은 것을 얻을 수 있어. 또 너의 친구들도, 하겠니?"

"예."

모모는 조그맣게 말했다.

회색 사나이는 엷은 웃음을 지었다.

"그럼 오늘 밤 12시에 만나 의논을 하자."

모모는 말없이 고개를 끄덕였다. 하지만 어느 새 회색 사나이는 사라지고 없었다. 다만 그가 남긴 담배 연기만이 공중에 떠돌고 있었다.

그날 밤 어디서 만날지에 대해서 그는 말하지 않은 채였다.

큰 불안 보다 큰 용기

　모모는 원형극장 터로 돌아가기가 싫었다. 한밤중에 만나자던 회색 사나이가 그 곳에 나타날 것이 틀림없었기 때문이다.
　그 곳에서 그와 단둘이 만날 생각을 떠올리자 소름이 끼치도록 무서워졌다.
　아니, 모모는 절대로 그를 다시 만나고 싶지 않았다. 그 어디에서든, 그 무엇을 제의하든, 결국 자기와 친구들에게 좋을 리 없음은 너무나 뻔한 일이었다.
　그렇지만 어디로 가야 그 사나이의 눈에 안 띄게 숨어 버릴 수 있단 말인가? 수많은 사람의 무리 속에 들어가 있으면 가장 안전할 것 같은 생각이 들었다. 사실 방금 전 자기와 회색 사나이를 거들떠보는 사람이 아무도 없었음을 실제로 겪었으면서도, 회색 사나이가 무슨 짓이라도 할 경우 살려 달라고 외치면, 주위 사람들의 주의를 끌 수 있고 도움을 받을 수 있을 것 같았다. 그뿐 아니라 밀집한 군중 틈에 섞여 있는 것이 찾기에 보다 어려울 거라는 생각이 들었다.

그래서 그날 오후와 저녁 시간 내내 밤이 이슥하도록 모모는 가장 번잡한 거리와 광장을 빽빽한 행인들 무리에 끼어 휩쓸려 다녔다. 그런데 커다란 원을 그리듯이 떠난 자리로 되돌아 오게 되었다. 모모는 두 번, 세 번 원을 그리며 돌아다녔다. 뭔가에 쫓기듯 빠르게 걸음을 옮기는 사람들의 흐름에 그냥 몸을 맡기고 걸었다.

그러나 이렇게 온종일 돌아다니다 보니 견딜 수 없이 다리가 아파 왔다. 밤은 점점 깊어졌고, 모모는 반쯤 잠이 든 채 걷고 있었다. 끊임없이 앞으로, 앞으로, 앞으로…….

'잠깐만 쉬면,'

모모는 마침내 생각했다.

'잠깐만 쉬면 다시 정신을 차릴 수 있을 텐데…….'

길가에 마침 갖가지 종류의 자루와 상자를 실은 작은 삼륜차가 서 있었다. 모모는 그 위에 기어올라가 자루 하나에 몸을 기대었다. 기분 좋게 푹신했다. 피곤한 다리를 세우고 치마로 그 위를 덮었다. 아, 살 것 같아! 모모는 안도의 한숨을 쉬고는 자루에 기대어 누웠다. 그리고는 피곤에 못 이겨 자신도 모르는 새에 깜빡 잠이 들었다.

그리고 뒤얽힌 꿈에 시달렸다. 모모는 빗자루를 평행으로 들고 바닥모를 심연 위 아득히 높은 데서 줄타기를 하는 베포 노인을 보았다.

"어디가 끝이지?"

베포가 끊임없이 외쳐 댔다.

"끝이 보이지 않아!"

과연 줄은 끝없이 길어 보였다. 어둠 속에 묻혀 버려 양쪽 끝이 보이지 않았다.

　모모는 베포를 돕고 싶었다. 하지만 그에게 도저히 자기의 위치를 알려 줄 방법이 없었다. 베포는 너무나 멀리, 너무나 높이 떨어져 있었다.

　그러고 나서 모모는 지지를 보았다. 지지는 입에서 쉴 새 없이 종이 테이프를 토해 내고 있었다. 계속해서 토해 내지만 테이프는 끊어지지도 않고 끝없이 풀려 나왔다. 어느 새 지지는 산더미처럼 쌓인 종이 테이프 위에 서 있었다. 모모의 눈에는 그의 시선이 도와 달라고 애원하는 듯 했다. 정말 금세라도 숨이 막힐 것처럼 보였다.

　모모는 그에게 달려가려 했다. 하지만 발목이 종이 테이프에 걸려 빠져 나오려고 애를 쓰면 쓸수록 테이프 더미 속으로 더욱 빠져들어갔다.

　다음 번에 모모는 아이들을 보았다. 아이들은 한결같이 카드처럼 납작한 평면으로 보였다. 그리고 각각의 카드마다 어떤 모양대로 구멍이 뚫려 있었다. 카드들은 뒤섞여져 정돈되어 펀치로 새 구멍이 뚫리기를 기다리고 있었다. 카드가 된 아이들은 큰 소리로 울고 있었다. 그렇지만 어느 새 그들은 다시 뒤섞여 차례차례 포개져 떨어지며, 덜컥덜컥 소리를 냈다.

　"멈춰!"

　모모는 외치려고 했다.

　"그만둬요!"

　그러나 덜컥덜컥 하는 소리에 묻혀 모모의 가는 음성은 들리지도 않았다. 그 소리는 점점 커져 갔고, 드디어 모모는 그 소리에 잠이 깨었다.

　그 순간, 모모는 언저리가 깜깜해서 자기가 어디 있는지 알 수 없었다. 하지만 곧 화물차 위로 올라왔었다는 생각이 떠올랐다. 지금 그 차가 달리면서 요란한 모터 소리를 내고 있었던 것이다.

모모는 아직도 눈물로 축축한 뺨을 닦았다.

대체 여기가 어디란 말인가? 모모가 자는 새에 이 차는 이미 상당히 오래 달려왔음이 분명했다. 차는 지금, 이런 늦은 밤이면 죽음처럼 느껴지는 도시의 한 부분에 와 있었다. 거리엔 사람들을 찾아볼 수 없고 높은 건물엔 불이 꺼져 있었다.

화물차는 천천히 달리고 있었기 때문에 모모는 별 생각도 없이 훌쩍 뛰어내렸다. 회색 무리를 피해 안전하리라고 여겨지는 번잡한 거리로 되돌아갈 생각이었다. 하지만 그때 꿈을 꾼 장면이 떠올라서 우뚝 멈춰 섰다.

어두운 거리에서 모터의 소음은 점점 멀어지다가 곧 조용해졌다.

모모는 이제 도망치고 싶지 않았다. 사실 모모는 이제껏 자신의 안전을 위해 도망쳤다. 지금까지 내내 자신만을, 자신의 외로움만을, 자신의 공포만을 생각했던 것이다! 그런데 사실 진짜 곤경에 빠져 있는 건 친구들이 아닌가. 그들에게 도움의 손길을 뻗칠 그 누군가가 아직 있다면, 그것은 모모 자신뿐이었다. 친구들에게 자유를 되돌려 주도록 회색 무리를 움직일 가능성이 아무리 적다 해도, 최소한 시도는 해보아야 했다.

여기까지 생각이 미쳤을 때, 모모는 갑자기 자기 마음속의 신비스러운 변화를 느꼈다. 어찌할 바를 모르던 공포감이 갑자기 뒤집혀 정반대의 감정이 들어차지 않는가. 이제 반대의 감정이 굳게 디디고 일어섰다. 모모는 세상 어떠한 힘에도 굴하지 않을 용기와 자신을 느꼈다. 아니 그 이상이었다. 자기에게 무슨 일이 일어나든, 이제는 무엇 하나 문제될 것이 없었다.

모모는 회색 무리를 만나야겠다는 굳센 의지가 생겼다. 무슨 일이 있어도 만날 생각이었다.

'당장 원형극장 옛터로 가야지.'

모모는 생각했다.

'벌써 너무 늦었는지 몰라. 어쩌면 그 사람이 나를 기다리고 있을 거야.'

그렇게 결심은 했지만, 사실 막상 행동으로 옮기는 일이 난감했다. 지금 있는 곳이 어디인지, 도대체 어느 방향으로 가야 할지 전혀 짐작이 가지 않았다. 그런데도 모모는 하늘에 운을 맡기고 발을 떼었다.

모모는 어둡고 쥐죽은 듯 조용한 거리를 쉬지 않고 자꾸자꾸 걸었다. 게다가 맨발이었기 때문에 자신의 발소리조차 울리지 않았다. 낯선 길 모퉁이를 돌아설 때마다 모모는 어느 쪽으로 가야 할지를 알려 주는 표지판이라도 눈에 띄기를 바랐지만 헛일이었다. 물론 누구에게 물어 볼 수도 없었다. 도중에 만난 유일하게 살아 있는 것이라곤 비쩍 마른 더러운 개 한 마리뿐이었다. 개는 쓰레기 더미에서 먹이를 뒤지다가 모모가 가까이 가자 겁에 질려 내빼 버렸다.

이윽고 모모는 엄청나게 넓고 텅 빈 광장에 이르렀다. 나무와 분수가 있는 아름다운 광장이 아니라, 그냥 넓기만 하고 황량한 평지였다. 다만 광장의 가장자리에 밤하늘을 배경으로 집들의 그림자가 컴컴하게 우뚝 솟아 있었다.

모모는 광장을 가로질러갔다. 바로 광장 한가운데에 이르렀을 때 시계탑에서 종치는 소리가 아주 가깝게 들려 왔다. 시계 소리는 여러 번 울렸다. 어쩌면 자정이 이미 되었는지도 모를 일이었다.

'지금 회색 사나이가 원형극장에서 나를 기다리고 있다면 시간에 맞춰 가는 건 벌써 틀렸어.'

모모는 생각했다.

'그는 공연히 기다리다가 돌아갈 거야. 친구들을 도와 줄 가능성이 영 사라지는 건지도 몰라, 영원히 말이야!'

모모는 주먹을 깨물었다.

'어떻게 한담? 이제부터 무엇을 할 수 있을까?'

모모는 어찌할 바를 몰랐다.

"나 여기 있어요!"

모모는 큰 소리로 어둠 속을 향해 힘껏 외쳤다. 하지만 회색 사나이가 그 소리를 들으리라고는 기대하지 않았다. 그러나 그건 모모가 잘못 생각한 것이었다.

마지막 종소리가 사라지자마자, 이 크고 텅 빈 광장 언저리에서 갈라져 나간 사방의 거리에서 희미한 불빛이 솟아오르더니 차츰 밝아졌다. 모모는 곧 그것이, 지금 자기가 서 있는 광장을 향해 사방에서 느릿느릿 굴러 오고 있는 여러 대의 자동차 불빛임을 알아차렸다. 어느 방향으로 몸을 돌려도 사방에서 눈부시게 강한 불빛이 비쳐서 모모는 손으로 눈을 가렸다. 그들이 온 것이다!

하지만 이렇게 잔뜩 몰려 올 줄은 모모는 짐작하지 못했다. 한순간 용기가 다시 꺾였다. 하지만 이렇게 포위되어 도망칠 수도 없었기 때문에, 모모는 지나치게 헐렁한 남자 웃옷 속으로 될 수 있는 한 기어 들어갔다.

하지만 모모는 곧 꽃들과 위대한 음악 속의 음성을 생각하였고, 눈 깜짝할 새에 다시 위안을 느끼고 힘을 얻었다.

나직이 모터 소리를 붕붕거리면서 자동차들은 점점 가까이 다가왔다. 마침내 차들은 모모를 중심점으로 하여 나란히 하나의 원을 그리며 멈췄다.

그리고 회색 사나이들이 차에서 내렸다. 그들이 불빛 뒤쪽 어둠 속에 서 있어 몇 명인지는 알 수 없었다.

하지만 수많은 시선이 자기를 향하고 있다는 것만은 느낄 수 있었다——결코 친절하지 않은 시선들이. 모모는 몹시 추워졌다.

한동안 아무도 입을 떼지 않았다. 모모도, 회색 무리 가운데 어느 누구도.

"이 아이가 그러니까,"

이윽고 어느 잿빛 음성이 말했다.

"한때 깜찍하게도 우리랑 맞서 싸우려 했던 모모라는 꼬마요. 자, 저 가련한 모습을 보시오!"

뒤이어, 멀리서 웃음소리처럼 들리는 여러 사나이들의 웅성웅성하는 소음이 일었다.

"조심하시오!"

다른 잿빛 음성이 소리를 낮춰 말했다.

"아시다시피 이 꼬마는 우리에게 굉장히 해로운 존재가 될 가능성을 갖고 있소. 꼬마를 속이려는 건 소용 없는 짓이오."

모모는 잔뜩 귀를 기울였다.

"그럼 좋소."

첫번째 음성이 불빛 뒤의 어둠 속에서 말했다.

"그럼 우리 진실을 가지고 시도해 보기로 합시다."

그리고 다시 긴 침묵이 흘렀다. 모든 회색 무리들이 진실을 말하기를 무서워한다는 것을 알 수 있었다. 그들은 진실을 말하는 데에 엄청나게 안간힘을 써야 하는 모양이었다. 여러 목구멍에서 나오는 헐떡거리는 것 같은 소리가 들렸다.

드디어 누군가 입을 열었다. 방향은 달랐지만 그 음성 역시 잿빛이었다.

"그럼 우리 터놓고 얘기해 보자. 너는 외톨이야, 꼬마야. 네 친구들은 네가 닿을 수 없는 곳에 있어. 너의 시간을 같이 나눌 사람은 이제 아무도 없어. 이 모든 것이 우리의 계획이었지. 알다시피 우리의 힘은 이렇게 막강해. 우리에게 맞선다는 것은 부질없는 짓이야. 수많은 외로운 시간들, 그것이 지금 너에게 무슨 의미가 있니? 너를 압박하는 저주, 너를 질식케 하는 짐, 너를 삼키는 바다, 너를 시들게 하는 고통이야. 모든 인간들이 네게 등을 돌렸어."

모모는 귀를 기울이며 계속 침묵을 지켰다.

"머지않아"

그 음성이 말을 이었다.

"네가 더 이상 견딜 수 없는 순간이 올 거야. 내일이든, 일 주일 뒤든, 일 년 뒤든. 우리에겐 아무래도 좋아. 언제까지나 기다리고 있을 테니까. 네가 머리를 숙이고 기어들어와서 뭐든지 하겠어요, 다만 이 묶여진 사슬에서 벗어나게 해주세요! 라고 말할 날이 틀림없이 올 것을 우리는 알고 있으니까! 아니면 지금이라도 그러겠니? 그냥 대답만 하면 된다."

모모는 고개를 가로저었다.

"우리의 도움이 필요 없니?"

그 음성은 싸늘하게 말했다.

냉기가 사방에서 물결처럼 모모를 향해 밀어닥쳤다. 하지만 모모는 이를 악물고 다시 한 번 고개를 가로저었다.

"저 꼬마는 시간이 무엇인가를 알고 있소."

다른 음성이 나직하게 말했다.

"그건 저 꼬마가 정말로 그 '아무개'라는 자한테 갔었다는 증거요."

첫번째 음성이 역시 나직하게 대답했다. 그러더니 다시 음성을 높여 물었다.

"너는 호라 박사를 알고 있니?"

모모는 고개를 끄덕였다.

"그럼, 네가 실제로 호라 박사에게 갔었니?"

모모는 다시 고개를 끄덕였다.

"그럼, 넌…… 시간의 꽃을 알겠구나?"

모모는 세 번째로 고개를 끄덕였다. 아, 모모는 그 꽃을 너무나도 잘 알고 있었다!

그러자 긴 침묵이 흘렀다. 다시금 다른 방향에서 음성이 들려 왔다.

"너는 네 친구들을 사랑하지?"

모모는 고개를 끄덕였다.

"그럼, 그들을 우리의 힘에서 자유롭게 해주고 싶지?"

다시 모모는 고개를 끄덕였다.

"네가 원하기만 하면 그렇게 할 수 있어."

모모는 웃옷으로 몸을 한껏 여몄다. 추위로 온몸이 덜덜 떨렸기 때문이다.

"네 친구들을 자유롭게 해주는 데, 너는 정말 아주 조금만 애를 쓰면 돼. 우리와 네가 서로를 도와 주는 거야. 공평하게 말이지."

모모는 지금의 음성이 들려 오는 쪽을 주의깊게 바라보았다.

"우리는 호라 박사를 직접 만나고 싶다, 알겠니? 그렇지만 우리는 그가 어디 있는지를 몰라. 우리가 원하는 것은 다만 네가 우리를 그의 집으로 안내해 주는 것뿐이야. 그것이 전부야. 잘 들어 봐, 모모. 이만하면 너도 우리가 너에게 솔직히 터놓고 진심으로 대하고 있음을 확실히 믿겠지? 그 대신 너는 네 친구를 다시 찾게 되고 너희들은 옛날처럼 재미있게 지낼 수 있을 거야. 이만하면 유리한 제안이 아니니!"

그 순간 모모는 처음으로 입을 열었다. 입술이 얼어붙은 것 같아 말을 하는 데 무척 힘들었다.

"호라 박사에게 무엇을 원하나요?"

모모는 느릿하게 물었다.

"우리는 그를 보고 싶을 뿐이야."

그 음성은 날카로웠고 주위는 점점 추워졌다.

"그게 다야."

모모는 말없이 서서 기다렸다. 회색 무리들이 웅성거렸다. 불안해진 모양이었다.

"이해할 수가 없구나."

잿빛 음성이 말했다.

"너랑 네 친구들이나 생각하렴! 호라 박사는 왜 걱정하니? 그것은 그 자신의 문제야. 그는 자기 스스로를 보호할 만큼 충분히 나이가 들었어. 뿐만 아니라 그가 현명하게 일을 처리하고 우리와 뜻이 맞으면, 우린 그의 머리카락 하나 안 건드릴 거야. 만일 그렇지 않으면, 우리는 그의 뜻을 꺾을 수단을 갖고 있어."

"어떻게 하려고요?"

모모는 입술이 파랗게 질려 물었다.

잿빛 음성이 더 이상 끌 수 없다는 듯이 갑자기 날카롭게 말했다.

"우리는 인간의 시간을 초, 분, 시간으로 낱낱이 긁어 모으는 데 진저리가 나. 모든 인간의 시간을 한꺼번에 움켜쥐려는 거야. 호라 박사에게, 그 시간을 우리에게 넘기라고 할 거야!"

모모는 눈이 휘둥그래져 음성이 들려 오는 어둠 속을 뚫어지게 바라보았다.

"그럼 인간들은?"

모모는 물었다.

"모두 어떻게 되나요?"

"인간들은"

그 음성은 쇳소리로 외쳤다.

"벌써 오래 전부터 넘쳐나고 있어. 인간들 자신이 자기네들이 앉을 자리가 없도록 세상을 이끌어 왔어. 앞으로 우리가 세상을 지배하는 거야!"

냉기가 너무나 차갑게 몰아쳤기 때문에 모모는 입술을 움직이려고 애썼지만 한 마디도 할 수 없었다.

"그렇지만 걱정 말아라, 꼬마 모모."

이번엔 음성이 갑자기 억양을 낮추어 아첨하는 투로 말을 이었다.

"너랑 네 친구들은 물론 예외야. 너희들은 뛰어 놀며 이야기를 서로 주고받는 마지막 인간이 되는 거야. 너희들은 우리의 이번 계획에 빠져 있어. 우리는 너희들을 손대지 않을 거야."

음성은 말을 마쳤다. 곧이어 다른 방향에서 음성이 들려 왔다.

"자, 우리는 진실을 털어놨어. 우리는 우리의 약속을 지킬 거다. 그러니 우리를 호라 박사에게 안내해 줘."

모모는 입을 열려고 안간힘을 썼다. 하지만 추위로 정신이 거의 마비되었다. 몇 번이나 애를 쓴 끝에 가까스로 말을 입 밖에 냈다.

"혹시 내가 알 수 있다 해도 가르쳐 주지 않아요."

어느 방향에선가 위협하듯이 음성이 들렸다.

"혹시 알 수 있다니, 무슨 뜻이지? 너는 알고 있잖아! 어쨌든 너는 호라 박사에게 갔었으니까, 길을 알고 있어!"

"나는 그 길을 다시 못 찾아요."

모모는 작게 소곤거렸다.

"찾으려고 해봤어요. 카시오페이아만 그걸 알아요."

"그게 누군데?"

"호라 박사의 거북이에요."

"그 거북이는 지금 어디 있지?"

모모는 거의 의식을 잃은 상태로 더듬거렸다.

"거북이는…… 나랑…… 같이 왔어요……. 그러다가…… 내가…… 거북이를…… 잃어버렸어요."

흥분해서 웅성거리는 소리가 까마득히 멀리서 나는 것처럼 모모의 언저리에서 들려 왔다.

"당장 대 비상경보를!"

어느 음성인가가 외쳤다.

"그 거북이를 찾아야 한다. 거북이를 죄다 수색하라! 카시오페이아라는 거북이를 반드시 찾아 내야 한다! 반드시 찾아 내야 한다! 반드시!"

음성들이 잦아들었다. 그러더니 고요해졌다. 모모는 서서히 제정신을 차렸다. 모모는 차가운 돌풍이 여전히 불고 있는 커다란 광장에 혼자 서 있었다. 그때 끝모를 허공에서 불어오는 듯한 차가운 바람이 다시 한번 불어왔다. 잿빛 바람이 불었다.

앞만 보고 뒤돌아보지 않으면……

 몇 시간이나 흘렀을까? 시계탑에서 종이 이따금 울렸지만 모모의 귀에는 거의 들어오지 않았다. 얼어붙은 팔다리로 아주 미미한 온기가 되돌아왔을 뿐이었다. 모모는 모든 힘을 잃고 마비되어 버린 듯 결단을 내릴 수가 없었다.
 원형극장 옛터로 돌아가 거기서 잠을 자야 할까? 이제는 자기와 친구들을 위한 모든 희망이 사라져 버린 걸까? 다시는 그 전처럼 되돌아갈 수 없다는 것만은 분명하게 여겨졌다. 다시는 되돌아갈 수 없다는 것을…….
 게다가 카시오페이아에 대한 불안이 몰려 왔다. 회색 무리가 진짜로 카시오페이아를 찾아 내면 어떻게 하지? 모모는 거북이에 대해 입 밖에 낸 자신을 호되게 나무랐다. 하지만 그 때는 이 모든 것을 염두에

둘 만큼 제 정신을 차릴 수가 없었다.

"아니, 어쩌면,"

모모는 스스로를 위로하려고 애썼다.

"카시오페이아는 벌써 오래 전에 다시 호라 박사에게 가 있을는지 몰라. 그래, 차라리 거북이가 나를 다시 찾지 않으면 좋을 텐데. 그게 거북이를 위해서 좋을 거야. 나를 위해서도……."

그 순간 모모의 맨발을 무엇인가가 살짝 건드렸다. 모모는 깜짝 놀라 살며시 굽어보았다.

그 앞에 거북이가 앉아 있는 게 아닌가! 그리고 어둠 속에서 어렴풋이 글자가 나타났다.

"내가 다시 왔어."

생각할 겨를도 없이 모모는 거북이를 덥석 들어올려 웃옷 밑에 감췄다. 그리고 몸을 일으켜 언저리의 어둠 속을 살펴보고 귀를 기울였다. 회색 무리가 아직도 근처에 있을까 봐 겁이 났던 것이다.

하지만 사방은 여전히 고요했다.

카시오페이아는 겨드랑이 사이에서 요란하게 몸부림을 치면서 빠져 나오려고 했다. 모모는 거북이를 꼭 껴안은 채 웃옷 속을 들여다보며 소곤거렸다.

"제발 좀 가만히 있어."

"왜 이렇게 나를 가두니?"

거북이 등이 반짝였다.

"네가 눈에 띄면 안 돼!"

모모는 소곤거렸다.

이번에는 거북이의 등에 이렇게 나타났다.

"조금도 기쁘지 않니?"

"왜 기쁘지 않겠니."
모모는 말하며 줄곧 훌쩍거렸다.
"기뻐, 카시오페이아. 얼마나 기쁜지 몰라!"
그러고는 거북이 코에 대고 수없이 입을 맞추었다.
거북이 등의 글자가 눈에 띄게 홍조를 띠며 대답했다.
"이제 그만."
모모는 방긋 웃었다.
"그럼 내내 나를 찾았니?"
"물론."
"그럼 어떻게 바로 지금, 어떻게 나를 찾았니?"
"미리 알았어."

그렇다면 거북이는 그 이전의 시간에는 모모를 찾지 못할 것을 알면서도 내내 찾아다녔음이 분명하지 않은가? 그런 경우 도대체 찾아다닐 필요가 없지 않았을까? 이것이야말로 생각할수록 이해할 수 없는 카시오페이아의 수수께끼 가운데 하나였다. 그렇지만 어쨌든 지금은 이런 문제에 골몰할 때가 아니었다.

모모는 그 동안 벌어진 일에 대해 소곤소곤 거북이에게 얘기했다.
"이제 뭘 해야 하지?"
모모는 물었다.
카시오페이아는 주의깊게 귀를 기울여 들었다. 이번엔 거북이의 등에 글자가 나타났다.
"우리는 호라 박사에게 가는 거야."
"지금?"
모모는 소스라치듯 놀라 외쳤다.
"그렇지만 그 자들이 너를 사방에서 찾고 있어! 여기에만 없는 거야. 여기 그냥 있는 게 현명하지 않을까?"

하지만 거북이의 등에는 다만 "알아. 하지만 우리는 가는 거야"라고 나타났다.

"그렇게 되면"

모모는 말했다.

"우리는 곧장 그 사람들 품속으로 뛰어드는 셈이야."

"우리는 아무도 안 만나."

카시오페이아의 대답이었다.

자, 거북이가 이렇게 예감한다면, 물론 그것은 믿을 수 있는 일이었다. 모모는 카시오페이아를 땅바닥에 내려놓았다. 그러나 먼젓번에 걸어갔던 그 길고 힘들었던 길이 떠오르자 불현듯 그 길을 자기 힘으로는 또다시 감당할 수 없을 것만 같았다.

"혼자 가, 카시오페이아."

모모는 조그맣게 말했다.

"나는 못 가겠어. 혼자 가서 호라 박사님께 안부나 잘 전해 줘."

"아주 가까워!"

카시오페이아의 등에 글자가 쓰였다.

모모는 그것을 읽고, 놀라서 주위를 돌아보았다. 점차 모모는 그곳이 곧 죽음처럼 느껴지던 그 초라한 도시 구역임을, 여기를 통해 그 전에 자기가 신비스러운 불빛이 비치는 새하얀 집들이 있는 낯선 곳에 이르렀다는 것을 어렴풋이 깨달았다. 여기가 바로 그 곳이라면, 곧 시간이 거꾸로 흐르는 거리, 공간 저 너머에 있는 집에 이를 것이었다.

"좋아,"

모모는 말했다.

"같이 갈게. 그렇지만 좀 더 빨리 가게 내가 너를 안으면 안 되겠니?"

"미안하지만 안 돼."

카시오페이아의 등에 글자가 나타났다.

"왜 너는 굳이 너 혼자 기어가야 하니?"

모모는 물었다.

이 질문에 대한 대답은 수수께끼 같은 것이었다.

"길은 내 안에 있어."

그런 뒤 거북이는 발을 옮겼고 모모는 뒤를 따랐다. 천천히 한 발짝씩, 타박타박.

소녀와 거북이가 한 샛골목으로 사라지자마자 광장 언저리의 칠흑 같은 건물 그늘에서 술렁거림이 일기 시작했다. 억양 없이 킬킬거리는 소리처럼 수군대는 웅성거림이 온통 광장으로 퍼졌다. 그것은 이 모든 얘기를 엿듣고 있던 회색 무리들이었다. 그들 가운데 몇몇이 모모를 몰래 지켜 보기 위해 남아 있었던 것이다. 꽤 오랜 시간을 기다리지 않을 수 없었지만, 이 기다림이 이토록 뜻밖의 수확을 가져다 주리라고는 그들 자신도 짐작 못한 일이었다.

"저기 가고 있어."

어느 잿빛 음성이 말했다.

"붙잡을까요?"

"안 돼요."

다른 자가 수군거렸다.

"그냥 가게 내버려 두는 거요."

"어째서요?"

첫 음성이 물었다.

"우린 거북이를 잡아야 해요. '무슨 일이 있어도'라고 하잖았소."

"맞아요. 하지만 거북이가 왜 필요하죠?"

"호라 박사에게로 안내받기 위해서요."

"바로 그거요. 지금 거북이는 그리로 가고 있어요. 그렇다면 우리는 거북이에게 억지로 시킬 필요가 없는 거요. 거북이는 자진해서 가고 있소, 우리의 뜻대로는 아닐지라도."

다시금 억양 없는 킬킬거림이 광장 주변의 칠흑 같은 그늘에 깔렸다.

"당장 도시 안의 전 영업 사원에게 알리세요. 놓칠 가능성도 생각해야 해요. 모든 사원이 힘을 합쳐야 해요. 그렇지만 절대 조심할 것은 아무도 저 꼬마와 거북이의 길을 막아서서는 안 됩니다. 어디를 가든 그들의 길을 터 줘야 해요. 어느 누구도 그들의 눈에 띄지 않도록 조심하세요. 자, 그럼 우리 침착하게 저 아무 것도 모르는 안내자들을 몰래 뒤쫓아갑시다!"

이렇게 하여 모모와 카시오페이아는 그들의 추적자들을 한 명도 만나지 않게 되었다. 어느 쪽으로 가건 추적자들은 이들을 피해 제때에 몸을 감추어, 소녀와 거북이 뒤를 쫓아오는 동료들과 합세했다. 이렇게 많은 숫자로 불어나는 회색 무리의 행렬이 끊임없이 담과 건물 모퉁이에 몸을 감춘 채 소리 없이 두 도망자의 뒤를 쫓고 있었다.

모모는 이렇게 피곤한 적은 처음이었다.

당장이라도 쓰러져 잠들어 버릴 것 같은 때가 여러 번 있었다. 하지만 그래도 자신을 채찍질하며 한 발짝 떼어 놓았고 이어 다음 발짝을 떼어 놓았다. 그러자 한동안 다시 견딜 만해졌다.

거북이가 이토록 참을 수 없이 느림보로 기어가지만 않더라도! 하지만 그 점은 어쩔 도리가 없었다. 모모는 이젠 양옆으로 한눈도 팔지 않고, 오로지 자기의 발과 카시오페이아의 뒤꿈치만 보고 있었다.

모모로서는 영원처럼 느껴지는 시간이 지난 뒤, 발밑의 거리가 별안간 환해지는 것 같았다. 모모는 납덩이처럼 무겁게 느껴지는 눈꺼풀을 들어 언저리를 둘러보았다.

과연 그들은 마침내 새벽빛도 저녁빛도 아닌 어스름에 휩싸인, 모든 그림자가 갖가지 방향으로 드리워져 있는 바로 그 도시 구역에 이른 것이었다. 새까만 창문이 달린 건물들이 새하얗고 눈부시게, 다가갈 수 없는 모습으로 서 있었다. 네모나고 새까만 돌 위에 커다란 달걀이 놓인 이상한 기념비도 여전히 그대로 있었다.

모모는 용기를 냈다. 이제야말로 호라 박사의 집까지 얼마 남지 않았다.

"부탁이야."

모모는 카시오페이아에게 말했다.

"조금만 더 빨리 갈 수 없겠니?"

"천천히 갈수록 더 빨리 가는 거야."

거북이 등에 나타난 대답이었다. 거북이는 아까보다 더 천천히 기어갔다. 모모는 전에도 그랬듯이 여기에서는 그렇게 함으로써 더 빨리 앞으로 나아가게 된다는 것을 깨달았다. 천천히 걸어갈수록, 그들 발밑의 길이 점점 빠른 속도로 미끄러져 가는 것처럼 느껴졌다.

천천히 갈수록 더욱 빨리 앞으로 나아가게 되는 것이, 급히 서둘수록 더욱 더디게 앞으로 나아가게 되는 것이, 이 새하얀 도시 구역의 비밀이었다. 전에 세 대의 자동차로 모모를 추적하던 그 때의 회색 무리들은 이 사실을 몰랐던 것이다. 그래서 모모를 놓친 것이었다.

그 때에는!

하지만 지금은 사정이 달랐다. 왜냐하면 이번에는 그들도 소녀와 거

북이를 결코 앞지르려 들지 않았기 때문이다. 이번에는 그들도 앞서 가는 두 꼬마와 똑같은 속도로 천천히 뒤쫓고 있었다. 이렇듯, 그들 역시 이 비밀을 알아차린 것이었다. 새하얀 거리들은 소녀와 카시오페이아를 뒤따르는 회색 무리로 서서히 메워져 갔다. 여기서는 어떻게 걸어야 하는지 알아 버린 회색 무리는 이제 거북이보다 느린 속도로 뒤따라갔고, 결국 가까이 따라붙게 되어 간격이 점점 좁아졌다. 그야말로 거꾸로의 경주, 느림보 경주였다.

길은 환상의 거리를 가로 세로로 누비며 점점 깊숙이 새하얀 도시 구역의 중심부로 향하고 있었다. 그리고 시간이 거꾸로 흐르는 거리에 이르게 되었다.

카시오페이아는 벌써 그 골목으로 접어들어 공간 저 너머에 있는 집으로 향하고 있었다.

모모는 이 거리에서는 뒤돌아서서 거꾸로 걷지 않으면 나아갈 수 없었던 일을 생각했다. 그래서 이번에도 그렇게 했다.

순간, 모모는 숨이 끊어질 것처럼 깜짝 놀랐다.

움직이는 회색 담벼락처럼 시간 도둑들이 다가오고 있지 않은가. 모든 도로의 폭을 가득 채우도록 나란히 서서, 눈에 보이는 한은 끝도 없이 줄을 지어서.

모모는 소리를 질렀다. 하지만 자신의 음성이 들리지 않았다.

모모는 뒷걸음질로 초시간 거리로 들어가며 눈을 동그랗게 뜨고, 뒤따라오는 엄청난 회색 무리의 부대를 뚫어지게 바라보았다.

하지만 이번에도 참으로 알 수 없는 일이 벌어졌다. 추적자들의 첫 번째 줄이 초시간 거리를 뚫고 들어오려 하자, 그들은 모모의 눈앞에서 사라져 버리는 것이었다. 처음에는 앞으로 내민 두 팔이, 그 다음엔 다리와 몸뚱이가, 마지막으로 놀란 표정의 얼굴이 사라지는 것이었다.

 하지만 모모만이 이 광경을 본 게 아니라, 뒤따라 몰려들던 나머지 회색 무리들 역시 이 광경을 보았다. 바로 그 뒤의 한 떼가 뒤에서 몰려오는 큰 무리를 막고 버티어 섰다. 그러자 한순간 그들 사이에 일종의 격투가 벌어졌다. 모모는 그들의 격노한 얼굴과 절박하게 휘두르는 주먹을 보았다. 그렇지만 자기를 따라오려고 감히 나서는 자는 아무도 없었다.

 이윽고 모모는 호라 박사의 집에 이르렀다. 크고 무거운 초록빛 철문이 열렸다. 모모는 허겁지겁 뛰어들어가, 돌상들이 빽빽이 서 있는 복도를 달려, 막다른 곳의 작은 문을 열고 미끄러져 들어 갔다. 멈추지 않고 수많은 시계가 서 있는 홀을 가로질러 시계 숲의 한가운데 있는 작은 방을 향해 달려가서, 아담한 소파에 몸을 던지고 쿠션에 얼굴을 파묻었다. 아무 것도 보고 싶지 않았다. 듣고 싶지 않았다.

포위 속에서의 결의

나직한 목소리가 무슨 말인가 하고 있었다.

차츰차츰 모모는 꿈도 없는 깊은 잠에서 깨어났다. 신기하게도 씻은 듯이 피곤이 사라지고 상쾌했다.

"꼬마야 어쩔 수 없었겠지."

말하는 음성이 들렸다.

"하지만 너는, 카시오페이아, 어쩌자고 그렇게 했니?"

모모는 눈을 떴다. 소파 앞의 식탁 의자에 호라 박사가 앉아 있었다. 그는 근심에 찬 표정으로 거북이가 앉아 있는 바닥을 내려다보고 있었다.

"회색 무리가 쫓아오리라는 것을 생각 못했니?"

"나는 앞일을 알 뿐이에요."

카시오페이아의 등에 글자가 나타났다.
"뒷일을 생각 안 해요!"
호라 박사는 한숨을 내쉬며 고개를 절레절레 흔들었다.
"아, 카시오페이아, 카시오페이아, 가끔 넌 내게도 수수께끼야!"
모모는 일어나 앉았다.
"아, 우리 꼬마 모모가 깼구나!"
호라 박사는 다정하게 말했다.
"어떠냐, 기분이 좀 나아졌니?"
"아주 좋아요, 고마워요."
모모는 대답했다.
"죄송해요. 여기서 잠이 들어 버려서……."
"그런 걱정은 말아라."
호라 박사가 대답했다.
"잘했다. 아무런 설명을 안 해도 돼, 내가 천리안 안경으로 볼 수 없었던 것은 전부 다 카시오페이아가 이미 알려 주었어."
"그럼 회색 무리들은 어떻게 됐어요?"
모모가 물었다.
호라 박사는 웃옷에서 커다란 푸른 손수건을 꺼냈다.
"우리를 에워싸고 있어. 초공간의 집을 사방에서 포위하고 있는 셈이지. 그 자들이 가까이 올 수 있는 데까지 온 거야."
"여기로 들어올 수는 없단 말인가요?"
모모가 물었다.
호라 박사는 코를 풀었다.
"그래, 그렇게는 못 해. 너도 보지 않았니, 그들이 그 거리에 닿기만 하면 아무 것도 남지않고 사라져 버리는 광경을."

"어떻게 그런 일이 생기지요?"

모모는 궁금했다.

"시간이 반대로 흐르기 때문이란다."

호라 박사는 대답했다.

"그 안에서는 모든 게 반대 방향으로 움직인다는 걸 너도 알잖니? 이 집의 언저리에는, 말하자면 시간이 거꾸로 흐르고 있거든. 다른 데서는 시간이 너에게 흘러들어가는 데 말야. 그래서 점점 네 안에 시간을 많이 지닐수록, 너는 나이가 들어가는 거야. 그렇지만 시간이 거꾸로 흐르는 거리에서는 시간이 너에게서 밖으로 빠져 나와. 그 거리를 지나오는 동안에, 네 나이가 줄어든다고 말할 수 있겠지. 무조건 젊어지는 게 아니라, 다만 그 거리를 지나오는 동안 걸린 시간만큼."

"저는 그런 걸 전혀 몰랐어요."

모모는 신기해하며 말했다.

"자, 이거 봐."

호라 박사는 미소를 띠며 설명했다.

"사람들에게는 그렇게 대단한 게 아니야. 사람은 자기 안에 감추어진 시간을 훨씬 능가하는 존재거든. 그렇지만 회색 무리들에겐 문제가 달라. 그들은 온통 훔쳐온 시간으로 이루어진 존재야. 그래서 그들은 시간의 소용돌이 속으로 발을 내딛기만 하면 눈 깜짝할 새에 시간이 그들에게서 빠져 나오는 거야. 마치 터진 고무풍선에서 공기가 빠지듯이. 고무풍선의 경우엔 하다못해 껍데기라도 남지만, 그들은 완전히 형체가 없어져 버려."

모모는 정신을 집중시켜 생각했다.

"그럼 혹시,"

잠시 뒤 모모는 물었다.

"모든 시간을 한꺼번에 거꾸로 흐르게 할 수는 없을까요? 물론 아주 잠깐만요. 그럼 모든 사람들은 조금씩 젊어질 테고, 그렇게 되면 시간 도둑들은 사라질 거예요. 그거야말로 괜찮은 일이잖아요."

호라 박사는 미소를 지었다.

"그렇게 되면 물론 좋겠지. 하지만 유감스럽게도 그렇게는 안 돼. 양쪽의 시간의 흐름은 서로 균형을 유지하고 있어. 한쪽의 흐름을 없애 버리면, 동시에 다른 쪽의 흐름도 사라지는 거야. 그러고 나면 아예 시간이라는 게 없어지는 거라구……."

그는 말을 멈추고 천리안 안경을 고쳐 썼다.

"그것은 즉……,"

그는 중얼거리며 일어서서 생각에 잠긴 채 작은 방 안을 몇 번 왔다 갔다 서성거렸다. 모모는 잔뜩 긴장한 채 그를 쳐다보았고, 카시오페이아의 시선 역시 그를 쫓고 있었다.

"네가 나에게 좋은 생각을 떠오르게 했다."

그는 말했다.

"그렇지만 생각대로 하게 될 지는 내가 결정하는 게 아니야."

그는 발치에 있는 거북이를 향했다.

"카시오페이아, 내 소중한 친구! 네 생각에는 포위당하는 동안 우리가 할 수 있는 제일 좋은 일이 뭐겠니?"

"아침 식사요!"

거북이의 등에 대답이 나타났다.

"그래,"

호라 박사는 말했다.

"역시 괜찮은 생각이야!"

바로 그 순간, 어느 새 식탁이 차려졌다. 아니면 내내 식탁이 차려져 있었는데, 모모가 여지껏 몰랐던 것일까? 어쨌든 거기에는 전처럼 작은 황금 찻잔과 그 밖의 모든 황금빛 나는 아침 식사가 놓여 있었다. 김이 모락모락 나는 초콜릿이 든 주전자와 꿀, 버터, 그리고 바삭바삭한 동그란 빵이. 그 동안 여러 번, 이 맛나는 음식을 떠올리며 먹고 싶어했던 모모는 잔뜩 식욕을 느끼며 당장 허겁지겁 먹었다. 이번에는 지난 번보다 더 맛이 있었다. 그리고 이번에는 호라 박사도 맛있게 음식을 먹었다.

"그들은,"

잠시 뒤 모모는 볼이 불룩하도록 빵을 씹으며 말했다.

"박사님에게 인간의 시간을 모두 빼앗으려 해요. 그렇지만 박사님께서는 그러시지 않겠지요?"

"그래, 꼬마야."

호라 박사는 대답했다.

"나는 절대로 그러지 않을 거다. 언젠가 시간이 시작되면, 또 언젠가 끝나게 마련이야. 그렇지만 사람이 쓰기를 멈출 때에야 비로소 끝나는 거지. 나에게서는 회색 무리들이 단 1초도 빼앗아 갈 수 없을 거다."

"그렇지만 그들은"

모모는 말을 이었다.

"박사님을 그렇게 하도록 꺾을 수 있다던데요."

"그 점에 대해 계속 얘기하기 전에,"

그는 아주 심각하게 말했다.

"너에게 그들을 보여 주고 싶구나."

그는 그의 작은 황금빛 안경을 벗어 모모에게 건네 주었다. 모모는 안경을 받아 썼다.

처음에는 빛깔과 형체의 소용돌이만이 나타났고, 지난 번처럼 현기증이 느껴졌다. 하지만 이번에는 어지럼이 금방 지나갔다. 잠시 뒤 모모의 눈은 만물 시계로 초점이 맞춰졌다.

그러자 거기에 나타난, 우리를 둘러싼 엄청난 무리란!

헤아릴 수조차 없을 만큼의 회색 무리가 어깨에 어깨를 맞대고 나란히 늘어서 있었다. 그들은 그 거리 앞에만 있는 게 아니라 더 멀리 더 넓게, 이 집을 중심으로 눈처럼 새하얀 집들의 도시 구역을 뒤덮는 커다란 테를 이루고 있었다.

포위망은 물샐 틈이 없었다.

그렇지만 이어서 모모는 어떤 다른 점을, 의아스러운 점을 발견했다. 처음엔 천리안 안경의 유리면에 습기가 끼었거나, 자기 자신이 아직 분명히 볼 수 없는 상태인가보다고만 생각을 했다. 알 수 없는 안개가 회색 대군의 윤곽을 몽롱하게, 알아볼 수 없게 흐려 놓았기 때문이었다. 하지만 곧 이 안개는 안경이나 자신의 눈에 이상이 있는 게 아니라 저 바깥의 거리에서 솟아오르는 것임을 깨달았다. 벌써 여러 군데에, 꿰뚫어볼 수 없이 짙은 안개가 끼어 있었고, 다른 곳에서는 이제 막 안개가 끼기 시작하고 있었다.

회색 무리는 꼼짝 않고 서 있었다. 모두들 한결같이 머리에 중절모자를 쓰고, 손에는 서류 가방을 들고, 입에는 작은 회색 담배를 물고 있었다. 하지만 그들이 뿜어 대는 담배 연기는 다른 때 보통의 공기 속에서처럼 흩어지지가 않았다. 바람 한 점 없는 이 곳의 유리알 같은 공기 속에서 담배 연기는 거미줄처럼 질긴 베일을 이루며 뻗쳐, 거리 위쪽 새하얀 건물의 벽으로 기어올라가 기다란 깃발처럼 이 건물에서 저 건물 사이로 걸렸다. 그러고는 청록빛 가닥이 네모나게 뭉쳐서 서서히, 그러면서도 쉬지 않고 포개져 쌓여 탑을 이루면서 끝없이 높아

지는 담벼락으로 초공간의 집을 포위하고 있었다.

모모는 이따금 새로운 무리들이 도착해서 다른 사람들과 자리를 바꿔 가면서 열에 끼어드는 것을 보았다. 하지만 어째서 이 모든 일이 벌어지는 것일까? 이 시간 도둑들은 무슨 속셈으로 이런 짓을 하는 것일까?

모모는 안경을 벗고 묻는 듯한 시선으로 호라 박사를 바라보았다.

"충분히 봤니?"

그는 물었다.

"그럼 안경을 이리 돌려 다오."

그는 안경을 다시 쓰며 말을 이었다.

"그들이 나를 꺾을 수 있느냐고 물었지? 너도 알다시피 그들은 이리 올 수 없어. 그렇지만 그들은 인간들에게 해를 줄 수는 있어. 지금까지 그들이 했던 그 어떤 짓보다 더 나쁜 방법으로. 지금 그들은 그 방법을 내세워 나를 협박해서 뜻을 이루려는 거야."

"더 나쁜 방법이라고요?"

모모는 깜짝 놀라 물었다.

호라 박사는 고개를 끄덕였다.

"나는 모든 인간에게 시간을 나누어 주고 싶어. 거기에 대해서는 회색 무리도 손을 쓸 수가 없어. 그들은 또 내가 보내는 시간을 막을 수도 없어. 그렇지만 그것을 중독시킬 수는 있어."

"시간을 중독시키다니요?"

모모는 의기소침해져서 물었다.

"그들의 담배 연기로 말이다."

호라 박사는 설명했다.

"조그만 회색 담배를 물지 않은 회색 인간을 본 적이 있니? 없을 거다. 그들은 담배 없이 존재할 수 없거든."

"그럼 대체 그 담배는 뭔가요?"

모모는 궁금해서 물었다.

"시간의 꽃을 잊지 않고 있겠지?"

호라 박사는 말했다.

"그 때 내가 말했었지. 사람들은 심장을 지니고 있어서, 모두가 그런 시간의 황금 성전을 갖고 있다고. 사람들이 회색 무리를 자기의 성전 안에 받아들이면, 그들은 그 성전 안의 꽃들을 꺾을 수 있게 돼. 그렇지만 사람들의 심장에서 꺾여 나간 시간의 꽃들이 아주 죽은 게 아니야. 그것들은 실제로 사라져 버린 게 아니기 때문이야. 그렇다고 그 꽃들은 살아 있는 것도 아니야. 실제의 주인에게서 떨어져 나갔기 때문이지. 그 꽃들은 본질적으로 안간힘을 쓰며 자기의 주인에게로 돌아가려고 애를 쓰는 거야."

모모는 숨을 죽이고 귀를 기울였다.

"악도 그 나름의 비밀을 지니고 있음을 알아야 해, 모모. 나도 회색 무리가 훔친 시간의 꽃들을 어디에 두는지 몰라. 다만 그들의 냉기로 꽃들을 유리잔처럼 딱딱하게 얼려 버린다는 것만 알고 있어. 그렇게 해서 꽃이 되돌아가는 걸 막는 거야. 어딘가 땅속 깊이 얼어붙은 시간이 모두 묻혀 있는 거대한 창고가 있을 거야. 하지만 거기서도 역시 시간의 꽃은 여전히 죽은 게 아니야."

모모의 뺨은 분노로 발갛게 달아오르기 시작했다.

"그 저장 창고로 회색 무리는 살아가고 있어. 그들은 시간의 꽃에서 떼어낸 꽃잎을 딱딱하게 잿빛이 될 때까지 말려 조그만 담배를 말지. 이 때까지도 꽃잎에 조금이나마 생명이 남아 있어. 어쨌든 살아 있는 시간이란 회색 무리에게는 벅찬 거니까. 그래서 그들은 담배에 불을 붙이고 피우지. 왜냐하면 그렇게 연기로 변하면서 시간은 완전히 죽어

버리기 때문이야. 그런 죽어 버린 인간의 시간으로 그들은 자기네 존재를 이어 나가는 거야."

모모는 일어섰다.

"아! 죽어 버린 시간이 그렇게 많다니요……."

"그래, 저 바깥, 이 집의 언저리를 두르고 높이 쌓여 가는 연기의 장벽은 죽은 시간으로 이뤄진 거란다. 하지만 아직은 탁 트인 하늘이 얼마든지 있으니까, 나도 큰 지장 없이 인간에게 시간을 보낼 수 있어. 그렇지만 매케한 연기의 덮개가 사방으로 우리 위를 뒤덮으면, 내가 보내는 모든 시간에 회색 무리의 유령 같은 죽은 시간이 뒤섞이게 된단다. 인간들이 그런 시간을 받게 되면, 그들은 그것으로 인해 병이 들게 돼. 죽을 병에 걸리게 되는 거야."

모모는 당황하여 호라 박사를 뚫어지게 바라보았다. 그리고 조그맣게 물었다.

"무슨 병인데요?"

"처음에는 거의 증세를 못 느끼지. 그러다가 어느 날 갑자기 무엇에고 의욕을 잃어버려. 재미있는 일이 없고 노상 지루하기 짝이 없게 돼. 게다가 이 불쾌감이 사라지는 게 아니라 점점 늘어가는 거야. 날이 가고 달이 갈수록 점점 악화되지. 기분이 나쁘게 느껴지고, 마음이 비어 가고, 자신과 세상에 대해 불만스럽게 느껴지는 거야. 그러다가 이런 느낌조차 점점 없어져 결국은 아무 것도 느끼지 않게 돼. 완전히 냉담해져 회색이 되어 버리는 거야. 온 세상이 그에겐 낯설게 느껴지고 전혀 상관없게 되지. 화낼 것도 열광할 것도 없어져. 기뻐할 줄도, 슬퍼할 줄도 모르게 되고 웃는 것과 우는 것을 잊어버리는 거란다. 그러고 나면 그의 마음은 싸늘해지고, 아무 것도, 아무도 사랑할 수 없게 돼. 이 정도까지 증세가 악화되면, 그 병은 불치의 병이야. 회복할 길이 없어. 공허한 회색 얼굴로 바쁘게 돌아다니는 거야. 회색 무리와 똑같이 되어 버리는 거지. 그래, 그렇게 되면 회색 무리의 한 명인 셈이지. 이 병의 이름은 참을 수 없는 지루함이란다."

모모는 온 몸을 무섭게 떨었다.

"만일 박사님께서 모든 인간에게 시간을 보내지 않는다면"

모모는 물었다.

"그들은 모든 인간을 자기네처럼 만들겠군요?"

"그렇단다."

호라 박사는 대답했다.

"그래서 그들은 나를 협박해서 자기네 뜻을 이루려는 거야."

호라 박사는 일어서서 몸을 돌렸다.

"나는 지금껏 사람들 스스로가 이 악귀들에게서 빠져 나오기를 바랐단다. 인간들은 그럴 수 있었어. 사실 그 악귀들은 결국 인간에 의존해서 생명을 이어 나가니까. 그렇지만 이젠 더 이상 기다리고만 있을 수 없어, 무슨 방법을 취해야겠어. 하지만 나 혼자서는 어쩔 수가 없구나."

박사는 모모를 바라보았다.

"나를 도와 주겠니?"

"예."

모모는 작게 말했다.

"상상할 수도 없는 위험 속으로 너를 보내게 될 텐데"

호라 박사가 말했다.

"그리고 세상이 영원히 정지해 버리느냐, 아니면 새로 시작하게 되느냐 하는 건 너에게 달렸어, 모모. 정말로 해볼 용기가 있니?"

"예."

되풀이하는 모모의 음성이 이번엔 강하게 울렸다.

"그렇다면"

호라 박사는 말했다.

"내가 말하는 것을 주의 깊게 잘 들어라. 이제 너는 완전히 혼자의 힘으로 서야 해, 아무도 더 이상 너를 도와 줄 수 없어. 나도, 그 어느 누구도."

모모는 고개를 꼿꼿이 세우고 모든 주의력을 집중해서 호라 박사를 바라보았다.

"나는 절대 잠을 자지 않는다는 것을 알아야 한다."

그는 말을 계속했다.

"내가 잠이 들면, 그 순간 모든 시간은 정지해 버려. 세상도 정지해 버리겠지. 시간이라는 것이 없어지면, 회색 무리는 누구에게서도 시간을 훔칠 수 없게 되지. 하긴 그들은 잔뜩 저장해 놓은 시간이 있으니까 당분간은 버틸 수 있을 거야. 하지만 그마저 써버리고 나면 그들도 사라져버려."

"그렇다면,"

모모가 말한다.

"참 간단하네요!"

"유감스럽게도 그것은 그렇게 간단하지가 않아. 그렇다면 네 도움도 필요 없겠지, 꼬마야. 요컨대 시간이라는 게 이미 존재하지 않으면, 나 역시 다시는 깨어날 수 없는 거야. 그래서 세상은 정지된 채로 영원히 머물게 될 거야. 그렇지만 너에게, 모모, 오직 너에게만 시간의 꽃을 한 송이 주는 것은 내 힘으로 할 수 있는 일이야. 물론 단 한 송이뿐이야. 왜냐하면 언제든지 한 송이만이 피기 때문이야. 그러니까 만약 세상의 모든 시간이 정지한다 해도, 너는 한 시간을 더 갖게 될 거야."

"그렇다면 제가 박사님을 깨울 수 있겠네요!"

모모가 말했다.

"그 한 시간만으로는"

호라 박사는 말을 이었다.

"그렇게 쉽게 뜻을 이룰 수 없어. 왜냐하면 회색 무리가 저장해 놓은 시간이 훨씬, 훨씬 많기 때문이지. 단 한 시간쯤이야, 그들은 그 저장량 가운데에서 아무 것도 아닌 듯이 쓸 수가 있어. 그러니까 그 뒤로도 그들은 여전히 생존할 거야. 네가 해결해야 할 과제는 훨씬 어려운 거야! 시간이 멈추었다는 것을 아는 즉시――그들은 금방 알아차릴 거야. 담배의 전달이 끊어질 테니까 말이야――회색 무리들은 포위를 풀고 시간의 저장 창고로 달려갈 거야. 그 때 너는 그들을 따라가는 거야, 모모. 그들의 비밀 창고를 발견하는 즉시 너는 그들이 저장된 시간을 꺼내지 못하게 막아야 해. 담배가 없으면 그들 역시 끝장이거든. 그리고 그 다음에 할 일이 또 있어. 아마 이것이 무엇보다도 어려운 일일 거야. 마지막 시간 도둑이 사라지고 나면, 너는 훔쳐 온 모든 시간을 풀어 줘야 해. 이 시간들이 인간에게 되돌아가는 경우에만 세상은 정지 상태에서 풀려나고 나도 다시 깨어날 수 있어. 이 모든 일을 하기 위해 너에게는 단지 한 시간이 있을 뿐이야."

모모는 어쩔 줄 몰라 호라 박사를 바라보았다. 그렇게 엄청나게 어렵고 위험한 일일 줄은 상상도 못했다.

"어떠니, 해 보겠니?"

호라 박사는 물었다.

"이것이 유일한 마지막 방법이야!"

모모는 잠자코 있었다.

자기로서는 그것을 감당할 수 없을 것 같았다.

"내가 같이 갈께!"

갑자기 카시오페이아의 등에 글씨가 나타났다.

이 엄청난 일을 거북이가 어떻게 도와 줄 수 있담! 그래도 그것은 모모에게 한 줄기 실낱 같은 희망이었다. 완전히 혼자가 아니라는 생각에 모모는 용기를 얻었다. 이렇다 할 분별 있는 근거를 가진 용기는 아니었지만, 그래도 그 용기로 인해 모모는 결정을 내릴 수 있었다.

"해보겠어요."

모모는 굳은 어조로 말했다.

호라 박사는 한동안 모모를 바라보며 빙긋이 웃음을 떠올렸다.

"많은 점이 네 생각보다는 한결 쉬울 거야. 별의 음성을 들었잖니. 겁낼거 없어."

그러고 나서 그는 거북이를 향해 물었다.

"그래, 카시오페이아, 너도 같이 가겠니?"

"물론!"

거북이 등에 글씨가 쓰였다. 그리고 이 말이 지워지면서 다음과 같은 구절이 나타났다.

"누군가는 모모를 지켜야지요!"

호라 박사와 모모는 웃음을 머금고 마주보았다.

"카시오페이아도 시간의 꽃을 하나 갖나요?"

모모는 물었다.

"카시오페이아는 꽃이 필요 없단다."

호라 박사는 거북이의 목을 다정하게 쓰다듬으며 설명했다.

"거북이는 시간 바깥의 존재거든. 거북이는 자기의 작은 시간을 자신의 안에 갖고 있어. 모든 것이 영원히 멈춘다 해도, 거북이는 여전히 세상 위를 기어 다닐 수 있을 거야."

"좋아요."

갑자기 사명에 대한 어떤 충동을 느낀 듯 모모가 입을 열었다.

"그럼 이제 어떻게 하죠?"

"이제,"

호라 박사가 대답했다.

"우리는 작별을 해야 해."

모모는 훌쩍거리면서 나직이 물었다.

"그럼 다시는 못 만나게 되나요?"

"다시 만나게 돼, 모모."

호라 박사는 대답했다.

"그 때까지, 네 인생의 한 시간 한 시간이 내 안부를 전해 줄 거다. 우리는 친구잖니?"

"예."

모모는 고개를 끄덕이며 말했다.

"나는 이제 갈게."

호라 박사가 말을 이었다.

"따라와서는 안 돼. 또 내가 가는 곳을 묻지도 마라. 나의 잠은 보통의 잠과 달라. 네가 옆에 없는 게 좋아. 한 가지 일러 둘 게 있어. 내가 떠나자마자 두 개의 문을 열어야 해. 내 문패가 달려 있는 작은 문과, 시간이 거꾸로 흐르는 거리로 나가는 초록빛 철문을. 시간이 멈춰 버리는 즉시 모든 것이 정지해 버리고, 그러면 이 문들 역시 꼼짝도 않게 되니까 말야. 전부 알아듣고 기억하겠니? 꼬마야."

"예."

모모는 대답했다.

"그렇지만 시간이 멎었다는 것을 어떻게 알지요?"

"걱정 말아라. 그냥 알게 된단다."

호라 박사는 일어섰다. 모모도 몸을 일으켰다. 그는 모모의 나풀거리는 머리를 정답게 쓰다듬었다.

"잘 있거라, 꼬마 모모."

그는 말했다.

"너를 만난 건 내게 커다란 기쁨이었단다."

"모든 사람들에게 박사님 얘기를 할 거예요."

모모는 대답했다.

"나중에요."

그러자 호라 박사는 갑자기 다시 늙어 보였다. 먼저 황금빛 성전에서 보던 모습과 똑같이 바위산처럼, 아주 오랜 옛날의 나무처럼. 그는 몸을 돌려 시계 상자로 이뤄진 작은 방을 재빨리 빠져 나갔다. 모모는 점점 멀어져 가는 그의 발소리를 들었다. 발소리는 점차 수많은 시계의 똑딱거림과 구별할 수 없이 잦아들었다. 어쩌면 그는 이 똑딱거림 속으로 들어갔는지도 모를 일이다.

모모는 카시오페이아를 들어 올려 꼭 껴안았다. 가장 큰 모험은 이미 시작되었다. 뒤돌아설 수 없었다.

뒤쫓던 무리를 뒤쫓기

우선 모모는 호라 박사의 이름이 붙어 있는 안쪽의 작은문으로 달려갔다. 그 문을 연 뒤, 재빨리 커다란 돌상들이 있는 복도를 지나 바깥쪽 초록빛 철문을 열었다. 커다란 문짝이 너무나 무거워서 온 힘을 다 쏟아서야 겨우 열렸다.

이 일이 끝나자 모모는, 헤아릴 수 없이 많은 시계가 서 있는 홀로 되돌아와 카시오페이아를 팔에 안고 무슨 일이 일어날지 기다리고 있었다.

곧 일이 벌어졌다.

별안간 강한 진동이 일어났다. 하지만 공간을 뒤흔드는 진동이 아닌, 시간을 뒤흔드는, 이른바 시간 진동이었다. 그 느낌을 설명할 수 있는 적절한 말이 없다. 지금껏 어느 누구도 들어 본 적이 없는 하나의 울림과 함께 이 일은 벌어졌다. 그것은 수백 년의 깊이에서 울려 나오는, 하나의 한숨과 같은 울림이었다.

곧 모든 일은 지나갔다.

그와 동시에, 헤아릴 수 없이 많은 시계의 똑딱똑딱, 재깍재깍, 땡땡 하는 합창도 한꺼번에 멈췄다. 흔들거리던 추들도 그 순간, 그 자리에 멈춰 버렸다. 움직임은 전혀 없었다. 고요함만이 내려앉았다. 지금까지 세상을 한 번도 지배한 적이 없는 완벽한 정적이었다. 시간이 멈춰 버린 것이다.

그리고 모모는 자기의 손에 신비로운, 커다란 시간의 꽃이 한 송이 쥐어져 있음을 알아차렸다. 어떻게 이 꽃이 자기의 손 안에 들어왔는지는 전혀 알 수 없었다. 그 꽃은, 당연히 거기에 언제나 있었던 것처럼 너무나 순식간에 나타난 것이다.

조심조심 모모는 한 발짝 떼어 놓았다. 과연, 평소와 다름없이 쉽게 움직일 수 있었다. 작은 식탁 위에는 먹다 남은 아침 식사가 여전히 놓여 있었다. 모모는 안락의자에 앉아 보았다. 하지만 이제는 쿠션이 돌덩이처럼 딱딱해져서 푹신하게 들어가지 않았다. 모모가 마시던 찻잔에는 아직도 한 모금의 초콜릿이 남아 있었지만, 찻잔 역시 놓인 자리에 붙어 있었다. 모모는 초콜릿 속에 손가락을 담가 보았다. 그것 역시 유리처럼 딱딱해져 있었다. 꿀도 마찬가지였다. 쟁반에 놓인 빵 부스러기조차 전혀 움직이지 않았다. 시간이 사라지면 아무 것도, 아무리 작은 것이라도 결코 변화할 수 없었다.

카시오페이아가 바둥거렸다. 모모는 거북이를 쳐다보았다.

"시간을 헛되이 보내지 말아!"

거북이 등에 나타났다.

정말, 그래! 모모는 벌떡 일어섰다. 그리고는 홀을 가로질러 작은 문을 빠져나와 거침없이 복도를 달려 커다란 문 모퉁이에 섰다. 바깥을 엿보는 순간 흠칫 뒤로 물러섰다. 모모의 심장이 방망이질하기 시작했다. 시간 도둑들은 도망을 치는 게 아니었다! 반대로, 이제는 멈춰버린 시간 거리를 따라 이 집으로 다가오고 있지 않은가! 이것은 계획과 어긋난 일이다!

모모는 커다란 홀로 되돌아와 카시오페이아를 팔에 안고 커다란 장롱시계 뒤에 몸을 숨겼다.

"이제 시작되었구나."

모모는 중얼거렸다.

곧 바깥 복도에서 회색 무리의 발소리가 쿵쿵 울려 왔다.

차례차례로 그들은 억지로 작은 문을 기어들어와서는 일당이 모조리 홀 안에 섰다. 그들은 언저리를 돌아보았다.

"감동적이군!"

그 가운데 한 사나이가 말했다.

"이것이 이제 우리들의 새 집이로군."

"모모라는 꼬마가 우리를 위해 문을 열어 주었소."

다른 잿빛 음성이 말했다.

"내 눈으로 똑똑히 보았소. 참 똑똑한 아이요! 그 늙은이의 마음을 돌려 놓느라 그 꼬마가 무슨 수를 썼는지 참으로 궁금하군."

그러자 세 번째의 목소리가 대답했다.

"내 생각에는 그 아무개라는 자가 스스로 패를 내던진 것 같소. 왜냐하면 그 거리에서 거꾸로 흐르는 시간이 그쳤다는 것은 곧 그가 멈추게 했다는 얘기요. 그러니까 그 자도 우리에게 양보하지 않으면 안 되겠다고 생각한 것이오. 이제 우린 그를 간단히 처리해 버립시다. 대체 그 자가 어디 숨어 있을까?"

회색 무리는 두리번거리며 사방을 살폈다. 그러더니 느닷없이 한 사나이가 외쳤다. 그의 음성은 한층 더 잿빛으로 울렸다.

"저 걸 좀 보시오, 여러분! 시계들 말이오. 저기 시계들 좀 보시오! 몽땅 멎어 있어요. 여기 모래시계까지."

"그 자가 지금 막 시계를 세운 모양이오."

다른 사나이가 자신 없는 투로 말했다.

"모래시계는 정지시킬 수가 없소!"

먼저 사나이가 말했다.

"게다가 이것 좀 보시오, 여러분. 흘러내리는 모래가 떨어지는 도중에서 멎어 버렸소! 시계를 움직일 수도 없소! 이게 무엇을 뜻하겠소?"

그의 얘기가 채 끝나기도 전에, 복도에서 뛰어들어오는 발소리가 들리더니, 또 다른 회색 사나이가 흥분해 손짓을 해대며 작은 문을 겨우 빠져들어와 소리쳤다.

"방금 시내의 우리 영업사원들 보고가 들어왔소. 자동차들이 정지했다는 거요. 모든 것이 서 버렸소. 세계가 정지해 버렸소. 인간에게서 조금의 시간도 가져올 수 없게 된 거요. 우리의 보급원이 몽땅 끊어져 버린 것이오! 이제 시간이 없어졌소! 호라가 시간을 멈추어 버렸소!"

한순간 죽음 같은 정적이 깔렸다. 그러자 한 사나이가 물었다.

"뭐라고 했소? 우리의 보급원이 끊어졌다고? 그렇다면, 가져온 담배를 다 피워 버리면, 우리는 어떻게 되는 거요?"

"우리가 어떻게 되는지는 당신도 잘 알지 않소!"

다른 사나이가 소리쳤다.

"무서운 재앙이오, 여러분!"

그러자 갑자기 혼란이 일며 모두들 아우성쳤다.

"호라가 우리를 없애려고 하는 거요! ……당장 포위를 풀어 버려야겠소! ……우리의 시간 창고로 갑시다! 차가 없잖소! 시간에 맞춰 갈 수가 없소! 내 담배는 27분밖에 남지 않았는데! ……내 담배는 42분! ……그럼 나 좀 주시오! ……당신 돌았소? ……누구 나 좀 살려 주시오! ……"

모두들 작은 문을 향해 허겁지겁 달려가서 서로 밀쳐 대며 나갔다. 모모는 몸을 감춘 채, 이 혼란 속에서 그들이 서로 주먹질을 하며 밀고 당기고, 점점 격렬하게 격투를 벌이는 장면을 보았다. 너나없이 앞장서 나가려 들며 자기의 회색 생명을 이으려고 허우적거렸다. 그들은 서로의 머리에 얹힌 모자를 치고 뒤얽혀 격투를 벌이며 각기 남의 입에서 조그만 담배를 낚아채었다. 그러자 빼앗긴 쪽은 그 순간 갑자기 모든 힘을 잃어버리는 것 같았다. 그는 손을 허우적거리며 겁에 질려 표정이 일그러졌다가는 점점 투명하게 엷어져서 결국은 사라졌다. 그는 흔적조차 남지 않았다. 모자 역시 간 곳이 없었다.

이윽고 홀 안에는 오로지 세 명의 회색 사나이만이 남게 되었고, 그들은 작은 문을 빠져 나갈 수 있었다.

겨드랑이엔 거북이를 끼고 다른 한 손에는 시간의 꽃을 든 채, 모모는 그들의 뒤를 따라 나갔다. 이제 모든 것은 회색 사나이들의 뒤를 잘 밟는 것에 달려 있었다.

큰 문을 나섰을 때, 시간 도둑들은 벌써 시간 거리의 어귀로 달려가고 있었다. 그 곳에서는 담배 연기 속에 다른 한 떼의 회색 무리가 흥분해서 손짓을 해대며 뭐라고 말을 주고받고 있었다. 그들은 호라 박사의 집에서 달려나오는 사람들을 보고는 역시 줄달음치기 시작했다. 잇따라 다른 무리들도 도망자의 행렬에 합쳐졌고, 얼마 안 있어 전 부대가 허겁지겁 내빼게 되었다. 그야말로 끝도 없는 회색 무리의 행렬

이, 사방으로 그늘이 드리워진 새하얀 건물의 신비스러운 꿈의 지역을 누비며 시내 쪽으로 달려가고 있었다. 시간이 사라짐과 동시에, 물론 그 곳의 빠른 것과 느린 것이 거꾸로 진행되던 신비스러운 속도의 변화도 멎어 버렸다.

회색 무리의 행렬은 커다란 달걀 모양의 돌상을 지나서 비로소 보통의 주택가가 시작되는 지점, 바로 시간이 맞물린 점에 살고 있는 사람들의 거주지인, 퇴색한 회색 아파트가 서 있는 지점에 이르고 있었다. 하지만 이 곳 역시 어느 새 모든 것이 뻣뻣한 상태로 멎어 있었다.

맨 뒤의 행렬과 적당히 간격을 유지하며 모모는 뒤따랐다. 이렇게 해서 이번에는 큰 도시를 누비는 추적이 아까와는 반대로 시작되었다. 엄청난 무리의 회색 사나이들이 도망을 치고, 한 손에는 꽃 한 송이를 들고 다른 팔에는 거북이를 껴안은 작은 꼬마가 그들을 뒤쫓는 추적이 벌어진 것이다.

하지만 이 도시의 모습은 어떠한가! 차도에는 가로 세로로 자동차들이 줄지어 있고, 차를 몰다가 그 자세 그대로 굳어 버린 운전기사들이 앉아 있었다(어떤 운전기사는 손가락으로 이마를 치며 화가 나서 부릅뜬 눈으로 옆 좌석의 사람을 건너다보고 있었다). 방향을 돌겠다는 표시로 팔을 내뻗고 자전거를 탄 채 굳어 버린 사람, 그리고 거리 위의 수많은 사람들, 남자, 여자, 어린아이, 개, 고양이 할것없이, 심지어 배기관에서 나오는 연기까지도 완전히 움직임을 잃고 굳어 있었다.

각 네거리마다 교통순경들이 호루라기를 입에 문 채, 교통 정리를 하는 동작으로 멈춰 서 있었다. 한 떼의 비둘기들이 날갯짓을 잃고 어느 광장 위 공중에 떠 있었다. 그리고 이 모든 것 위에 비행기 한 대가 그린 듯이 하늘에 떠 있었다. 분수의 물줄기는 얼음처럼 보였다.

나무에서 떨어지는 잎새들이 꼼짝 않고 공중에 떠 있었다. 그리고 마침 한쪽 다리를 가로등에 올려놓고 있는 강아지 한 마리가 박제처럼 기대서 있었다.

사진과 같이 생명을 잃은 이 도시의 한복판으로 회색 무리들은 질주해 가고 있었다. 그리고 그 뒤로 시간 도둑에게 들키지 않으려고 이리저리 살피면서 모모가 뒤쫓고 있었다. 그렇지만 회색 무리들은 다른 데 신경 쓸 여유가 없었다. 그들의 도망길이 점점 더 어렵고 힘들어져 갔기 때문이다.

사실 그들은 이토록 긴 거리를 걸어서 헤쳐 나가는 데는 익숙하지 않았다. 그들은 숨을 헐떡이며 숨을 쉬려고 안간힘을 썼다. 게다가 그들은, 생명줄인 조그만 회색 담배를 무슨 일이 있어도 입에서 떼어서는 안 되었다. 몇몇은 달리는 도중에 담배를 놓쳐 미처 바닥에서 줍기도 전에 어느 새 사라져 버렸다.

그렇지만 그들의 도망길을 점점 더 곤란하게 만든 것은 이런 직접적인 사정만이 아니었다. 같이 곤경에 빠진 동료들이 위험한 존재가 되어갔다. 즉 자기가 가진 담배를 다 태워 버린 자들이 절망한 나머지 터무니없이 다른 동료들의 입에서 담배를 낚아채는 것이었다. 이렇게 해서 그들의 수는 서서히, 끊임없이 줄어들었다.

아직도 조금의 예비 담배를 서류 가방 속에 지니고 있는 자들은, 다른 동료가 눈치를 못 채게 잔뜩 조심하지 않으면 안 되었다. 그렇잖으면 자기 것이 바닥이 난 자들이, 가지고 있는 자들에게 달려들어 뺏으려 할 게 뻔했다. 격렬한 격투가 수없이 벌어졌다. 담배를 조금이라도 더 가지려고 서로 뒤엉켜 싸웠다. 그러는 가운데 담배는 길바닥으로 굴러 떨어져 수많은 발길에 짓밟혔다. 세상에서 사라져 버리게 된다는 공포감이 회색 무리들을 완전히 제 정신을 잃게 만들어 버린 것이다.

시내 쪽으로 점점 다가가면서, 또 다른 문제가 이들의 어려움을 더하게 하였다. 큰 도시의 곳곳에는 수없이 많은 사람들이 있어서, 회색 무리들은, 마치 우거진 숲 속의 나무들을 헤쳐 나가듯이, 이 사람의 숲을 비집고 돌파하기가 여간 힘들지 않았다. 그러나 말라깽이 꼬마인 모모로서는 말할 나위 없이 쉬운 일이었다. 뿐만 아니라, 하다못해 공중에 걸려 있는 작은 솜털까지도 꼼짝 않고 완전히 멈춰 있었기 때문에, 회색 무리들은 조금만 한눈을 팔며 달려가다가는 머리를 호되게 부딪쳤다.

퍽이나 긴 길이었다. 앞으로 얼마나 더 걸릴지 모모는 짐작할 수 없었다. 모모는 조심스럽게 시간의 꽃을 바라보았다. 꽃은 그 동안에 활짝 피어 있었다. 아직은 걱정할 필요가 없었다.

그런데 여기서, 모모에게 한순간 모든 일을 잊어버리게 만든 일이 벌어졌다. 어느 뒷골목에 도로청소부 베포가 서 있지 않은가!

"베포 할아버지!"

모모는 기뻐서 어쩔 줄 몰라 소리치며 그에게 달려갔다.

"베포 할아버지, 여기저기를 찾아다녔어요! 그 동안 어디 계셨어요? 왜 한 번도 안 왔어요? 아아, 베포 할아버지!"

모모는 그의 목을 얼싸안으려 했다. 그렇지만 베포는 마치 강철로 된 형상처럼 모모를 퉁겨 물리쳤다. 모모는 견딜 수 없이 가슴이 쓰렸다. 눈물이 폭포처럼 눈에서 쏟아졌다. 흐느끼면서 모모는 그의 앞에 서서 바라보았다.

베포의 왜소한 몸집은 전보다 더 구부정해 보였다. 다정한 얼굴은 바짝 마르고 몹시 창백했다. 턱에는 까칠한 흰 수염이 잔뜩 돋아나 있었다. 면도를 할 시간이 없었기 때문이다. 그의 양손에는 너무나 많이 비질을 해서 거의 닳아빠진 낡은 빗자루가 들려 있었다. 베포는 그렇게 서 있었다. 다른 모든 것과 마찬가지로 움직임을 잃고. 그리고 작은 안경 너머로 거리의 쓰레기를 물끄러미 바라보고 있었다.

이제야 겨우, 자기의 존재를 알려 줄 수 없는 지금에 와서야, 모모는 드디어 그를 찾아 낸 것이다. 게다가 어쩌면 이것이 그를 보는 마지막이 될는지도 모를 일이다. 모든 일이 어떻게 되어 갈지 어찌 안단 말인가. 일이 잘못된다면 베포 할아버지는 영원히 이렇게 여기에 서 있어야 할지도 모른다.

거북이가 모모의 팔에서 버둥거렸다.

"계속해서 가!"

거북이 등에 글씨가 나타났다.

모모는 큰 거리로 되돌아 달려가 보고 깜짝 놀랐다. 시간 도둑이 하나도 보이지 않았다. 앞서 회색 무리들이 도망치던 방향으로 조금 뛰어가 보았지만 그들의 자취는 어디서도 보이지 않았다.

모모는 그들의 뒤를 놓쳐 버린 것이다.

어쩔 줄 몰라 하며 모모는 우뚝 멈춰 있었다. 어떻게 해야 한 담! 물어 보는 시선으로 카시오페이아를 바라보았다.

"찾을 수 있어, 계속해서 가!"

거북이 등의 글자가 말했다.

자, 카시오페이아가 미리 알고 있다면, 모모가 어떤 방향으로 가던 시간 도둑을 찾는 것은 분명한 일이다. 그래서 모모는 무턱대고 발길 닿는 대로 계속 달렸다. 때로는 왼쪽으로, 때로는 오른쪽으로, 때로는 똑바로.

그러는 동안 모모는 똑같은 주택들이 나란히 있고 일직선의 도로들이 지평선까지 뻗친 새 도시가 넓어지는 곳, 큰 도시의 북쪽 변두리에까지 이르렀다. 모모는 계속해서 달렸다. 하지만 모든 집과 거리가 똑같았기 때문에, 앞으로 나아가는 게 아니라 같은 장소를 뱅뱅 도는 것처럼 느껴졌다. 그것은 미로 같았다. 모든 것이 똑같은 미로였다.

모모가, 용기를 잃어 가려는 그 순간, 갑자기 어떤 모퉁이로 마지막 회색 사나이가 돌아가는 게 눈에 띄었다. 그는 절룩거리고 있었다. 바지는 찢어지고 모자와 서류 가방도 보이지 않았다. 다만 심술궂게 꾹 다문 그의 입에서는 작은 회색 담배의 꽁초가 가는 연기를 뿜고 있었다.

모모는, 똑같은 주택이 끝없이 이어지다가 갑자기 주택이 사라진 곳까지 그를 뒤따라갔다. 그 곳에는 집 대신에 널찍한 네모난 땅을 둘러싸고 있는 거친 판자 울타리가 높다랗게 세워져 있었다. 이 울타리의 빠끔히 열려진 대문으로 마지막 회색 사나이가 재빨리 뛰어 들어갔다.

문 위에는 알림판이 하나 붙어 있었다. 모모는 멈춰서서 그것을 올려다 보았다.

끝, 그리고 새로운 시작

모모는 알림판을 하나하나 읽는데 꽤 시간을 보냈다. 겨우 안으로 들어갔을 때 회색 사나이는 이미 보이지 않았다.

앞에는 2, 30미터의 깊이는 됨직한 어마어마하게 큰 구덩이가 있었다. 건물을 지으려고 파 놓은 듯 보였다. 준설기(물 속의 흙이나 돌을 파거나 치우는 기계)며 다른 건축용 기계들이 여기저기 널려 있고, 공사장의 바닥으로 내려가는 경사진 찻길에는 화물차 몇 대가 달리던 상태로 멈춰 서 있었다. 곳곳에 공사장의 노동자들이, 저마다의 자세로 움직임을 잃고 굳어져 있었다.

자, 이제 어디로 간담? 모모는 마지막 회색 사나이가 들어간 입구를 도저히 알 수가 없었다. 그래서 카시오페이아를 바라보았다. 그러나 거북이도 짐작이 안 되는 모양이었다. 거북이 등에는 아무런 글씨도 나타나지 않았다.

　모모는 공사장 밑바닥으로 기어내려가 두리번거렸다. 그러자 갑자기 낯익은 얼굴이 눈에 띄었다. 니콜라가 거기 서 있었다. 예전에 자기의 방 벽에 아름다운 꽃을 그려 주었던 미장이 니콜라가 서 있는 것이었다. 물론 그도 다른 모든 것과 마찬가지로 굳어져 있었지만 그의 자세는 참으로 기묘했다. 누구인가를 향해 뭐라고 외치려는 듯 손을 입에 대고, 다른 한 손으로는 공사장 바닥에 솟아 있는 자기 옆의 커다란 파이프 구멍을 가리키고 서 있었다. 게다가 그의 눈길은 마치 모모를 바라보는 것 같았다.

　모모는 깊이 생각하지 않고, 순간적으로 그것을 하나의 신호로 받아들여 파이프 속으로 몸을 들이밀었다. 들어서기가 무섭게 모모는 미끄러져 떨어졌다. 파이프는 가파른 내리막이었다. 이 파이프는 사방으로 꼬불꼬불 돌아내려가고 있어서, 모모는 마치 미끄럼틀에 앉은 듯, 여기저기에 부딪치며 미끄러져 내려갔다. 너무나 무서운 속력으로 깊이 깊이 떨어지는 바람에 기절할 뻔했다. 어떨 때는 거꾸로 굴러서 이마를 쾅 받았다. 하지만 그러면서도 거북이와 꽃은 꼭 붙들고 있었다. 아래로 내려갈수록 점점 추워졌다.

　문득 모모는 어떻게 여기를 다시 빠져 나갈 수 있을까 하는 생각이 들었다. 하지만 미처 생각을 제대로 해 보기도 전에, 갑자기 파이프가 끝나고 지하의 복도가 나타났다. 여기는 어둠이 걷히고 사방의 벽에서 반사되는 듯한 어스름한 잿빛이 지배하고 있었다.

　모모는 일어서서 계속 달렸다. 맨발이었기 때문에 모모가 걷는 소리는 전혀 나지 않았지만, 회색 사나이의 발소리가 다시 앞쪽에서 들려왔다. 모모는 그 소리의 울림을 따라갔다.

　복도는 사방으로 갈라져 다른 복도와 이어져 있었다. 그것은 새 도시의 땅 밑으로 뻗어 있는 이른바 지하 총본부인 듯했다.

그러자 웅성거리는 음성들이 들려 왔다. 모모는 그 소리를 향해 걸어가 한쪽 모퉁이에서 조심조심 안을 엿보았다.

끝없이 긴 회의용 탁자가 한가운데 놓인 커다란 홀이 보였다. 탁자를 가운데 두고 회색 무리들이——엄밀히 말해서 남아 있는 회색 무리 모두가——두 줄로 길게 앉아 있었다. 지금 이들 시간 도둑들의 꼴이 얼마나 비참한지! 양복은 모두 찢겨져 있었고, 회색 대머리는 생채기와 혹투성이인데다 온통 공포에 사로잡혀 있었다.

다만 그들의 담배에는 여전히 불이 붙어 있었다.

모모는 맨 뒤쪽 홀의 뒷벽에 달린 거대한 철판문이 조금 열려 있는 것을 보았다. 홀 안으로부터 얼음처럼 싸늘한 기운이 불어 나왔다. 그래야 아무 소용이 없다는 것을 알면서도 모모는 웅크리고 주저앉아 맨발을 치마로 감쌌다.

"우리는,"

탁자의 맨 머리쪽 철판문 앞에 앉은 한 회색 사나이가 말하는 소리가 들렸다.

"우리의 남아 있는 분량을 절약해서 다뤄야 합니다. 그것으로 얼마나 지탱할 수 있을지 모릅니다. 우리의 수를 줄여야 합니다."

"어차피 우리는 몇 남아 있지 않아요!"

다른 자가 고함쳤다.

"남은 양으로 몇 년은 버틸 수 있을 겁니다!"

"일찍 절약을 시작할수록,"

연사는 싸늘하게 말을 이었다.

"우리는 더욱 오랜 시간을 버틸 수 있습니다. 절약한다는 내 말의 의미를 여러분은 아실 겁니다. 이 재앙을 견디고 남아야 할 우리의 인

끝, 그리고 새로운 시작

원은 몇이면 충분합니다. 이 상황을 냉정하게 판단합시다! 자, 여러분, 여기 앉아 있는 우리의 수는 너무 많습니다. 우리의 수를 대폭 줄여야 합니다. 이것은 이성의 명령입니다. 여러분, 지금 번호를 불러 주시겠습니까?”

회색 무리들은 차례로 번호를 불렀다. 그러자 의장은 동전을 주머니에서 꺼내어 설명했다.

“제비를 뽑아 숫자가 새겨진 면이 나오면 짝수를 가진 쪽이 남는 거고, 머리 면이 나오면 홀수를 가진 쪽이 남는 겁니다.”

그는 동전을 높이 던졌다가 잡았다.

“숫자 면입니다!”

그는 소리쳤다.

“짝수 번호는 홀수 번호는 즉시 해체하시오!”

억양 없는 신음이 패배자의 입에서 퍼져 나왔다. 하지만 저항하는 사람은 하나도 없었다. 짝수를 가진 시간 도둑들은 다른 이들의 담배를 받아들였고, 선고받은 사람들은 아무 것도 남김없이 사라졌다.

“자, 그럼,”

의장은 말없는 좌중을 향해 말했다.

“같은 방법으로 또 한 번 하겠습니다.”

똑같이 소름끼치는 과정이 두 번, 세 번, 마침내 네 번까지 진행되었다. 끝에 가서는 겨우 여섯 명의 회색 사나이가 남게 되었다.

그들은 세 명씩 끝없이 긴 탁자의 머리쪽 끝에 마주 앉아 싸늘한 시선으로 바라보고 있었다.

모모는 몸서리를 치면서 이 과정을 지켜 보았다. 회색 무리의 숫자가 줄어들 때마다 무시무시한 추위가 한결 덜해졌다. 좀 전에 비하면 지금은 견딜 만했다.

"여섯이란,"

그들 가운데 한 회색 사나이가 말했다.

"불쾌한 수요."

"이제는 됐어요."

탁자의 다른 편에 있는 사나이가 대답했다.

"우리의 수를 더 줄여야 할 의미가 없어요. 여기 여섯으로 이 재앙을 이겨 내지 못한다면, 셋으로도 역시 안 되는 겁니다."

"그런 뜻이 아닙니다."

첫 번째 사나이가 설명했다.

"그렇지만 필요한 경우엔, 언제라도 또 다시 그 얘기를 할 수 있겠지요. 나중에 말입니다."

한동안 침묵이 흐르더니 두 번째 사나이가 입을 열었다.

"재앙이 시작될 때 저장 창고가 열려 있었던 게 참으로 다행입니다. 그 결정적 순간에 잠겨 있었더라면, 세상의 어떤 힘으로도 열 수 없었을 거예요. 우리는 완전히 패배했을 겁니다."

"미안하지만 당신 의견이 전적으로 옳지는 않아요."

다른 사나이가 대답했다.

"문이 열려 있어 냉동실의 냉기가 새어 나오고 있어요. 시간이 가면서 시간의 꽃들이 녹아 버릴 겁니다. 그렇게 되면 다들 아시다시피, 꽃들이 원천으로 되돌아가 버리는 것을 어쩔 도리가 없어요."

"당신 생각으로는"

세 번째 사나이가 물었다.

"우리의 냉기가 재고량을 충분히 냉동시킬 수 없는 지경에 이르렀다는 건가요?"

"유감스럽게도 우리는 여섯뿐이에요."

두 번째 사나이가 대꾸했다.

"우리가 얼마나 영향력을 행사할 수 있는지는 당신도 짐작할 수 있을 겁니다. 우리의 수를 그렇게 사정없이 줄인 것은 너무 경솔했던 것 같군요. 이런 형편으로 우리가 이기기는 어려울 겁니다."

"두 가지의 가능성 가운데서 하나를 택해 결단을 내려야 했어요."

첫 번째 사나이가 소리쳤다.

"어차피 결단은 내려진 겁니다."

다시 침묵이 흘렀다.

"이렇게 우리는 몇 년이고 이대로 마냥 앉아 서로를 감시나 하고 있을 것 같군요."

한 사나이가 입을 열었다.

"솔직히 말하면 앞길이 암담합니다."

모모는 깊이 생각했다. 여기 마냥 앉아서 기다리고 있는 것은 확실히 의미없는 일이야. 회색 사나이들이 완전히 없어졌다면야, 시간의 꽃들이 저절로 녹아 버리겠지. 하지만 그들은 저렇듯 엄연히 남아 있지 않은가. 내가 손을 쓰지 않으면 그들은 여전히 그냥 존재할 거야. 그렇지만 저장 창고가 저렇게 열려 있으니 시간 도둑들이 마음대로 담배를 말아 피울 텐데, 어떻게 해야 좋담? 카시오페이아가 버둥거렸다. 모모는 거북이를 바라보았다.

"네가 저 문을 닫아!"

거북이 등에 글자가 나타났다.

"그렇게 안 돼!"

모모가 속삭였다.

"문이 움직여지지 않잖아."

"꽃으로 건드리면 돼!"

대답이 나타났다.

"시간의 꽃으로 건드리면 문이 움직이니?"

모모가 소곤거렸다.

"그렇게 하게 돼."

거북이 등에 글자가 쓰였다.

카시오페이아가 그렇게 알고 있다면, 틀림없는 일이다. 모모는 거북이를 살그머니 땅바닥에 내려놓았다. 그리고 그 동안 벌써 많이 시들어 꽃잎이 몇 잎 남지 않은 시간의 꽃을 웃옷 밑에 감추었다.

그런 다음 모모는, 남은 회색 무리에게 발각되지 않고 긴 회의용 탁자밑으로 기어들어가는 데 성공했다. 거기서부터는 네 발로 기어서 회의석 저쪽 끝에 닿았다. 이제 모모는 바로 시간 도둑들의 발 사이에 앉게 되었다. 가슴이 터질 듯이 두근거렸다.

살금살금 모모는 시간의 꽃을 꺼내어 이빨 사이에 물고는, 회색 무리가 전혀 눈치채지 못하게 살며시 의자 틈새를 빠져 나갔다.

마침내 모모는 열려 있는 철문에 가 꽃을 문에 대고 동시에 손으로 밀었다. 고정되었던 문의 돌쩌귀가 움직였다. 정말 문이 움직이는 것이었다. 그러더니 이내 문은 꽝 소리를 내며 잠겼다. 꽝 하는 울림은 홀 안과 수천 갈래의 지하 통로로, 겹겹의 메아리를 치며 퍼져 갔다.

모모는 발딱 일어났다. 자기들 이외에 이 완벽한 정지의 상태에서 예외가 될 수 있는 다른 어떤 존재가 있으리라고는 꿈도 꾸지 못했던 회색 무리들은, 놀란 나머지 얼이 빠진 듯 의자에 주저앉은 채 모모를 노려보았다.

모모는 정신없이 달려 그들을 지나 홀의 출구로 향했다. 그러자 회색 무리도 벌떡 일어나서 모모를 뒤쫓았다.

"맹랑한 녀석!"

어떤 사나이가 고함을 쳤다.

"모모다!"

"그럴 리가!"

다른 자가 소리쳤다.

"어떻게 그 애가 움직일 수 있지?"

"그 애는 시간의 꽃을 갖고 있어요!"

세 번째 사나이가 외쳤다.

"그 꽃으로,"

네 번째 사나이가 물었다.

"문을 움직였단 말이오?"

다섯 번째 사나이가 흥분하며 이마를 탁 쳤다.

"그렇다면 우리도 그렇게 할 수 있었던 거요! 우리도 꽃이 충분하지 않습니까!"

"있었지요! 있었어."

여섯 번째 사나이가 날카롭게 외쳤다.

"그렇지만 이젠 문이 잠겼어요! 방법은 한 가지밖에 없습니다. 꼬마에게서 시간의 꽃을 빼앗아야 해요. 그렇지 않으면 모든 게 끝장이에요!"

그러는 새에 모모는 수없이 갈라져 나간 통로의 어딘가로 사라져 버렸다. 하지만 물론 이 곳의 지리는 회색 무리가 훨씬 밝았다. 모모는 이리저리 닥치는 대로 도망을 쳤고, 어떤 때는 추적자의 손에 잡힐 듯했지만 번번이 용케 빠져 나왔다.

그리고 카시오페아 역시 자기의 방식으로 이 추격전에 참여했다. 거북이는 아닌 게 아니라 느림보로 길 줄밖에 몰랐지만, 추적자들이 나타날 곳을 미리 알고 있었기 때문에 그들에 맞춰 제때 그 자리에 다

끝, 그리고 새로운 시작 355

달아 바닥에 엎드려 있었다. 그러면 회색 사나이들이 거북이에게 걸려 비틀거리다가 바닥에 나둥그러졌다. 뒤따라 오는 사람은 넘어진 사람 위로 엎어졌다. 이런 식으로 거북이는 붙잡히게 될 뻔한 모모를 여러 번이나 구해 주었다. 물론 그러는 가운데 거북이 자신은 발걸음에 채여서 날려가 벽에 부딪치는 경우가 수없이 많았다. 그래도 거북이는 계속해서 그렇게 했다. 자기가 그렇게 하게 되리라는 것을 거북이 자신은 미리 알고 있었다.

이 추격전에서 회색 무리 몇 명은 시간의 꽃을 뺏으려는 데만 정신이 팔려 담배를 잃어버리고는 하나씩 하나씩 사라져 버렸다. 그래서 결국은 그들 가운데 단 둘만이 남게 되었다.

모모는 도망치다가 긴 회의용 탁자가 있는 큰 홀로 되돌아왔다. 두 사나이는 탁자를 뱅뱅 돌며 모모를 추적했지만 모모는 잡히지 않았다. 그러자 그들은 서로 갈라져서 반대 방향으로 뛰었다. 이제 모모로서는 빠져 나갈 길이 없어졌다. 모모는 큰 홀의 한구석에 몰려 선 채 두 추격자를 겁에 질려 바라보았다. 꽃을 꼭 감싸 안은 채. 꽃에는 이제 가물가물 시들어 가는 세 개의 꽃 잎이 달려 있을 뿐이었다.

첫번째 추적자가 꽃을 향해 손을 뻗으려는 순간 두 번째 추적자가 그를 밀쳐 냈다.

"안 돼,"

그는 소리쳤다.

"꽃은 내 거야! 내 거!"

두 회색 사나이는 서로 밀쳐댔다. 그러는 통에 한 추적자가 다른 추적자의 입에서 담배를 쳐냈다. 그러자 다른 추적자는 유령 같은 신음 소리를 내며 빙 돌더니 투명하게 변하며 사라졌다. 그리고 나서 마지막 남은 회색 사나이가 모모에게 다가왔다. 그의 입가에서는 아직도 작은 담배 꽁초가 연기를 뿜고 있었다.

"자, 꽃을 내놔!"

헐떡이며 입을 여는 통에 작은 꽁초가 그의 입에서 떨어져 굴러갔다. 회색 사나이가 바닥에 몸을 던져 꽁초를 향해 손을 뻗어 잡으려 했지만 거기까지 닿지 않았다. 그는 잿빛 얼굴을 모모에게 돌리고 가까스로 반쯤 몸을 일으켜 부들부들 떨며 손을 들었다.

"부탁이다."

그는 중얼거렸다.

"제발, 꼬마야, 꽃을 다오!"

모모는 여전히 구석에 박혀 선 채 꽃을 꼭 쥐고는 고개를 살랑살랑 내저었다. 정말 한 마디 말도 입 밖으로 나오지 않았다.

작은 담배 꽁초는 거의 타 들어가고 있었다. 마지막 남은 회색 사나이는 서서히 고개를 끄덕였다.

"잘 된 일이야."

그는 중얼거렸다.

"잘 된 일이야. ……이제…… 모든 것이…… 끝나…… 버린 것……."

그런 뒤 그도 사라져 버렸다.

모모는 어쩔 줄 몰라 하며 그가 쓰러져 있던 자리를 뚫어지게 바라보았다. 거기에서 카시오페이아가 기다리고 있었다.

"문을 열어." 글자가 등에 나타났다.

모모는 문으로 가서, 단 하나의 마지막 꽃잎이 달려 있는 시간의 꽃을 다시 문에 대어서 활짝 열어젖혔다.

마지막 시간 도둑이 사라짐과 동시에 추위도 사라졌다.

모모는 놀라서 눈이 휘둥그래진 채 어마어마하게 큰 저장 창고로 들어갔다. 헤아릴 수 없이 많은 시간의 꽃들이 끝없는 선반에 유리잔처럼 줄지어 세워져 있었다. 그 가운데 유난히 찬란해 보이는 것도 있었다. 똑같은 것은 하나도 없었다. 수십만, 수백만 인생의 시간이었다. 저장 창고 안은 온실처럼 점점 따스해졌다.

모모가 들고 있던 시간의 꽃 마지막 잎이 떨어짐과 동시에 갑자기 웬 폭풍이 몰아쳤다. 시간의 꽃들이 모모의 주위로 구름처럼 몰려와 소용돌이치며 지나갔다. 마치 따스한 봄날의 폭풍 같았다. 하지만 사실은 자유로워진 시간의 덩어리진 폭풍이었다.

모모는 꿈꾸듯 주변을 두리번거리고는 발치에 있는 카시오페이아를 바라보았다. 그러자 거북이 등에는 글자가 나타나 있었다.

"집으로 빨리 가, 꼬마 모모. 집으로 가!"

그리고 이것이 모모가 카시오페이아를 본 마지막이었다. 곧 꽃들의 폭풍이 세차게 몰아쳤다. 모모는 자신도 꽃이 된 듯이 함께 폭풍에 실려 어두운 통로를 지나 땅 위로, 큰 도시 위로 밀려 나왔다. 모모는 점점 크게 뭉쳐지는 거대한 꽃구름에 묻혀 지붕과 탑 위를 날았다. 이것이야말로 찬란한 음악에 맞춘 하나의 '흥겨운 춤'이었다. 모모는 그 속에 떠서 아래 위로 흔들리며 빙빙 도는 듯한 기분이었다.

얼마 뒤 꽃구름은 서서히 살그머니 가라앉았다. 꽃들은 멈춰버린 세상 위로 눈송이처럼 떨어져 내렸다. 그리고 눈송이처럼 살며시 녹아들어 다시 눈에 보이지 않게 되었다. 꽃들이 속했던 원천으로, 사람의 마음 속으로 되돌아 갔다.

이 순간, 시간은 다시 이어졌다. 모든 것이 다시 활기를 띠고 살아나기 시작하였다. 자동차가 달리고 교통경찰들은 호루라기를 불었다. 비둘기가 날고 강아지는 가로등에 실례를 했다. 시간이 한 시간 동안 멈춰 있었다는 사실을 사람들은 전혀 알지 못 했다. 정지와 새로운 시

작 사이에는 시간이 전혀 흘러가지 않았기 때문이다. 사람들에게는 눈 깜짝할 찰나처럼 지나가 버린 것이다.

하지만 전과 달라진 것이 있었다. 바로, 모든 사람들은 끝없이 많은 시간을 갖게 된 것이다. 물론 모두가 굉장히 기뻐했다. 하지만 그것이 실제로는 자신들이 빼앗겼던 시간이며, 신비한 과정으로 되돌아 왔다는 사실을 아는 사람은 아무도 없었다.

다시 제 정신으로 돌아왔을 때, 모모는 어느 길거리에 서 있었다. 그 곳은 아까 베포 할아버지를 보았던 뒷골목이었다. 그런데 과연, 거기 베포 할아버지가 여전히 서 있지 않은가! 뒷모습을 보이고, 빗자루에 몸을 기댄 채, 예전과 같은 모습으로 깊은 생각에 잠겨 앞을 바라보고 있지 않은가. 베포는 갑자기 조금도 서둘 필요가 없어졌고, 어째서 이렇게 별안간 위안과 평안을 느끼게 되었는지 스스로 알 길이 없었다.

"아마도"

그는 생각했다.

"이제야 나는 10만 시간을 절약했고 모모가 풀려 나왔는지 몰라."

바로 그 순간, 누구인가 웃옷을 잡아당기는 바람에 베포는 몸을 돌렸다. 그런데 과연 그 앞에 꼬마 모모가 서 있지 않은가!

이렇게 다시 만난 기쁨을 설명할 수 있는 말은 아마 세상에 없으리라. 두 사람은 웃음과 울음을 번갈아 가며 끝도 없이 이야기를 늘어놓았다. 그것도 기쁨에 취해 해대는 온통 실없는 소리를. 그들은 끊임없이 서로를 얼싸안았고, 지나가는 사람들도 멈춰서서 즐거워하며 같이 웃고 울었다. 이제야말로 그들도 그럴 만한 충분한 시간을 가지게 되었다.

이윽고 베포는 빗자루를 어깨에 메었다. 당연한 일이지만, 그는 이

날은 청소를 하러 갈 생각조차 아예 하지 않았다. 이렇게 하여 두 사람은 팔짱을 끼고 시내를 지나 원형극장 옛터를 향해 걸었다. 서로가 끝도 없이 할 얘기가 많았다.

한편 큰 도시 안에서도 오랫동안 보지 못했던 광경이 벌어졌다. 아이들은 거리 한복판에서 놀이를 하고, 기다릴 수밖에 없는 운전자들은 미소를 머금고 구경을 했다. 어떤 사람은 차에서 내려 아이들과 같이 놀아 주었다. 어디서나 사람들이 서서 정답게 말을 주고받으며 서로의 안부를 자세하게 묻고 있었다. 일을 하러 가는 사람들도 창가의 꽃들에 취해 쳐다보거나 새에게 모이를 줄 시간이 있었다. 의사들은 모든 환자에게 친절하게 봉사할 시간이 있었고, 노동자들은 마음껏 맡은 일을 할 수 있었다. 이제는 가장 빠른 시간에 가장 큰 효과를 내는 일이 문제되지 않았다. 누구나가 어떠한 일에든지 자기가 필요한 만큼, 원하는 만큼 시간을 가질 수 있었다. 이제부터야말로 다시 충분한 시간이 있기 때문이었다.

하지만 이 모든 일이 누구의 덕분인지, 그리고 그들에겐 눈 깜짝할 찰나였던 그 순간 동안 무슨 일이 일어났는지를 대부분 알아채지 못했다. 대부분의 사람들은 아마 믿지 않았으리라. 이 진실을 알고 또 믿는 사람은 모모의 친구들뿐이었다.

사실, 꼬마 모모와 베포 할아버지가 그날 원형극장 옛터로 돌아 왔을 때, 모든 친구들이 이미 와서 그들을 기다리고 있었다. 여행안내원 지지, 파올로, 마시모, 프랑코, 꼬마 동생 데데를 데리고 온 마리아, 클라우디오, 그리고 그 밖의 아이들과 술집 주인 니노, 그의 뚱뚱한 아내 릴리아나, 그들의 갓난아기, 미장이 니콜라, 그리고 전에 항상 모모를 찾아왔었고 모모를 마음속에 품고 있었던 이웃의 모든 마을 사람들······.

그리고 이어서 축제가 벌어졌다. 오로지 모모의 친구들만이 누릴 줄 아는 즐거운 축제였다. 하늘에 옛 별들이 뜰 때까지 축제는 계속되었다.

환성과 포옹, 악수와 웃음, 그리고 뒤섞인 소음이 잦아들고 나자 모두가 잔디로 뒤덮인 돌계단 위에 둥글게 앉았다. 언저리는 완전히 조용해졌다.

모모가 한가운데 텅 빈 둥근 터에 섰다. 모모는 별의 음성과 시간의 꽃에 대해 떠올렸다.

그러자 꼬마는 맑은 음성으로 노래를 부르기 시작했다.

공간의 저 너머에 있는 집에서는, 되돌아간 시간에 의해 처음이자 유일한 잠에서 깨어난 호라 박사가 작은 식탁 앞 의자에 앉아 있었다. 그는 미소를 머금고 천리안 안경으로 모모와 친구들을 바라보았다. 그는 큰 병에서 갓 나온 듯이 여전히 창백한 모습이었다. 다만 그의 눈만은 광채로 번쩍였다.

그때 그는 발에 무엇인가 건드려지는 감촉을 느꼈다. 안경을 벗고 내려다보았다. 그 앞에 거북이가 꾸물거리고 있었다.

"카시오페이아."

그는 정답게 말하며 거북이의 목을 쓰다듬었다.

"너희들, 참 잘해 주었다. 나에게 전부 얘기를 해줘야겠어. 이번에만은 나도 너희들을 지켜 볼 수 없었거든."

"나중에요!"

거북이의 등에 글씨가 나타나기 시작했다. 그러더니 카시오페이아는 재채기를 했다.

"감기에 걸린 게 아니니?"

호라 박사는 걱정스레 물었다.

"왜 아니겠어요!"

카시오페이아의 대답이었다.

"회색 무리의 냉기 때문에 걸렸구나."

호라 박사는 말했다.

"네가 많이 지치고 피곤하겠구나. 자, 어서 가서 쉬렴."

"고마워요!"

거북이 등에 글씨가 쓰여졌다.

카시오페이아는 절룩거리며 조용하고 어두운 구석을 찾았다. 그리고 머리와 네 발을 등껍데기 속에 웅크려 넣었다. 거북이의 등에는 이 이야기를 여기까지 읽어온 사람만이 볼 수 있는 글씨가 천천히 나타났다.

지은이의 짧은 뒷이야기

이 책을 읽은 여러분 가운데에는 묻고 싶은 것이 많아 애타는 사람이 있을지도 모른다. 그러나 미안하게도 나는 그 물음에 대답할 수 없다. 왜냐하면 솔직히 고백하는데 이 이야기는 내가 남에게서 들은 것을 기억하고 있는 그대로 썼기 때문이다.

나는 모모도, 모모의 친구들도 본 적이 없다. 그 뒤 그들이 어떻게 되었는지, 오늘날 어떻게 지내는지 나는 모른다. 또한 큰 도시에 대해서도 오로지 나의 추측에 따라 썼을 뿐이다.

한 가지, 내가 밝혀 두고 싶은 점은 다음과 같은 사실이다.

그 때 나는 긴 여행을 하고 있었다. 지금도 여행 중이지만 나는 기찻간에서 어떤 신기한 승객을 만났다. 신기하다는 것은 나로서는 그의 나이를 도저히 추측할 수 없었기 때문이었다. 처음엔 웬 노인이 내 앞에 앉아 있거니 생각했는데 곧 내가 착각했음을 깨달았다. 그 사람이 갑자기 아주 젊어 보였기 때문이다. 하지만 그 얼굴 또한 어느 새 바뀌어져 갔다.

어쨌든 그는 그 여행길 기나긴 밤 내내 이 이야기를 들려 주었다.

그의 이야기가 끝나고 나서 우리들은 얼마간 잠자코 있었다.

그러자 이 수수께끼 같은 승객은 한 마디 말을 덧붙였다. 나는 이 말을 독자들에게 털어 놓아야 할 것 같다.

그는 말했다.

"나는 당신에게 이 모든 것을 이미 있었던 일처럼 이야기했습니다. 어쩌면 이 이야기가 미래에 일어날 것으로 이야기할 수도 있었을 겁니다. 내게는 그것이 별 차이가 없으니까요."

그리고 그는 아마 다음 역에서 내렸을 것이다. 한참 뒤 내가 정신을 차렸을 때, 찻간에는 나 혼자뿐이었다.

유감스럽게도 그 뒤 나는 그 이야기꾼을 다시는 만나지 못했다.

하지만 언젠가 그를 다시 만난다면 나도 여러분들처럼 많은 것을 물어보고 싶다.

모모를 읽는 이들에게
홍문

사람답게 사는 시간이란?

사람들은 마치 무엇에 쫓기듯이 하루하루를 바쁘게 지낸다. 새로운 일거리, 새로운 변화, 새로운 욕망이 사람들을 잠시도 가만 내버려 두지 않는 것이다. 그럴수록 사람들의 생활은 메마르고 기계처럼 규격화되어 간다.

시간 절약은 가능한 것일까? 그럴 수 있다면 우리가 절약한 시간은 어디에 저장되는 것일까? 시간은 삶 자체인 것이 아닐까? 그것은 우리의 경험과 꿈과 활동과 기억으로 채워져 있는 것이고 또 그것을 충만하게 하는 것이 우리가 삶에서 소중히 여겨야 할 일이 아닐까?

'시간이 없다' '짬이 없다'는 말을 우리는 자주 듣는다. 아니, 그뿐만 아니라 스스로도 끊임없이 이런 말을 하곤 한다.

그런데 이렇게 모자란 시간이란 과연 무엇일까? 시계가 가리키는 시간일까? 아니다. 시계는 우리가 가진 시간 중에서 아주 적은 부분만을 가리킬 뿐이다. 시계가 가리키는 시간이, 자기가 갖고 있는 시간의 전부라고 생각하는 사람은 이미 누군가에게 많은 시간을 빼앗기고, 아주 적은 시간만을 갖고 있는 것이다.

여러분도 이 이야기에서 이미 알았겠지만, 처음에 우리는 다 쓸 수도 없을 만큼 많은 시간을 가지고 있었다. 그것은 우리들 마음속의 시간, 사람이 사람답게 생활할 수 있는 시간이다. 그런데 우리는 바로 그 시간을 잃어버렸던 것이다.

이처럼 수수께끼와도 같은 시간이 '모모'에서 말하는 시간이다.

시간을 빼앗긴 도시에 나타난 모모

이 이야기의 무대는 이탈리아의 어느 한 도시이며, 지금 우리가 살고 있는 도시이기도 하다.

그런데 회색 사나이들이 지배하던 이 도시에, 어디에서 왔는지 알 수 없는 모모라는 이상한 아이가 나타난다. 모모는 이 문명 사회의 어디에도 속해 있지 않은 아이, 어쩌면 우리 모두가 잃어 버린 것을 고스란히 가지고 있을지도 모르는 아이, 자연에서 금방 태어난 것 같은 아이로 우리들 앞에 나타났다.

다른 사람의 이야기를 잠자코 들어줌으로써 그 사람에게 자신을 되찾게 해주는 이상한 능력, 우주의 음악과 별들의 소리를 들을 수 있는 신기한 능력을 가진 모모는 우리에게 삶의 참의미를 다시 깨닫게 하기 위해서, 이 세상에 온 것이다.

그런데 모모를 둘러싼 세계는 점점 '회색 사나이들'에 의해 나쁜 병균에 감염되어 간다. 사람들은 '좋은 생활'을 위해서라고 믿고 필사적으로 시간을 절약하고, 쫓기듯이 바쁘게 살기 시작한다. 아이들까지 놀이를 빼앗기고 만다.

이 병의 원인을 깨닫고 경고하려고 하는 사람은, 베포처럼 미치광이로 정신병원에 갇힌다. 꿈꾸는 인간 지지는, 거대한 회색 산업 사회에서 점점 꼭두각시 작가로 변해간다. 이렇게 사람들은 자신도 모르는 사이에 시간을 빼앗김에 따라서, 참의미에서의 '사는 것'을 잊어버리고 마음속은 가난해지고 황폐해진다.

시간의 나라는 인간 구원의 세계이다.
이 도시 어딘가에는 마치 4차원의 세계로 가는 통로처럼, 누구도 알지 못하는 이상한 공간이 있다. 그 건너편에 있는 것이 시간의 나라이다. 그 나라에서 온 심부름꾼은 느린 발걸음을 가진 거북이, 카시오페이아다. 모모는 시간을 지배하는 호라 박사에게 시간의 의미를 배운다. 그리고 '시간의 꽃'이 피는 웅장하고 아름다운 광경을 지켜보고, 한 사람 한 사람의 인간에게 주어지는 시간의 풍요, 아름다움을 알게 된다.

이 신비한 시간의 나라 이야기와 인간에게서 시간을 훔치는 회색 사나이들의 기분 나쁜 음모 이야기가 섞여, 숨가쁘게 전개된다. 모모는 호라 박사와 신기한 거북 카시오페이아의 도움을 받아 시간 도둑들인 '회색 사나이들'을 물리친다. 결국 사람들은 시간을 되찾고, 여유롭고 행복이 가득 찬 생활로 돌아오게 된다. 그러나 이 이야기는 과거의 일이 아니라, 지금부터의 일일지도 모른다.

《모모》 이 작품은 '시간 도둑들과 도둑맞은 시간을 인간에게 찾아 주는 어린 소녀 모모에 대한 이상하고도 흥미진진한 이야기'이다.

그것은 현실과 꿈이 시(詩)처럼 영롱하게 어우러진 환상의 세계이다. 어쩌면 시간에 쫓겨 허덕이는 현대인에게 시간 철학이라는 구원의 메시지를 전해 주는 철학적 사변(思辨)의 세계가 아닐까.

지은이에 대하여

지은이 미하엘 엔데(Michael Ende)는, 독일의 문학작가이다. 1929년 남부 독일 가르미슈 파르텐키르헨에서, 초현실주의 화가 에드가 엔데의 외아들로 태어났다. 공교롭게도 그의 이름 속에서 '미하엘'은 '아름다운 날개를 가진 천사장의 이름'이고, '엔데'는 '끝'이라는 뜻이다. 그는 뮌헨의 연극학교를 졸업하고 잠깐 배우생활을 했지만, 곧 어린이책을 쓰기 시작했다.

그가 1960년에 처음 쓴 《짐 크노프, 기관차 대모험(Jim Knopf und Lukas der Lokomotivführer)》(동서문화사 발행)은 그를 독일뿐만 아니라 온 세계에 널리 알려진 작가로 만들었다. 그 뒤 로마 근처에 집을 마련해서 새로운 작품을 쓰기 시작했으며, 1970년 세상에 발표한 작품이 바로 《모모(Momo)》이다. 곧이어 1979년에 《끝없는 이야기(Die Unendliche Geschichte)》(동서문화사 발행)를 출간하였다.

엔데는 기적과 신비로 가득 찬 세계로 독자들을 안내함으로써 세계 문학계에 그 이름을 남겼다. 엔데는 1995년 예순 다섯의 나이에 위암으로 삶을 마감하였다.

옮긴이 홍문
서울대학 문리과대학 철학과 졸업.
AIC과정 수료 후 공군사관학교 교수부교관 역임.

그림 정우희
전남대학교 경제학과 졸업
고산 그림작가상 수상

1956

MOMO
모모
미하엘 엔데 지음 홍문 옮김 정우희 그림

1판 1쇄/1988년 6월 5일
3판 1쇄/2006년 5월 1일
3판 12쇄/2018년 2월 1일
발행인 고정일
발행처 동서문화사
창업 1956. 12. 12. 등록 16-3799
서울 중구 다산로 12길 6(신당동 4층)
☎ 546-0331~6 (FAX) 545-0331
www.dongsuhbook.com
*
이 책은 저작권법(5015호) 부칙 제4조 회복저작물 이용권에 의해 중쇄발행합니다.
이 책의 한국어 문장권 의장권 편집권은 저작권 법에 의해 보호받으므로
무단전재 무단복제 무단표절 할 수 없습니다.
이 책의 법적문제는 「하재홍법률사무소 jhha@naralaw.net」에서 전담합니다.
*
사업자등록번호 211-87-75330
ISBN 978-89-497-0340-4 03850